DuMont's Kriminal-Bibliothek

Cornelius Warren Grafton wurde 1909 als Sohn eines amerikanischen Missionarehepaars in China geboren. Nachdem er Journalistik und Rechtswissenschaft studiert hatte, praktizierte er als Rechtsanwalt in Louisville, Kentucky, wo er 1982 starb. Grafton, der drei Kriminalromane schrieb, wird in einem Atemzug mit Autoren wie Erle Stanley Gardner, Raymond Chandler und Rex Stout genannt.

Herausgegeben von Volker Neuhaus

C. W. Grafton

Das Wasser löscht das Feuer nicht

DuMont Buchverlag Köln

Dieses Buch ist für Viv, Anne und Sue –
aus Gründen, die sie verstehen werden!

CIP-Titelaufnahme der Deutschen Bibliothek

Grafton, Cornelius W.

Das Wasser löscht das Feuer nicht / C. W. Grafton.
[Aus dem Amerikan. von Nikolaus Stingl].
– Köln: DuMont, 1990
(DuMont's Kriminal-Bibliothek; 1024)
ISBN 3-7701-2354-9

NE: GT

Umschlagmotiv von Pellegrino Ritter
Aus dem Amerikanischen von Nikolaus Stingl

Die Originalausgabe erschien 1943 unter dem Titel »The rat began to gnaw the rope« bei Harper & Row, Publishers, New York u. a.
Satz: Froitzheim Satzbetriebe, Bonn
Druck: Rasch, Bramsche
Buchbinderische Verarbeitung: Bramscher Buchbinder Betriebe

Printed in Germany ISBN 3-7701-2354-9

Der Herr, der schickt den Jockel aus

Das Wasser löscht das Feuer nicht,
das Feuer brennt den Prügel nicht,
der Prügel schlägt den Pudel nicht,
der Pudel beißt den Jockel nicht . .

Kapitel 1

Meine Sekretärin sagte, eine Miss Ruth McClure wolle mich sprechen, und ich sagte, sie solle hereinkommen. Die junge Frau, die gleich darauf in der Tür stand, war klein und reizend, aber sie war offensichtlich sehr unglücklich und machte den Eindruck, als sei sie sich nicht ganz sicher, ob sie tatsächlich hereinkommen wollte.

Ich stand auf, weil mir das angebracht erschien, und wartete ab. Als meine Sekretärin die Tür geschlossen hatte, kam die junge Frau zum Schreibtisch herüber, doch ehe ich ihr einen Platz anbieten konnte, sagte sie ohne Umschweife:

»Ich möchte, daß Sie für mich herausfinden, wieviel bestimmte Aktien wert sind.«

Normalerweise sagen mir die Leute, wer sie sind, und fragen mich, wer ich bin, ehe sie zum Geschäftlichen kommen, aber sie tat das nicht, also tat ich es auch nicht. Ich versuchte, ein interessiertes Gesicht aufzusetzen und sagte:

»Die Aktien einer Gesellschaft?«

»Ja.«

»Werden sie an der Börse gehandelt?«

»Ja.«

»Tja«, sagte ich, »das dürfte nicht besonders schwer sein. Setzen Sie sich, das haben wir in zehn Minuten.«

Ich griff nach dem Telefon, doch sie machte eine Geste, als wolle sie mich davon abhalten.

»Sie verstehen nicht. Ich will nicht wissen, was man dafür bekommen kann. Ich will wissen, was sie wert sind.«

Ich war leicht verwirrt. Ich setzte mich, stand wieder auf und rückte ihr einen Stuhl zurecht. Dann trat ich wieder hinter den Schreibtisch und spielte mit dem Briefbeschwerer. Einen Moment lang beäugten wir uns gegenseitig, dann sagte ich:

»Erzählen Sie von Anfang an.«

»Es gibt nichts zu erzählen. Ich wollte bloß wissen, was bestimmte Aktien wert sind.«

Ich griff mir einen Notizblock.

»Wie heißt die Gesellschaft?«

»Harper Products Company.«

»Die ist doch in Harpersville?«

»Ja.«

»Wie kommen Sie auf den Gedanken, daß der Wert sich vom Börsenkurs unterscheidet? Es ist eine große Gesellschaft, und die Aktien werden täglich verkauft und gekauft. Die Firma veröffentlicht Finanzberichte, und die sind nachprüfbar.«

Sie legte ihre Handtasche auf den Schreibtisch.

»Vor zehn Tagen ist mein Vater bei einem Autounfall ums Leben gekommen. Er war Vorarbeiter bei der Harper Products Company. Er hatte ein paar Aktien, und ich weiß nur, daß er mir mehrmals gesagt hat, ich solle sie keinesfalls verkaufen, falls ihm etwas zustieße. Ich erinnere mich, daß wir einmal am Hauptwerk vorbeifuhren und er auf das große Schild deutete und sagte: ›Denk dran. Hier passiert mehr, als man von außen sehen kann.‹ Mehr weiß ich nicht. Ich möchte, daß Sie herausfinden, was die Aktien wert sind.«

Ich sagte: »Fällt Ihnen noch irgendwas ein?«

Sie nahm ihre Handtasche wieder an sich, legte sie auf den Schoß und ließ zwei-, dreimal den Verschluß schnappen.

»Nur, daß mir jemand mehr als den Marktpreis bezahlen will.«

»Wer?«

»Mr. William Jasper Harper.«

»William Jasper Harper höchstpersönlich?«

»Ja, der Alte höchstpersönlich.«

»Warum?«

»Er sagt, er möchte mir unter die Arme greifen.«

»Und Sie meinen, er hat in Wirklichkeit einen anderen Grund?«

»Ich weiß nicht. Ich möchte es einfach nur herausfinden.«

»Waren er und Ihr Vater dicke Freunde oder so was?«

»Sie kannten einander. Möglicherweise besser, als Mr. Harper die meisten in der Firma kannte, aber mein Vater hatte ja auch lange dort gearbeitet. Da gab's nichts Ungewöhnliches, soweit ich weiß.«

»Warum haben Sie nicht zugegriffen?«

»Ich glaube nicht, daß William Jasper Harper ein Philanthrop ist, und ich verstehe nicht, was da vor sich geht. Ich denke, ich sollte herausfinden, was die Aktien wert sind.«

Ich war schon im Begriff zu sagen: ›Ja, das sagten Sie bereits‹, ließ es dann aber bleiben. Statt dessen meinte ich: »Wenn Sie den Finanzberichten keinen Glauben schenken wollen, können Sie nicht viel machen, es sei denn, Sie wollen ein bißchen Geld ausgeben und – wenn nötig – vielleicht ein bißchen Krach schlagen. Wenn Sie einfach nur um Informationen bitten, wird man Ihnen den Jahresabschluß aushändigen, und damit hat sich's.«

Sie klappte ihre Handtasche auf und holte ein Scheckheft hervor.

»Es sind 100 Anteile, und als mein Vater sie erwarb, waren sie, soviel ich weiß, etwas mehr als 100 Dollar pro Anteil wert. Mittlerweile verdient die Gesellschaft angesichts der ziemlich hohen Rohstoffpreise anscheinend nicht sehr viel, und die Aktie notiert mit 23 Dollar. Ich habe nicht viel Geld, aber ich denke, ich kann Sie dafür bezahlen, daß Sie nach Harpersville fahren und ein, zwei Tage lang versuchen, soviel wie möglich herauszufinden. Würde das sehr viel kosten?«

»Was immer ich Ihnen in Rechnung stellen würde, wäre wahrscheinlich mehr, als die Ergebnisse wert sind. Ich fahre gern hin, wenn Sie möchten, und tue mein Bestes, aber ich vermute, daß die Aktie, wenn sie mit 23 Dollar im Kurs steht, eben 23 Dollar wert ist. Stecken Sie Ihr Scheckheft weg. Über das Honorar können wir uns später einig werden. Wieviel, sagten Sie, bietet er Ihnen für die Aktien?«

»Ich habe es nicht gesagt.«

»Also, wieviel b i e t e t er Ihnen denn nun?«

»110 Dollar pro Anteil.«

Ich weiß nicht, ob mir im wahrsten Sinne des Wortes der Kiefer herunterklappte, aber im Geiste tat er es bestimmt. Ich sagte nichts, weil mir nichts einfiel, was ich hätte sagen können. Sie sagte auch nichts. Sie stand auf, so als wäre das Gespräch beendet, und meinte: »Dann werden Sie also kommen. Ich hoffe, Sie kommen so bald wie möglich. Ich schreibe Ihnen meine Adresse und Telefonnummer in Harpersville auf, und Sie können sich dann mit mir in Verbindung setzen, falls Sie mich brauchen. Soll ich keinen Vorschuß für Spesen dalassen?«

»Nein, es sind nur 40 Kilometer, und ich fahre selbst hin. Die Spesen werden sich in Grenzen halten.«

Sie reichte mir den Zettel mit Adresse und Telefonnummer und ging zur Tür. Die Hand auf dem Knauf, blieb sie stehen und schaute einen Moment lang nachdenklich drein.

»Es gibt da noch etwas, was vielleicht wichtig ist. Er hat eine Bedingung gestellt.«

Ich wartete.

»Er sagt, er möchte mir helfen, die Angelegenheiten meines Vaters in Ordnung zu bringen. Er sagt, ich solle ihm alles übergeben, und er und seine Anwälte würden dann alles regeln.«

Sie ging hinaus und machte die Tür zu. Falls ich in diesem Augenblick ein paar verwirrte Runzeln zwischen den Augenbrauen hatte, so waren sie gewiß an der richtigen Stelle.

Ich ging hinaus ins Empfangszimmer und deutete mit dem Daumen fragend auf die Tür von Mr. Meads Büro. Myrtle brachte eine Kombination aus Kopfschütteln und Achselzucken zustande, die ich so interpretierte, daß nichts dagegen spräche, daß ich hineinging, und so klopfte ich an die Glasscheibe und trat ein, ohne eine Aufforderung abzuwarten.

Mr. James Mead ist Seniorpartner der Anwaltskanzlei, in deren Hackordnung ich praktisch ein Nichts bin. Er ist 1 Meter 80 groß, wodurch er ohne große Schwierigkeiten über meinen Kopf hinwegsehen kann, und hat ein rötliches Gesicht und einen stets kurz und sauber gestutzten, borstigen Schnurrbart, der stellenweise grau zu werden beginnt. Mr. Mead dürfte um die 45 sein. Ich sagte:

»Spricht etwas dagegen, daß ich mich engagieren lasse, um die Angelegenheiten der Harper Products Company zu untersuchen?«

Ich wußte, daß er Janet Harper häufig sah, und wollte sichergehen, daß ich nicht in etwas hineingeriet, was dem Boss mißfiel. Er sagte: »Wer will, daß Sie sie untersuchen, und weswegen?«

»Eine junge Dame. Sie hat ein paar Aktien geerbt und möchte wissen, was sie wert sind. Die Börsennotierungen überzeugen sie nicht. Will mich dafür bezahlen, daß ich hinfahre und mal schaue, was ich herausfinden kann.«

»Lassen Sie sich lieber im voraus bezahlen. Wahrscheinlich finden Sie gar nichts heraus, und dann wird sie Sie nicht bezahlen wollen.«

»Tut mir leid. Sie wollte im voraus bezahlen, aber ich habe sie nicht gelassen.«

Er zündete sich eine Zigarre an und stieß langsam den Rauch aus.

»Tja, es würde sowieso nicht viel dabei herauskommen.«

»Es spricht also nichts dagegen, daß ich mich darum kümmere?«

Er wirkte leicht verärgert. Er wußte ganz genau, daß ich fragte, weil er ein starkes Interesse an William Jasper Harpers Tochter gezeigt hatte, und ich war nicht sicher, daß ihm die Sache gefiel. Er sagte ziemlich kurz angebunden: »Natürlich nicht«, und damit hatte es sich.

Da ich unverheiratet bin und keine Verwandtschaft habe, wohne ich bescheiden im CVJM. An diesem Abend kam ich gegen halb zehn vom Kino nach Hause und fand die Nachricht vor, ich solle Amt zwei in Harpersville anrufen. Ich erkannte Miss McClures Stimme sofort. Sie war leicht aufgeregt.

»Ist da Mr. Henry?«

Ich gab zu, daß dies der Fall war.

»Ich habe vergessen, Ihnen zu sagen, daß Mr. Harper gestern eine Antwort wollte und ich ihm keine gegeben habe.«

Ich hielt diese Information nicht für sonderlich wichtig und wollte das gerade sagen, als sie fortfuhr:

»Seit ich zu Hause bin, habe ich ständig versucht, Sie zu erreichen. Hier hat jemand eingebrochen und offenbar alles gründlich durchsucht.«

»Warum haben Sie nicht die Polizei angerufen?«

»Es fehlt nichts, soweit ich sehen kann. Ich möchte, daß Sie herkommen.«

»Jetzt gleich?«

»Sobald Sie können.«

»Mein Auto ist in Reparatur. Wie wäre es mit morgen?«

»Können Sie nicht heute nacht noch kommen? Nehmen Sie sich einen Mietwagen. Ich bleibe solange auf.«

Ich verspürte keine Lust zu fahren, und die ganze Sache klang absurd, aber ich konnte nicht die ganze Nacht da sitzen und reden, deshalb sagte ich unverbindlich: »Mal sehen, was ich tun kann.«

Sie sagte: »Danke. Bitte halten Sie mich nicht für verrückt. Ich warte auf Sie«, und legte auf.

Mr. Mead hat zwei oder drei Autos, von denen wir notfalls immer eins für Dienstfahrten bekommen können. Ich rief bei ihm zu Hause an und sagte, als er abnahm:

»Hier ist Gil.«

»Aha.«

»Die Lady in Harpersville ist ganz außer sich und besteht darauf, daß ich sofort hinfahre. Mein Auto ist in der Werkstatt. Könnte ich den Ford nehmen?«

Er gab eine ganze Weile keine Antwort.

»Sind Sie sicher, daß Sie da nicht in etwas hineingeraten?«

»Keine Ahnung.«

»Na gut. Das Auto ist vor dem Haus abgestellt. Sie können es holen, wann Sie wollen.«

Mehr gab es eigentlich nicht zu sagen, aber er legte nicht auf, und so legte ich auch nicht auf. Es vergingen bestimmt zehn Sekunden, ehe das Klicken kam.

Kapitel 2

Hawthorne Place ist breit und kurvenreich; prächtige Bäume stehen zu beiden Seiten, und es ist wirklich eine piekfeine Adresse. Vor der Residenz von Mead bezahlte ich das Taxi und fand den Ford im Schatten geparkt; die Schlüssel waren wie üblich hinter die Sonnenblende geklemmt. Ich überprüfte Öl- und Benzinstand und wendete dann gegen die einschlägigen Vorschriften. Als ich die Stadtgrenze erreichte, machte ich das Radio an und bekam eine heiße Swingband mit einer dieser Schnulzensängerinnen herein, die so klang, als hätte sie Gallensteine. Es fing leicht zu regnen an, und der Asphalt der Straße glänzte wie die Seehunde im Zirkus. Es war die Zeit vor Pearl Harbor, als noch kein Mensch an Gummiknappheit dachte, und so düste ich mit etwa hundert Stundenkilometern durch die Gegend, wie ich es zu tun pflege, wenn ich meine Hemmungen verliere. Die Fahrt nach Harpersville dauerte nicht lang, und schon bald kam ich über eine Anhöhe und konnte ungefähr eineinhalb Kilometer entfernt die Lichter der Stadt sehen. Ich hatte die steile Gefällstrecke etwa zur Hälfte zurückgelegt, als es einen scharfen Knall gab und das Auto unter mir zu hüpfen und zu zucken begann wie ein Hulatänzer. Ich fuhr in wildem Zickzack den Hügel hinunter und hielt mich noch 50 bis 75 Meter auf der Straße, indem ich meine 80 Kilo gegen das Lenkrad preßte und versuchte, jedes Schlingern abzufangen. Dann kam ich ins Schleudern, und das letzte, was ich hörte, war das hohe Wimmern der seitlich ausbrechenden Reifen.

Eigentlich müßte ich tot sein. Wie oft sich der Wagen überschlagen hat, weiß ich nicht, aber als ich zu mir kam, hing ich halb aus der Fahrertür, und das Auto stand etwa zehn Meter neben der Straße am Fuße einer sanft abfallenden Böschung. Ich fühlte mich gräßlich und war – einmal abgesehen von blauen Flecken und Schwellungen – bis zur Hüfte abwärts klatschnaß.

Ich kroch mit erheblicher Mühe hinaus, nahm die Taschenlampe aus dem Handschuhfach und sah, daß der linke Hinterreifen nicht nur platt, sondern – wie ich es erwartet hatte – in Fetzen gerissen war. Ich kraxelte auf allen vieren die Böschung hinauf und machte mich zu Fuß auf den Weg nach Harpersville. Bald darauf erfaßten mich die Scheinwerfer eines Autos, und ein Farmer und seine Frau boten an, mich mitzunehmen. Als ich gerade einsteigen wollte, fiel mir etwas ein, ich entschuldigte mich, schlug die Tür zu und machte mich wieder auf den Weg den Hügel hinauf. Ich sah ihnen an, daß sie mich für verrückt hielten, und das tat ich wohl auch selbst, aber ich wollte plötzlich etwas wissen und kam zu dem Entschluß, daß es keinen Aufschub duldete.

Ich ging zu dem Wrack zurück, lehnte die Taschenlampe an einen Felsen, montierte die Überreste des linken Hinterreifens ab und untersuchte sie so sorgfältig, als würde ich nach Flöhen suchen. Ich wußte nicht, wonach ich eigentlich suchte, und fand es zunächst auch nicht. Dann fuhr ich mit den Fingerspitzen über die Felge und fühlte plötzlich etwas, das mich innehalten und nach der Taschenlampe greifen ließ. Ich untersuchte die Innenseite des Mantels und sah mich dann – obwohl ich wußte, daß es hoffnungslos war – im Unkraut um.

Auf gut Glück packte ich den Schlauch und schüttelte ihn. Es war etwas darin. Ich schlitzte ihn mit einer Glasscherbe auf und steckte, was ich fand, in die Tasche. Dann ging ich zu Fuß nach Harpersville.

Ich schätze, es war gegen Mitternacht, als ich die Stadtmitte von Harpersville erreichte. Alle Fensterläden waren geschlossen, und ich ging ins Hotel Harper, wo der Empfangschef auf einem Stuhl hinter dem Schalter döste. Er fuhr hoch und bedachte die Art, wie ich ihm seinen Teppich volltropfte, mit einem bösen Blick, aber ich war nicht in der Stimmung, Erklärungen abzugeben. Ich fragte nach dem Telefon, und er machte eine Kopfbewegung in Richtung einer Zelle in der hinteren Ecke der Eingangshalle. Ich betrat die Zelle, ging dann noch einmal zurück und holte mir für zwei, drei Dollar Wechselgeld, und es war offensichtlich, daß der Empfangschef nach wie vor wünschte, ich würde ihm seinen Teppich nicht volltropfen, aber ich sah vermutlich so ungemütlich aus, daß er zögerte, sich darüber zu beschweren.

Ich ließ mich mit der Meadschen Wohnung in der City verbinden und trat ungeduldig von einem Bein aufs andere, bis ich am anderen Ende Mr. James Meads schläfrige Stimme hörte. Ich sagte: »Hier ist Gil Henry. Ich bin in Harpersville. Trachtet Ihnen jemand nach dem Leben?«

Ich konnte ihn förmlich aufwachen hören.

»Was wollen Sie damit sagen?«

»Eben das. Wer könnte Sie umbringen wollen?«

Er sagte behutsam: »Sind Sie betrunken?«

»Nein, aber ich weiß nicht, warum ich nicht tot bin. Ich hatte mit dem Ford einen Unfall. Ich habe etwas in der Tasche, was aussieht wie ein 38er Rundkopfgeschoß, das nicht vom Hersteller in meinen Reifen befördert wurde. Wer hat gewußt, daß ich nach Harpersville fahre?«

»Als Sie anriefen, hatte ich gerade Gäste, und ich habe kein Geheimnis daraus gemacht. Ich konnte nicht einfach ohne Erklärung das Haus verlassen, also habe ich meinen Gästen gesagt, mein Juniorpartner hätte einen Notruf aus Harpersville bekommen und käme vorbei, um sich eins der Autos zu holen. Haben Sie sich auch bestimmt nicht geirrt?«

»Der Knall hat sich nicht nach einem platzenden Reifen angehört. Als ich darüber nachdachte, kam es mir so vor, als wäre das Geräusch von weiter weg gekommen. Dem Reifen sieht man nichts an, aber die Felge hat eine große Delle, und ich habe die Kugel in der Tasche. Ich habe niemandem gesagt, daß ich hierher fahre. Wer waren Ihre Gäste? Egal, wir reden später darüber. Sie machen besser eine Liste, ehe Sie's vergessen. Wir sehen sie uns dann irgendwann mal an.«

Er sagte: »Sind Sie schwer verletzt? Waren Sie bei einem Arzt?«

Ich sagte ihm, daß ich nicht beim Arzt gewesen sei, daß ich aber ginge, falls ich einen brauchte. Dann legte ich auf und rief Ruth McClure an. Ich erzählte ihr, was passiert war und daß ich mir besser ein Hotelzimmer nähme, um aus den nassen Kleidern herauszukommen. Sie wies völlig zu Recht darauf hin, daß ich trockene Kleidung brauche, und ich sagte ihr, damit wäre es nicht getan, ich bräuchte neue. Eines meiner Hosenbeine war aufgeschlitzt, und mein Jackett hatte hinten einen Riß. Sie bestand darauf, daß ich zu ihr nach Hause käme, doch ich fragte eingedenk meiner CVJM-Verbindungen vorsichtshalber, ob sich das

das ihrer Meinung nach denn schicke und was die Nachbarn denken würden. Sie äußerte sich in deutlichen Worten über die Nachbarn, und ich bin schließlich kein Puritaner, und so ging ich gleich darauf, ohne ein Wort zu sagen, am Empfangschef vorbei und schlenderte wieder in den Regen hinaus. Ich blickte mich um und sah, daß er immer noch über die Stellen auf dem Teppich brütete, die ich vollgetropft hatte.

Es ist eine schlechte Angewohnheit von mir, daß mir alles zum falschen Zeitpunkt einfällt. Ich kehrte in die Eingangshalle zurück und tropfte erneut den Teppich voll, während ich den Empfangschef fragte, ob er alte Ausgaben der Lokalzeitungen habe – von vor, sagen wir einmal, zwei Wochen. Er sagte nein, also ging ich wieder hinaus.

Es ginge mir viel besser, wenn ich nicht soviel nachdenken würde. Ich fand Ruth McClures Haus, ein kleines Cottage, das einen Anstrich hätte vertragen können. Sie stand in der Tür, das Licht hinter sich, und mir hätte auffallen sollen, wie hübsch sie war, aber weil ich einfach zuviel nachdenke, stand ich bloß da, tropfte die Fußmatte voll und sagte:

»Wo hatte Ihr Vater 10000 Dollar her?«

Sie brauchte etwa zwei Sekunden, um mir folgen zu können, dann runzelte sie die Stirn und sagte:

»Darüber habe ich überhaupt noch nicht nachgedacht. Er hatte nie in seinem Leben soviel Geld. Kommen Sie herein, und ziehen Sie die nasse Kleidung aus. Der Boiler ist an, Sie können ein heißes Bad nehmen. Wahrscheinlich wollen Sie auch Whisky. Tims Kleider werden Ihnen passen wie ein Zirkuszelt, aber Sie können ja alles hochkrempeln, worüber Sie stolpern.«

Ich sagte: »Wer ist Tim?«

»Tim McClure.«

»Wer ist das?«

»Er wohnt hier.«

Das beantwortete meine Frage nicht, und das sagte ich dann auch. Sie nahm mich bei den Schultern und schob mich ins Wohnzimmer, ohne sich darum zu kümmern, ob ich tropfte oder nicht. »Seien Sie nicht albern. Das können Sie ein andermal herausfinden.«

Dann schob sie mich auf eine offene Tür zu, und ich sah trockene Kleidung und eine Halbliterflasche und konnte im

Badezimmer heißes Wasser einlaufen hören. Mir fiel plötzlich wieder ein, wie ich mich fühlte, und ohne mich groß mit etwas anderem aufzuhalten, trank ich aus der Flasche, bis ich keuchte und hustete. Ich bin nicht gerade ein großer Trinker und hatte das Gefühl, daß meine Rachenschleimhaut und ein Großteil meiner Speiseröhre mit Sicherheit nie mehr das sein würden, was sie einmal waren. Es tat dennoch gut, und fast sofort durchflutete mich eine wohlige Wärme.

Ich bin kein Frauenheld, und Mädchen haben sich nie viel aus meiner gedrungenen, pummeligen Gestalt gemacht. Ich weiß auch nicht, warum ich solche Sachen tue, tatsächlich aber ging es mir mit dem Whisky im Leibe und in Anbetracht des im Nebenraum einlaufenden heißen Wassers so viel besser, daß ich Miss Ruth McClure bei den Schultern nahm und sie mit einer erstaunlichen Heftigkeit auf die Wange küßte, ehe ich sie hinausscheuchte und die Tür zumachte.

Im Film scheinen die Leute das alle Tage zu tun und das völlig normal zu finden, aber ich war einigermaßen entsetzt über das, was ich getan hatte, und fragte mich erneut, wer Tim McClure war und wie groß er sein mochte.

Wie gesagt, mir fällt nie etwas zum gegebenen Zeitpunkt ein. Ich stieg, am ganzen Körper eingeseift, aus der Badewanne, schlang mir ein Handtuch um die Hüften und lugte hinter der Tür hervor ins Wohnzimmer. Ich sagte:

»Nicht hersehen, aber wer hat gewußt, daß ich hierher komme?«

»Niemand. Ich hab's keiner Menschenseele erzählt. Außer Tim natürlich. Er war hier. Aber sonst niemandem.«

»Sie haben mir nicht erzählt, wer Tim ist.«

»Und wenn schon, das sag' ich Ihnen später. Ziehen Sie sich was an.«

»Sagen Sie's mir jetzt.«

»Na gut. Mein Vater hat ihn adoptiert – das ist Jahre her. Er ist Tim McClure, solange ich zurückdenken kann.«

Damit war das also geklärt. Ich stieg erneut in die Wanne, steckte aber praktisch sofort wieder den Kopf aus der Tür hinaus und fragte:

»Wie alt waren Sie, als Tim adoptiert wurde?«

Sie überlegte einen Moment.

»Ich kann mich nicht erinnern. Man hat mir gesagt, ich sei ungefähr zwei gewesen.«

»Wie lange ist das her?«

Sie sah mich an und zog ein Gesicht.

»Eine ziemlich umständliche Art, sich danach zu erkundigen, aber ich bin 28.«

»Ich bin 30.«

Ich stieg wieder in die Wanne und beendete mein Bad, aber ich hatte meinen Gedanken noch nicht zu Ende gedacht und nahm mir vor, auf meine unnachahmliche Art noch eine Frage zu stellen.

Kapitel 3

Ich bekam eine recht gute Vorstellung davon, wie Tim McClure wohl aussehen würde, als ich den Anzug anprobierte, den ich auf dem Bett fand. Es mag kein Maßanzug gewesen sein, aber an mir wirkte er wie ein Umhang. Um die Knöchel krempelte ich etwa 20 Zentimeter hoch, und die Überlappung an meiner Taille war ein umwerfender Anblick. Die Schultern des Jacketts hingen mir praktisch bis auf die Ellbogen, und natürlich verschwanden meine Hände vollständig in den Ärmeln. Kein Wunder, daß Miss Ruth McClure lachte, als sie mich sah. Ich glich aufs Haar dem kleinsten der sieben Zwerge, und wie nicht anders zu erwarten, nannte sie mich Dopey.

Ich fragte sie, wo die Aktien seien, und sie nahm eine schwarze Blechkassette vom Kaminsims. Es war eine ganz gewöhnliche, billige Blechkassette, ziemlich dünn, mit einem eingebauten Schloß von der Sorte, die man sich auch schenken kann. Der Deckel, den jemand mit einem Schraubenzieher oder etwas Ähnlichem aufgebrochen hatte, war stark verbogen. Ehe ich hineinsah, sagte ich:

»Da ist also auch gesucht worden, wie ich sehe.«

»Ja.«

»Fehlt etwas?«

»Ich glaube nicht, aber ich weiß es nicht genau. Es war nichts Wertvolles drin, außer dem Aktienzertifikat, und das ist noch da.«

Das Aktienzertifikat lag zuoberst. Es war ein einzelnes Zertifikat über 100 Anteile am Aktienkapital der Harper Products Company. Es war auf den Namen John H. McClure ausgestellt und vom Mai 1915 datiert. Ich drehte es ein-, zweimal um und dachte dabei an etwas anderes.

»Sind das die einzigen Anteile, die er an der Harper Products Company hatte?«

»Ich denke, das sind alle Anteile, die er je an irgendeiner Firma hatte. Ich habe ihn nie andere erwähnen hören.«

»Wieviel hat er bei der Firma verdient?«

Sie schaute auf ihre Hände und sagte:

»Nicht sehr viel. Die Löhne bei Harper waren nie sehr hoch.«

»Wieviel?«

»35 Dollar die Woche. Früher war es noch weniger.«

Ich dachte einen Moment darüber nach.

»Sie waren auf dem College.«

Es war keine Frage. Sie nickte.

»Wo?«

»Sweetwater.«

»Und Tim?«

»Princeton.«

Ich stand auf und ging im Zimmer herum, bis sich ein Hosenbein lockerte und ich drauftrat, wobei es mir fast die Hosen auszog. Sie sagte:

»Jetzt, wo Sie so fragen, kommt es mir auch eigenartig vor. Ich frage mich, warum ich nie darauf gekommen bin.«

»Was für ein Auto hatten Sie?«

»Einen Buick.«

»Neu?«

Jetzt kam auch sie ins Grübeln. Sie sagte:

»Er hat ihn fast jedes Jahr gegen das neueste Modell eingetauscht.«

Es gefiel ihr nicht, woran ich dachte, und mir gefiel es auch nicht. Etwas anderes begann mir dunkel durch den Kopf zu geistern, und ich stand auf, um noch ein bißchen herumzulaufen, dachte dann aber an die Hosenbeine und setzte mich wieder. Das große Jackett hing an mir herunter wie eine Pferdedecke. Ich versuchte, meine nächste Frage möglichst zartfühlend zu stellen: »Sie sagen, er sei bei einem Unfall ums Leben gekommen?«

Sie nickte.

»Wo?«

»Auf der langen Steigung nördlich von ...« Sie hielt mit aufgerissenen Augen inne, und ich stellte fest, daß ich plötzlich stand. Sie war gleichzeitig mit mir aufgesprungen und hielt nun die Hände ineinander verkrampft.

»War er allein?«

»Ja.«

»Nachts?«

»Ja.«

»Wo ist das Auto jetzt?«

»Ich weiß nicht. Es ist wohl abgeschleppt worden oder so. Am nächsten Tag war es nicht mehr da.«

Das Jackett war aus grobem Stoff, und darunter trug ich nichts als ein Baumwollunterhemd. Meine Schultern begannen zu jukken, und ich kratzte mich zuerst an der einen und dann an der anderen, indem ich mich im Jackett umherwand.

»Das Polizeirevier ist doch wohl die ganze Nacht besetzt, oder?«

Sie sagte: »Ich denke schon.«

Ich schaute mich um und entdeckte das Telefon auf einem Tisch neben der Tür, die vermutlich in die Küche führte. Ich machte eine Kopfbewegung in die Richtung und sagte: »Rufen Sie sie an. Sagen Sie ihnen, wer Sie sind und daß Sie wissen wollen, wo das Auto Ihres Vaters ist.«

»Jetzt?«

»Sofort.«

»Sieht das zu dieser nachtschlafenden Zeit nicht komisch aus?«

»Das, woran ich denke, ist überhaupt nicht komisch.«

Ohne ein weiteres Wort ging sie zum Telefon und nahm den Hörer ab. Sie hatte einige Schwierigkeiten, die Information zu bekommen, die sie wollte, kam aber schließlich zurück und stand mir gegenüber. »Er hat gerade ein Nickerchen gemacht und wurde leicht ausfallend, aber er meint, daß Auto wäre zu dem Abstellplatz bei Harbisons Garage gebracht worden. Er hat gesagt, es sei ein Totalschaden gewesen.«

Ich ging zur Tür und sah hinaus. Der Regen hatte praktisch aufgehört, aber ein leichtes, dunstiges Nieseln hatte eingesetzt, und die klamme Luft ließ mich schaudern. Jemand kam den Vorgartenweg herauf, und ich wartete ab, um zu sehen, wer es war. Ehe er ins Licht kam, dachte ich, es könnte Primo Carnera sein. Er war riesig und fixierte mich mit einem Gesichtsausdruck, auf den ich hätte verzichten können. Ich hatte keine Angst, verstehen Sie, aber die klamme Luft war ziemlich eisig, und ich hielt es für das beste, mich ins Haus zurückzuziehen, um mir keine Lungenentzündung zu holen. Ich war an diesem Abend schon einmal durchnäßt worden und wollte nicht krank werden. Ich war froh, daß Miss McClure zur Tür kam, damit Gargantua mitbekam, daß ich kein Einbrecher war.

Ich könnte schwören, daß er sich seitwärts drehen mußte, um durch die Tür zu kommen, aber vielleicht war das eine optische Täuschung. Er wandte die Augen von mir ab und sagte zu Ruth: »Wer ist der Winzling da?«

Ich richtete mich zu meiner vollen Größe von 1 Meter 70 auf, aber ich kann wahrhaftig nicht behaupten, daß ich es mit Würde tat, denn wer sähe in dem Aufzug, in dem ich herumlief, auch schon würdevoll aus?

Mir entgeht nur ganz selten etwas, und ich sah einen Ausdruck in Miss McClures Augen, der mir nicht so vorkam wie der Blick, mit dem eine Schwester einen Bruder ansieht.

Sie sagte: »Tim, das ist Mr. Henry, ein Anwalt, den ich aus der Stadt habe kommen lassen. Jemand hat das Haus durchsucht, und du warst nicht da, und ich wußte nicht, was ich tun sollte.«

Sein Gesichtsausdruck änderte sich nicht, und wenn auch nur seine Wimpern gezuckt hätten, hätte ich es bemerkt, so genau beobachtete ich ihn. Er sah mich an, ohne eine Miene zu verziehen, aber insgeheim lachte er, das war zu erkennen. »Wozu brauchst du denn einen Anwalt?« Ich kam zu dem Schluß, daß Anwälte bei ihm nicht sehr hoch im Kurs standen. Er hätte genausogut von Pekinesen reden können. »Mein Anzug?«

Ich fand, daß es an der Zeit war, mich zu behaupten, mußte mich nach dem ersten Anlauf allerdings räuspern und es noch einmal probieren. Schließlich brachte ich heraus: »Ich habe einen Unfall gehabt und bin naß geworden. Sie können drauf wetten, daß ich mir die Aufmachung hier nicht bei Marshall Field's ausgesucht habe.« Dann sagte ich: »Wo ist Ihre Pistole?«

Er schaute von mir zu Ruth. »Was faselt er da?«

»Er ist hier, weil ich ihn darum gebeten habe, und er ist um ein Haar umgebracht worden. Jemand hat seinen Reifen plattgeschossen. Er ist neugieriger als eine alte Jungfer, und sein Verstand ist so scharf, daß er ihm noch mal die Ohren abschneidet.«

Er musterte mich mit neuem Interesse, aber ziemlich skeptisch, wenn ich so sagen darf. Die Charakterisierung meines Verstandes war ein ganz neuer Gedanke für mich, und ich glaube, ich hob die Hand und faßte mir – selbstverständlich ohne jeden Hintergedanken – ans Ohr. Ich sagte: »Sie sind Tim McClure. Ich finde, Sie sollten mich vorläufig auf Treu und Glauben akzeptieren. Im

Moment habe ich es eilig, Ihre Erklärung können Sie später kriegen. Ich will zu Harbisons Garage und möchte eigentlich nicht noch mal naß werden. Was würden Sie vorschlagen?«

Er schaltete direkt vor meinen Augen geistig um, und ich konnte sehen, daß die Befragung vorläufig aufgeschoben war. »Das Auto steht draußen. Sie können mir unterwegs alles erzählen.« Er sah Ruth an. »Kommst du mit?«

Sie sah mich an. Ich sagte, es sei unwahrscheinlich, daß jemand zweimal am selben Abend das Haus durchsuchen würde, und gleich darauf saßen sie und ich zusammengepfercht auf dem vom Vordersitz verbliebenen Platz. Mr. Tim McClure hatte es sich entweder anders überlegt oder erwartete, daß ich von mir aus zu reden anfing, was ich jedoch nicht tat. Ich hatte die Taschenlampe dabei, und es bereitete uns keine Schwierigkeiten, auf dem Abstellplatz hinter Harbisons Garage die Überreste des Buick zu finden. Jemand hatte ihn an der Hinterachse aufgebockt, und das linke Hinterrad war samt Reifen und Schlauch verschwunden.

Ich sagte: »Los«, und eilte im Laufschritt zu Tims Auto zurück. Sie stellten mir keine Fragen, folgten mir jedoch dichtauf. Ich trat wieder auf ein Hosenbein, stürzte aber nicht, weil mich eine gewaltige Pranke gerade noch rechtzeitig am Nacken packte. Ich war praktisch gelähmt und wäre viel lieber mit dem Gesicht in den Schlamm gefallen. Er schwang mich am Nacken hoch, wie eine Hündin einen Welpen aufnimmt, und als ich feststellte, daß nichts gebrochen war, saß ich zwischen ihnen eingekeilt, und der Motor lief. Mir war nicht nach Reden zumute, und wahrscheinlich war ich physisch auch gar nicht dazu in der Lage, aber ich schaffte es, die Richtung mit dem Finger zu zeigen, und wir schossen durch die dunklen Straßen und nahmen die Kurven auf zwei Rädern. Etwa fünf Minuten später gab ich ihm zu verstehen, daß er langsamer fahren sollte, und konnte gleich darauf die Stelle sehen, wo mein Wagen von der Straße abgekommen war. Mit der Taschenlampe nach dem Weg tastend, kraxelte ich die Böschung hinunter, und als ich das Polster des Vordersitzes draußen auf dem Boden liegen sah, wußte ich genau, was ich vorfinden würde. Der Wagenheber war unter der Hinterachse, und das Rad mit dem platten Reifen war verschwunden.

Ich blickte auf und stellte fest, daß Tim mir aufmerksam zusah. Wie er es schaffte, nicht in einen Schwall von Fragen auszubrechen, weiß ich nicht, aber als ich wieder die Böschung zur Straße hinaufkletterte, blieben er und Ruth dicht bei mir. Diesmal raffte ich die Hosenbeine an den Knien hoch, um nicht hinzufallen. Ich zwängte mich hinters Lenkrad, und wir setzten Ruth zwischen uns. Während wir langsam den Hügel hinaufkrochen, bat ich Tim, auf seiner Seite auf Spuren eines von der Straße abgebogenen Autos zu achten. Bis zur Hügelkuppe war nichts zu sehen, aber etwa 50 Meter weiter ging auf meiner Seite ein Schotterweg ab, in den ich einbog. Fast sofort konnte ich Spuren sehen, die hinter dem dichten Gestrüpp parallel zum Highway den Hügel hinunter abbogen.

Es gab keinen Zweifel. Das war die Stelle. Ein Auto war hiergewesen und später noch einmal zurückgekommen. Im Gesträuch neben der Straße hatte jemand gekniet. Wir sahen uns mit der Taschenlampe um und fanden einen Fußabdruck und in seiner Mitte eine Einkerbung, wo jemand auf eine leere Patronenhülse getreten war. Die Patronenhülse war nicht mehr da, aber wir fanden Spuren, die darauf schließen ließen, daß jemand sie mit Daumen und Zeigefinger herausgepult hatte.

Ich ging zu den Reifenspuren zurück, und es war klar, daß vor uns entweder zwei Autos hiergewesen waren oder ein Auto hiergewesen und später noch einmal zurückgekommen war.

Wir kehrten zu Tims Auto zurück, und ich ging um es herum, richtete die Taschenlampe nacheinander auf jedes Rad und sah mir dann noch einmal die Spuren im Schlamm an. Die Hände in die Hüften gestemmt, sah er mir zu; Ruth McClure – sie hielt den Handrücken vor den Mund gepreßt – war ebenso angespannt wie ich.

»Zufrieden?« fragte Tim.

Ich zuckte die Achseln, und wir stiegen wieder ins Auto. Ich war müde und zerschlagen und wollte ein Weilchen nicht denken. Ich hörte Ruth mit Erklärungen loslegen, und dann bin ich wohl eingeschlafen, denn ich bekam nichts mehr davon mit. Tim schüttelte mich wach, als wir wieder vor dem Haus hielten. Er schaute ziemlich grimmig drein. Es war vier Uhr morgens.

Kapitel 4

Sobald wir wieder im Wohnzimmer waren, ging ich geradewegs zu der schwarzen Kassette und kippte ihren Inhalt auf den Tisch. Es gab nicht viel zu sehen. Ein Vertrag über den Verkauf eines Autos, Zahlungsbelege, Kontoauszüge und ein kleiner Stapel Papiere, der von einem Gummiband zusammengehalten wurde, das auseinanderfiel, als ich es anfaßte. Der Stapel Papiere bestand aus einem Dokument, das sich offensichtlich auf das Haus bezog, der Durchschrift eines Hypothekenbriefs, einer Hypothek mit einem Löschungsvermerk, der Geburtsurkunde einer Ruth Ellington McClure, laut der sie am 21. Juni 1913 geboren war, und Adoptionspapieren, aus denen hervorging, daß ein Findling – wirklicher Name unbekannt, Eltern unbekannt – im Mai 1915 in Louisville, Kentucky, von John McClure und dessen Ehefrau Ruth McClure adoptiert worden war. Das Kind hatte unter der Vormundschaft einer Mrs. Phoebe Murdoch gestanden und war in Ermangelung eines anderen Namens Timothy Washington genannt worden. Als Geburtsdatum des Kindes war der 7. August 1909 angegeben. Es gab keine Erklärung dafür, wie dieses Datum bekannt sein konnte, wo doch nichts anderes bekannt war.

Ich legte die Urkunde neben das Aktienzertifikat und deutete auf die beiden Daten, die weniger als eine Woche auseinanderlagen. Timothy McClure schaute mir über die Schulter und sagte kein Wort.

Mit einigem Interesse nahm ich die Bankauszüge zur Hand, aber es gab keine ungewöhnlichen Buchungen – nichts als regelmäßige Einzahlungen von jeweils 35 Dollar in den letzten Jahren, dann eine Weile 30 Dollar die Woche und schließlich 27 Dollar 50.

Ich durchblätterte ein paar Stapel Zahlungsbelege, aber auch da gab es nichts Ungewöhnliches. Schecks an Geschäftsleute, Barschecks über kleinere Beträge. Sonst nichts.

Die Verkaufsurkunde bezog sich auf einen 41er Buick und war vom Februar 1941 datiert, aber es gab keinen Zahlungsbeleg darüber.

Ich fixierte die beiden. »Wie haben Sie während des Studiums Ihr Geld bekommen?« fragte ich.

Tim sagte: »Postanweisung.« Ich sah Ruth fragend an, und sie nickte.

»Immer?«

»Ja.«

»Erinnern Sie sich noch an das Postamt?«

Sie sahen einander verständnislos an.

Ruth sagte: »Das war vor Jahren. Ich habe nie darauf geachtet. Es kam mir nicht wichtig vor. Wir haben das Geld bekommen, und damit hatte es sich.«

Tim dachte stirnrunzelnd nach, schüttelte dann aber langsam den Kopf.

Ich schätze, ich fuhr zehn Zentimeter hoch, als das Telefon klingelte. Sechs Augen sahen es an, und es klingelte noch einmal. Ruth ging hin, nahm den Hörer ab, kam kurz darauf zurück, sah mich an und sagte: »Für Sie.«

Es gab keinen Zweifel, daß sie mich meinte, aber es war so schwer zu glauben, daß ich: »Für mich?« fragte, während ich schon unterwegs war.

Die Stimme klang, als käme sie aus einer Meeresmuschel.

»Mr. Gilmore Henry?«

Ich wünschte, ich wäre es nicht, aber ich war es und sagte das auch.

»Bißchen neugierig, wie?«

Das war nicht ganz von der Hand zu weisen, aber ich sagte: »Meinen Sie?« und versuchte mich darauf zu konzentrieren, irgend etwas auszumachen, woran ich den Sprecher erkennen könnte, falls ich ihn je wieder hören würde, Meeresmuschel hin oder her.

Die Stimme fuhr fort: »Warum machen Sie nicht ein bißchen Urlaub oder so was und kümmern sich um Ihren eigenen Kram?«

»Vielleicht werde ich das ja machen. Irgendwelche Vorschläge?«

»Nur, daß Sie ein bißchen Urlaub machen oder so was und sich um Ihren eigenen Kram kümmern. Soll ich's Ihnen aufmalen?«

Ich sagte: »Wer spricht da?«

Ich bekam darauf keine Antwort, und am anderen Ende der Leitung wurde der Hörer aufgelegt.

Ich legte auch auf und kratzte mir wieder die Schultern im Jackett, indem ich mich darin umherwand. Dann nahm ich den Hörer ab und klapperte mit der Gabel, und als das Mädchen von der Vermittlung sagte: »Welche Nummer, bitte?«, sagte ich:

»Hier ist 1872. Ich möchte noch einmal mit der Person sprechen, mit der ich gerade gesprochen habe. Können Sie mir sagen, von welchem Anschluß der Anruf kam?«

»Sie meinen, gerade eben?«

»Vor weniger als einer Minute.«

»Der Anruf kam aus dem Hotel.«

»Würden Sie mich bitte mit dem Hotel verbinden?«

Als ich das Mädchen von der Hotelvermittlung am Apparat hatte, sagte ich noch einmal: »Hier ist 1872. Ich möchte mit der Person sprechen, mit der ich gerade gesprochen habe.«

»Der Anruf wurde von einer Zelle aus gemacht.«

»Wenn der Mann noch da ist, dann sehen Sie ihn sich genau an, und merken Sie sich alles, was Sie sehen.«

»Er ist gerade rausgegangen. Hat den Hörer aufgelegt und ist einfach rausgegangen – ohne ein Wort.«

»Groß? Klein? Dunkel? Blond? Oder was?«

»Wer spricht denn da?«

»Das tut nichts zur Sache, Schätzchen, ich hab's eilig, und es ist wichtig. Ist Ihnen an dem Mann irgendwas aufgefallen?«

Sie dachte eine Weile schweigend darüber nach, dann sagte sie: »Da gab's nichts Auffälliges. Einfach mittelgroß und nichts Besonderes.«

»Kleidung?«

»Ganz gewöhnliche Kleidung.«

»Große Nase? Schielaugen? Narben oder so was?«

»Ein ganz gewöhnlicher Mann, wie man ihn alle Tage sieht. Ich persönlich führe ein zufriedenes Familienleben, und meinetwegen kann jemand aussehen wie Clark Gable.«

Ich kam nicht weiter, sagte deshalb: »Ach ja?« und legte auf. Ich drehte mich zu Tim und Ruth um und sagte: »Ein mittelgroßer Kerl, der nach nichts aussieht, will, daß ich irgendwo anders Urlaub mache und mich um meinen eigenen Kram kümmere. Wie ich zu meiner großen Freude erfahre, hat das Mädchen von der Hotelvermittlung keinerlei Sexprobleme.«

Ich übernahm das Zimmer, das der verstorbene John H. McClure früher bewohnt hatte, Ruth übernahm das Wohnzimmer, und das Riesenkalb übernahm den Keller. Gemeinsam durchsuchten wir diese Räume und den Rest des Hauses bis ins kleinste – mit Ausnahme der Tapetenrückseiten. In der Kommodenschublade fand ich das einzige, was überhaupt interessant aussah – einen flachen Schlüssel, der ganz unten in einem mit Plüsch ausgekleideten Kästchen voller Kragenknöpfe, Büroklammern, alter, abgerissener Theaterkarten und anderem Kram lag. Es war kein glänzender, neuer Schlüssel, aber er sah nach Messing aus, hatte keinen Grünspan angesetzt und war nicht verstaubt, woraus ich schloß, daß er nicht so unbeachtet geblieben war, wie man aufgrund seines Aufbewahrungsortes hätte annehmen können.

Ich ging zu Ruth und hielt ihn ihr hin. »Wozu gehört der?«

»Er sieht nicht so aus, als würde er zu einem der Schlösser im Haus passen. Vielleicht weiß es Tim.«

Tim drehte ihn ein-, zweimal hin und her und schüttelte den Kopf. »Hab' ich noch nie gesehen.«

Ich drehte ihn auch ein paarmal hin und her, während mir ganz langsam etwas dämmerte. Ich sagte: »Könnte von einem Schließfach sein. Wissen Sie, ob er eins hatte?«

Sie sahen sich an, und Tim sagte: »Erwähnt hat er jedenfalls nie eins.«

»Hat er ein Testament hinterlassen?«

»Ein ganz kurzes, vor Jahren aufgesetzt, in dem er alles zu gleichen Teilen mir und Tim hinterläßt.«

»Schon eröffnet?«

»Nein. Wir hatten vor, es übermorgen eröffnen zu lassen.«

»Ist ein Vollstrecker benannt?«

Tim sagte: »Ruth.«

Ich dachte eine Weile darüber nach. »Passen Sie auf«, sagte ich, »sobald das Testament eröffnet und rechtswirksam geworden ist, lassen wir Sie umgehend bestätigen, und dann werden Sie in Ihrer Funktion als Testamentsvollstreckerin anfangen, sich nach Schließfächern umzusehen. Vielleicht finden wir mit diesem Schlüssel, wonach jemand heute abend hier so schrecklich dringend gesucht hat.«

Wir hatten eine ganze Menge Zeit vergeudet, und es war fast sechs Uhr. Ruth fragte, ob wir nicht meinten, daß wir etwas essen sollten, und plötzlich fiel mir ein, wie hungrig ich war, und ich setzte mich mit einem Gefühl der Schwäche und kleinen roten Pünktchen vor den Augen. Ich sagte, ich hielte das für eine prima Idee.

Ich rasierte mich, während das Frühstück in der Mache war. Auf dem Weg in die Küche, wo ich feststellen wollte, wie es vorwärtsging, kam ich durchs Wohnzimmer und warf zufällig einen Blick auf die Eingangstür. Ich blieb wie angewurzelt stehen. Dicht hinter der Scheibe war das gräßlichste Gesicht, das ich je gesehen habe, und ein leuchtendes Auge sah mich an. Zuerst dachte ich, das Gesicht wäre von einem riesigen Muttermal entstellt, doch mir wurde fast sofort klar, daß es sich um Narbengewebe handelte, das eine ganze Gesichtshälfte überwucherte, die abgesackt war und am Unterlid des Auges zog, so daß dessen roter Rand zu sehen war. Auch der Mund war auf dieser Seite heruntergezogen und stand mit permanent nach außen gestülpter Unterlippe etwas offen. Das Auge auf dieser Seite war milchigweiß.

Ich hörte Ruth in der Küche hantieren und sagte:

»Mein Gott, was ist das?«

Sie erschien in der Tür und sah sofort die greuliche Erscheinung am Eingang. Zu meiner Überraschung zuckte sie nicht einmal mit der Wimper, sondern rief:

»Tim! Wo ist Tim? Laß Katie rein. Sie ist an der Tür.«

Tim kam aus seinem Zimmer, machte die Tür auf und sagte:

»Hallo, Miss Katie. Früh auf den Beinen heute morgen, wie?«

Es war eine Frau. Sie trug einc Haube, die fast so eng wie ein Käppchen am Schädel anlag, und aufgrund der Art, wie das Narbengewebe darunter verschwand, vermutete ich, daß die Verbrennung, oder was immer es war, ihr ganzes Haar weggesengt haben mußte. Sie trug einen Korb am Arm, und die unversehrte Hälfte ihres Gesichts sah Groß-Tim mit einer Zärtlichkeit an, die anziehend gewirkt hätte, wenn ich diese Hälfte von der anderen hätte trennen können, die für immer zu der scheußlichen Fratze erstarrt war. Ich weiß nicht, wie ich mir ihre Stimme vorstellte, aber ich nehme an, ich wartete auf ein Krächzen wie bei den Hexen in den Büchern, die man als Kind liest. Mit ihrer Stimme war alles in Ordnung. Sie blickte nach unten, zog mit einer Hand, die genauso schrecklich verunstaltet war wie ihr Gesicht, ein Tuch von dem Korb und sagte:

»Ich habe Ihnen wieder Eier mitgebracht, Mr. Tim. Ich habe Licht in der Küche gesehen und gedacht, Sie und Ruth hätten vielleicht gern etwas Frisches direkt von meinem Hühnerhof.«

Dann schien sie mich zum ersten Mal zu bemerken und sagte:

»Wer ist der junge Mann da?«

Tim nahm ihr den Korb ab und sagte:

»Danke, Katie. Ich weiß gar nicht, was wir ohne Sie machen würden. Das ist ein Anwalt, den Ruth aus der Stadt geholt hat, damit er uns bei Dads Angelegenheiten hilft.«

Das Auge sah mich an und leuchtete wieder auf, und sie fixierte mich länger, als ich es für nötig hielt. Ich warf ein:

»Es scheint alles in Ordnung zu sein. Bloß Routinekram.«

Katie starrte mich unverwandt an und sagte dann an Tim gerichtet:

»Macht ja nicht viel her. Wozu laßt ihr euch mit Anwälten ein? Was habt ihr an dem auszusetzen, was ihr in Harpersville bekommen könnt? Ich habe gedacht, Mr. Harper würde das alles für euch in die Hände nehmen und euch bei den Aktien auch noch sehr entgegenkommen.«

Tim schien sich weder darüber, wieviel sie wußte, noch über die anmaßende Art, in der sie sich äußerte, zu wundern.

»Bloß so eine Idee von Ruth, Miss Katie. War wohl zufällig gerade in der Stadt und kam auf irgendwas anderes zu sprechen, und ehe sie sich versah, hatte sie einen Anwalt.«

»Laßt das lieber Mr. Harper machen«, sagte Miss Katie säuerlich, aber mit einem Nachdruck, der mir nicht entging.

»Wenn ihr nicht achtgebt, zahlt euch Mr. Harper keinen guten Preis für eure Aktien.«

»Machen Sie sich keine Sorgen um uns, Miss Katie. Vielen Dank für die Eier. Die letzten, die Sie uns gebracht haben, sind gerade ausgegangen, und sie schmecken immer so gut.«

Miss Katie wandte ihm ihre Aufmerksamkeit zu, und wieder trat der sanfte Ausdruck in ihr Gesicht. Sie tätschelte die Hand, die den Korb hielt, drehte sich dann um und ging ohne ein weiteres Wort.

Als sie fort war, verspürte Tim augenscheinlich keinerlei Neigung, meiner offenkundigen Verblüffung abzuhelfen, Ruth war da entgegenkommender:

»Sie wohnt schräg gegenüber, ungefähr zwei Häuser weiter. Hält ein paar Hühner und kommt alle ein, zwei Tage mit Eiern oder mit etwas Selbstgekochtem oder etwas aus dem Garten. Ich weiß nicht, warum sie soviel Gefallen an uns findet, aber wir sind auch immer nett zu ihr gewesen, besonders Dad und Tim.«

Ich sagte: »Was ist mit ihr passiert?«

»Sie hat nie darüber gesprochen, und niemand hat es je übers Herz gebracht, sie zu fragen. Die meisten Leute halten sie für knallhart, und was wir so gehört haben, ist sie das vielleicht auch, obwohl sie sich uns gegenüber nie so verhalten hat.«

Es war halb acht, als wir unser Frühstück beendet hatten. Ich erkundigte mich, wann die Geschäfte öffneten, und Ruth sagte, in der Hauptstraße gebe es ein Herrenbekleidungsgeschäft, das ziemlich früh offen habe. Tim hatte einen Bürojob bei der Harper Products Company. Nachdem Ruth den Tisch abgeräumt hatte, brachte sie ihn zur Arbeit und fuhr mich dann mit seinem Auto ins Zentrum. Wir parkten vor Silverstein's und warteten darauf, daß jemand auftauchte. Ein Lebensmittelgeschäft einige Häuser hinter uns hatte bereits geöffnet, und ein Negerjunge putzte mit einem Gummischrubber das Schaufenster, während der Verkäufer Orangen und Konservenstapel in der Auslage aufbaute. Ich sah ihnen im Rückspiegel träge zu und bemerkte dann Miss Katie, die mit einem anderen Korb am Arm den Bürgersteig entlangkam. Sie ging in das Lebensmittelgeschäft. Ruth und ich saßen da und rauchten eine Zigarette, und nach einer Weile schaute ich wieder in den Rückspiegel und sah Miss Katie mit dem Korb herauskommen, der nun ziemlich schwer wirkte. Etwas, was oben aus dem Korb ragte, fiel mir ins Auge. Es war bloß ein flüchtiger Blick, und es dauerte wohl fünf bis zehn Sekunden, ehe der Groschen fiel. Ich gab Ruth keine Erklärung, sondern bat sie nur, einen Augenblick zu warten. Dann stieg ich aus und ging in das Lebensmittelgeschäft. Zu dieser frühen Stunde war nur ein Verkäufer da, der Konserven auf dem Regal zurechtrückte und übertrieben eifrig Staub wischte. Jetzt, wo ich hier war, wußte ich nicht, wie ich es anfangen sollte.

Ich sagte: »Ich habe gerade Miss Katie gesehen. Wenn Sie welche von ihren Eiern haben, nehme ich sie alle.«

Er hatte offensichtlich nicht den blassesten Schimmer, wovon ich redete.

»Ich habe ihre Eier nicht. Sie hat sie mitgenommen. Eine normale Schachtel. Ein Dutzend. Ich erinnere mich ganz genau, als sie bezahlt hat, lagen sie ganz oben im Korb.«

Ich wandte mich ab und sagte:

»Führen Sie Camels? Geben Sie mir zwei Päckchen. Sie hat die Eier, die sie gekauft hat, also nicht vergessen?«

Er reichte mir die Zigaretten, gab geräuschvoll heraus und sagte:

»Sagen Sie ihr, sie soll ganz oben im Korb nachschauen. Sie kann sie gar nicht übersehen, außer sie sind ihr irgendwo runtergefallen.«

Ich wünschte mir inständig, ich hätte mich einfach nur während eines Schneesturms im Wald verirrt oder sonst etwas Simples, das ich begreifen konnte.

Kapitel 5

Jeder Mensch hat sein Kreuz zu tragen. Meins besteht darin, daß ich nicht wie Menschen gebaut bin, die dazu bestimmt sind, sich ihre Kleidung in Konfektionsgeschäften zu kaufen. Wenn Kleidung mir in der Mitte passen soll, ist sie an den Enden zu lang, und wenn sie mir an den Enden passen soll, kneift sie mich in der Mitte.

Diesem Dilemma sah ich mich wie üblich auch in Silversteins Herrenbekleidungsgeschäft ausgesetzt. Ich wollte mir nicht die Zeit nehmen, darauf zu warten, daß Änderungen vorgenommen wurden, und nahm deshalb einen Anzug, der kniff, als ich ihn an der Taille zuknöpfte. Mr. Silverstein hatte ein schwarzes Käppchen auf, und um seinen Hals hing ein Maßband. Er drückte und glättete und zupfte überall, damit alles richtig saß, und schien in jeder Hinsicht angetan, obwohl er schließlich sagte, der Anzug sei vielleicht ein klein wenig eng. Ich fand, ›eng‹ war kaum der angemessene Ausdruck, denn mein Gürtel war praktisch nicht mehr zu sehen, und mir wurde klar, daß ich mich nicht sehr oft würde hinsetzen wollen.

Er verspürte wenig Lust, meinen Scheck zu akzeptieren, aber ich holte Ruth, und nachdem sie den Scheck bestätigt hatte, akzeptierte er ihn mit offensichtlichen Bedenken. Er betonte ein ums andere Mal, daß alle Transaktionen in seinem Hause ›ausnahmslos bar‹ abgewickelt würden, aber er war nicht der Typ, der sich ein Geschäft entgehen ließ, selbst wenn seine Großmutter im Nebenzimmer gerade an Krämpfen gestorben wäre.

Ich bereute meinen Entschluß, als ich mich hinter das Lenkrad des Autos klemmte. Es heißt, wenn man einen Regenwurm in der Mitte durchschneidet, machen sich die beiden Hälften selbständig und ergänzen, was immer zum Weitermachen erforderlich ist, aber ich bin kein Regenwurm und hatte kein Vertrauen in meine diesbezüglichen Fähigkeiten.

Ruth sagte: »Wohin jetzt?« Ich wandte meine Gedanken von meinen anatomischen Problemen ab und fragte, ob sie wisse, um welche Zeit Mr. William Jasper Harper sich in den Büroräumen der Harper Products Company einfinde. Sie sagte, gegen neun, und so brachte ich sie nach Hause, lieh mir das Auto und fuhr hin.

Mr. Harpers Sekretärin sah aus, als hätte sie persönlich im Jahre 1863 den Grundstein gelegt; sie fragte, wer ich sei und was ich wolle. Ich reichte ihr eine Karte von Mead, Opdyke, Smallwood, Garrison & Henry, und sie sagte: »Ach so, Sie sind von Mr. Meads Kanzlei. Einen Moment, ich schaue mal, ob Mr. Harper Zeit für Sie hat.« Sie tat es, und er hatte. Es war ein großes, mit dunklem Holz getäfeltes Büro, dessen eine Wand nur aus Fenstern bestand, die auf ein dekoratives Stück Rasen zwischen dem Büro und der eigentlichen Fabrik hinausgingen, die von Efeu überwuchert war. Mr. Harper saß mit dem Rücken zum Fenster hinter einem riesigen Schreibtisch. Auch wenn er saß, war zu erkennen, daß er sehr groß war, und obwohl er praktisch weiße Haare hatte, wirkte sein Gesicht nicht sehr alt; ich schätzte ihn auf nicht mehr als 60. Er stand nicht auf, sondern deutete auf einen Stuhl und sagte herzlich: »So, so, Sie sind also von Jim Meads Kanzlei.«

Ich sagte, das sei richtig und ich sei hier, um im Auftrag von Miss Ruth McClure mit ihm zu sprechen.

Er wußte nicht recht, ob ihm das gefallen sollte oder nicht, und wurde ein bißchen weniger herzlich. Ich konnte sehen, wie er sich am Riemen riß und überlegte, was er sagen sollte. Er betrachtete noch einmal die Karte und sagte: »Mr. Henry, nicht wahr?« Er wußte sehr wohl, daß ich Mr. Henry war, denn so stand es auf der Karte. Ich sah keinen Grund, um den heißen Brei herumzureden, und sagte: »Warum wollen Sie ihr viereinhalbmal soviel bezahlen, wie Ihre Aktien angeblich wert sind?«

Ich konnte sehen, wie er sich beruhigte, und sein Lächeln war beinahe gewinnend. »Sehr vorsichtiges Mädchen, Mr. Henry. Sehr intelligent. Völlig richtig, daß sie sich Gedanken macht. Aber ich kann Ihnen versichern, daß meine Motive rein selbstloser Natur sind, und Ihnen gegenüber kann ich offener sein, als ich es ihr gegenüber sein möchte. Ihr Vater, Mr. Henry, war einer unserer ältesten Angestellten. Ich versuche, mich um meine Leute zu kümmern. Ich kann mir nicht vorstellen, daß er sehr viel hinterlassen hat, und sein Sohn und seine Tochter schienen ein angenehmes Leben gewöhnt zu sein. Ich konnte schlecht anbieten, ihnen etwas zu schenken, aber ich dachte, es sähe ganz normal aus, wenn ich Aktien meiner Gesellschaft kaufen würde, und der Preis wäre meine Sache. So etwas wie eine Familienangelegenheit, Sie verstehen. Die Aktien waren mehr wert, als McClure sie gekauft hat, und ich wollte nicht, daß sie den Verlust tragen müssen.«

»Sehr interessant, Mr. Harper. Wieviel, sagten Sie, hat Mr. McClure für seine Aktien bezahlt?«

Er lächelte erneut. »Ich bitte Sie, Mr. Henry. Das entzieht sich meiner Kenntnis. Die Aktien wurden bis weit in die Wirtschaftskrise hinein stets zum Nennwert oder darüber gehandelt, und ich nehme an, er hat sie am Markt gekauft.«

Ich konnte sehen, daß er fand, daß mich das nichts anginge und daß er nicht wußte, wo das Ganze hinführen sollte. Ich sagte ruhig: »35 Dollar Gehalt die Woche kommen mir nicht gerade fürstlich vor.«

Eine dicke Ader begann an seinem Hals zu pochen, und sein Gesicht rötete sich leicht. »Ich bitte Sie, Mr. Henry! Worauf wollen Sie eigentlich hinaus?«

Ich trat vor den Schreibtisch und legte die Hände darauf. »Ich denke nicht, Mr. Harper, daß John McClure für 10000 Dollar irgendwelche Aktien gekauft hat, wo er doch nie im Leben mehr als 35 Dollar die Woche verdient hat. Ich denke nicht, daß Tim von den 35 Dollars die Woche in Princeton studiert hat. Ich denke nicht, daß Ruth McClure von 35 Dollars die Woche in Sweetwater studiert hat. Ich denke nicht, daß John McClure sich von 35 Dollars die Woche jedes Jahr ein neues Auto gekauft hat. Was denken Sie?«

Er hielt sich mühsam im Zaum. »Sie sind der große Denker. Wie wäre es, wenn Sie's mir sagen würden?«

»Lassen Sie mir Zeit, dann sage ich's Ihnen, sobald ich ein paar Sachen herausgefunden habe. Im Moment hätte ich gerne Ihre Erlaubnis, die Bücher der Harper Products Company, sämtliche Unterlagen über Aktienübertragungen sowie Ihre persönlichen Kontoauszüge einzusehen. So etwa ab 1915, was meinen Sie?« Wieder stieg ihm das Blut in den Hals, und er erhob sich halb von seinem Stuhl.

»Sie möchten was?« Er brüllte es mir geradezu entgegen.

Ich sagte: »Na schön, Sie weigern sich also?«

»Und ob ich mich weigere. Ich habe noch nie im Leben so einen Quatsch gehört. Sie kleines Würstchen, Sie haben Nerven, das muß ich sagen! Wir werden sehen, was Jim Mead dazu zu sagen hat.«

»Mr. Mead«, sagte ich ruhig, »hat nichts dazu zu sagen. Ich bin von Ruth McClure beauftragt worden, und bis jetzt ist das eine Sache zwischen mir, meiner Mandantin – und Ihnen. Sie können jeden anderen einbeziehen, den Sie möchten. Da steht das Telefon. Die Nummer in der Stadt ist Main 8247.«

Er war fast außer sich. Er stieß eine Art gurgelndes Röhren aus, riß den Hörer hoch und legte dann plötzlich wieder auf. »Jim Mead kann warten«, sagte er, »Sie und ich können damit anfangen, daß Sie sich erst einmal hinausscheren. Und zwar sofort!«

»Ich denke, das werde ich, Mr. Harper. Ich denke, ich werde losziehen und ein paar sehr interessanten Fakten nachgehen. Ich denke, ich werde so etwa im Mai 1915 anfangen, und ich denke, ich werde dabei im Auge behalten, daß Timothy McClure nicht der Sohn von John H. McClure ist. Ich denke, ich werde Miss Ruth McClure empfehlen, Ihr selbstloses Angebot abzulehnen, das zufällig mit der Bedingung verknüpft ist, daß Sie sämtliche Angelegenheiten ihres Vaters und seine, sagen wir – Unterlagen, so vorhanden, übernehmen. Meinen Sie, das wäre eine gute Idee, Mr. Harper?«

Sein Gesicht war ungefähr so sanft wie der Stone Mountain in Georgia, und seine Stimme war kalt und schneidend. »Was führen Sie im Schilde?« fragte er. »Wollen Sie mich erpressen?«

»Sollte ich?«

»Erpressung ist eine ernste Sache, Mr. Henry, auch in Harpersville. Wie würde es Ihnen gefallen, in etwa 30 Minuten im Gefängnis zu landen?«

Ich erhob mich und setzte meinen Hut auf. »Machen Sie, was Sie wollen, Mr. William Jasper Harper. Ich nehme an, Sie wissen, was Sie tun.«

In diesem Augenblick ertönte der Summer der Sprechanlage, und er drückte den Schalter, ohne den Blick von mir zu nehmen. Eine Stimme, die ich entfernt als die der alten Sekretärin erkannte, sagte: »Miss Katie ist da, Mr. Harper.«

»Sagen Sie ihr, sie möchte warten. Ich bin gleich soweit. Falls Mr. Henry jemals wiederkommen sollte, empfange ich ihn nicht. Er ist gerade im Begriff zu gehen.« Er strahlte wieder übers ganze

Gesicht. »Noch so eine meiner selbstlosen Initiativen, Mr. Henry. Ich bin wirklich ein sehr gutherziger Mensch, Mr. Henry. Sie werden überall in der Stadt Beispiele dafür finden. Eine höchst unglückliche Frau, diese Miss Katie. Bringt mir einmal die Woche ganz ausgezeichnete Eier – und billiger als die, die man im Laden kaufen kann. Aber sie hat es schwer, Mr. Henry, so entsetzlich entstellt und ohne Möglichkeit, sich ihren Lebensunterhalt zu verdienen. Ich habe jede Woche einen kleinen Umschlag für sie, und der hat nichts mit dem Eierpreis zu tun. Wahrscheinlich wird Ihr verdrehter Verstand auch da etwas hineingeheimnissen wollen. Und jetzt gehen Sie mir aus den Augen, und wenn Jim Ihre Phantasie vom Reich des Absurden in produktive Bahnen lenken kann, wird es vielleicht nicht nötig sein, daß ich Sie wegen versuchter Erpressung verhaften lasse.«

Ich sagte: »Vielleicht mache ich mir ja tatsächlich ein paar Gedanken über den Eierpreis. Sie werden sich erinnern, daß ich keinen Cent von Ihnen verlangt habe. Wenn Sie schon dem Drang nachgeben, kindische Drohungen auszustoßen, dann hoffe ich, Sie sind auch erfinderisch genug, sie wahrzumachen.«

Ich hielt bei einem Drugstore und schlug im Telefonbuch nach, ob es einen Anschluß unter dem Namen Miss Katie Byrnes gab. Es gab einen, und ich notierte mir Straße und Hausnummer, um auch sicherzugehen, daß ich zur richtigen Adresse fuhr.

Ich parkte vor ihrem Haus, klingelte ein-, zweimal und klopfte dann mehrmals. Zuerst meinte ich, irgendwo im Halbdunkel eine leichte Bewegung ausgemacht zu haben, aber es tat sich nichts, und ich kam zu dem Schluß, daß niemand zu Hause war.

Ich ging die Treppe hinunter, um die Ecke und dann den Asphaltweg entlang in den Hinterhof. Dort gab es einen Zaun und ein unglückliches Huhn, das hoffnungsvoll aufblickte, fast so, als bestünde die geringe Chance, daß ich der Wurm war, nach dem es suchte. Ich machte die Drahttür hinter mir zu und sah mich um. Der Hof war klein, und in einer Ecke befand sich hinter einem löchrigen Maschendrahtzaun etwas, das man als Garten hätte bezeichnen können; er war etwa so groß wie ein Tischtuch. In der anderen Ecke stand ein Schuppen mit angelehnter Tür, und ich ging hinüber und schaute hinein, um festzustellen, wo die anderen Hühner waren. Ich sah nur zwei. Außerdem gab es da eine kleine Packkiste, die mit der Öffnung zur Wand auf der Seite lag, und ich schlenderte hin und schaute hinein, aus der Überlegung heraus, daß vielleicht noch irgendwo ein, zwei Hennen herumlungerten. Ich sah nichts, aber eine Stimme sagte:

»Was machen Sie denn da?«

Ich fuhr erschrocken herum, und da stand Miss Katie mit einem Revolver in der Hand. Ich sagte:

»Ach, guten Tag. Ich hatte Hunger und dachte, Sie würden mir vielleicht ein Ei verkaufen.«

»So wird es gewesen sein. Und das Wechselgeld sollte Ihnen wohl eins von den Hühnern herausgeben. Raus mit der Sprache.«

»Tja, also um die Wahrheit zu sagen, Miss Katie, ich hatte gar keinen Hunger, aber ich habe mir so meine Gedanken über Ihre Eier und alles gemacht.«

Der Revolver wackelte ungefähr so sehr, als wäre er in Beton eingegossen. Sie sagte kalt:

»Sie sind sehr viel neugieriger, als Ihnen gut tut. Ich könnte Sie als Hühnerdieb erschießen und würde nie ein Gefängnis von innen sehen, aber dann müßte ich hinterher den Revolver reinigen, und ich bin mir nicht sicher, ob es das wert ist. Ein Junge aus dem Lebensmittelladen hat mich vor einer Weile angerufen und wollte wissen, ob ich meine Eier gefunden hätte. Er hat gesagt, ein verrückter kleiner Kerl mit einem blauen Fleck im Gesicht und Kleidern, die ihm ungefähr zehn Nummern zu groß wären, hätte danach gefragt. Vielleicht ist das Revolverreinigen doch nicht soviel Arbeit.«

Mir kam es auch nicht so vor, als wäre das Reinigen eines Revolvers eine allzu schwere Arbeit, und ich wünschte, sie würde nicht so reden. Abhauen konnte ich nicht, und mich darauf zu verlassen, daß sie vorbeischoß, entsprach nicht meiner Vorstellung von einer sinnvollen Beschäftigung an einem freien Nachmittag.

»Hören Sie, Miss Katie«, sagte ich, ohne mich vom Fleck zu rühren, ja ohne auch nur die Zehen in meinen Schuhen zu bewegen, »Sie machen so komische Sachen, daß ich vor lauter Fragen gar nicht mehr weiß, wo mir der Kopf steht. Sie verschenken Eier, und dann kaufen Sie Eier, und Sie verkaufen Eier für weniger, als Sie dafür bezahlen. Sie verschenken Gemüse, das Sie in Ihrem Garten anbauen, aber in Ihrem Garten wächst nicht einmal so viel Gemüse, daß sich die Hühner die Mühe machen, über den Zaun zu springen. Sie verdienen kein Geld, und trotzdem haben Sie ein Haus und ein Telefon und alles. Wieviel gibt Ihnen Mr. Harper?«

Die Hand mit dem Revolver begann zu zittern, aber nicht vor Angst, sondern vor Zorn.

»Was geht Sie das an?« fragte sie wütend. »Wenn Sie einen Auftrag von Ruthie zu erledigen haben, warum tun Sie's dann nicht, anstatt sich Gedanken darüber zu machen, von wessen Wohltätigkeit ich lebe?«

»Ich glaube, Sie haben recht, nein, ich weiß es. Ich glaube, ich gehe und erledige diesen Auftrag sofort.« Ich ging so dicht an ihr vorbei, daß unsere Kleidung sich streifte, und dann ohne sonderliche Eile weiter über den Hinterhof, machte die Tür auf, trat hindurch und drehte mich um, um sie hinter mir zuzuhaken. Miss Katie sah mir nach, und der Revolver lag immer noch in ihrer Hand. Ich ging ums Haus herum nach vorn, stieg ins Auto und fuhr weg. Ich kam am Haus der McClures vorbei, hielt ein paar Straßen weiter am Bordstein und wischte mir das Gesicht, damit mir der Schweiß nicht mehr in die Augen lief. Irgendwann später wendete ich und fuhr zu den McClures zurück. Ich hatte nicht mehr daran gedacht, wie eng meine Hosen waren und wie sehr sie mich am Bauch kniffen, seit ich vor langer Zeit Harpers Büro betreten hatte.

Kapitel 6

Ruth wusch gerade das Frühstücksgeschirr ab, und der Vormittag war schon halb vorbei. Sie blickte auf und sagte:

»Da war ein Ferngespräch für Sie, von Ihrem Büro. Mr. Mead ist verdammt erpicht drauf, Sie zu sprechen, aber er konnte nicht warten. Er läßt ausrichten, daß Sie seine Sekretärin anrufen sollen und daß er hierher unterwegs ist.«

Ich verspürte tief in mir ein eisiges, ungutes Gefühl. Ich rief das Amt an und hatte gleich darauf Myrtle am Apparat. Ich sagte:

»Gil. Mr. Mead will mich sprechen?«

»Das kann man wohl sagen.«

»Was ist los?«

»Können Sie sich das nicht denken?«

Das konnte ich durchaus, und so sagte ich irgend etwas und legte auf. Ich fragte Ruth, wann der Anruf gekommen sei, und sie sagte, vor etwa 30 Minuten, was – berücksichtigte man den Zeitpunkt, zu dem ich das Büro der Harper Products Company verlassen hatte – ziemlich genau hinkäme. Ich muß nervös ausgesehen haben, denn Ruth musterte mich eingehend.

»Ist irgendwas?« fragte sie.

»Auch nichts Schlimmeres, als wenn ich auf einer Zeitbombe sitzen und dem Ticken zuhören würde.«

»Kalte Füße?«

»Ungefähr bis hierher«, sagte ich und deutete auf meine Knie.

»Wollen Sie aufgeben?«

Ohne sie anzusehen, sagte ich:

»Könnte sein. Kommt ganz drauf an.«

Sie klapperte mit den Töpfen, ohne eigentlich etwas damit zu machen, und obwohl ich nahe genug stand, um sie zu berühren, hätte sie genausogut im Smithsonian Institute sein können, so weit weg war sie.

»Laufen Sie mal lieber schnell nach Hause«, sagte sie. »Sonst gibt's vielleicht noch Haue.«

»Kann sein. Ich bin allergisch gegen Haue.«

Das Geschirr machte immer mehr Lärm, und ein Teller fiel auf den Boden und zerbrach mit ohrenbetäubendem Krachen. Sie hatte noch einen anderen in der Hand, pfefferte ihn krachend hinterher und rannte blindlings zur Wohnzimmertür hinaus, dann hörte ich die Tür ihres Zimmers zuknallen. Ich ging ihr nach, blieb dann aber, die Hand fast schon am Türknauf, stehen und verbrachte die nächsten fünf bis zehn Minuten damit, im Wohnzimmer herumzugehen, mich hinzusetzen, wieder aufzustehen und noch ein bißchen herumzugehen.

Das Telefon klang wie die Posaunen des Jüngsten Gerichts, und ich wußte, genau das war es auch. Ich ging hin und saß davor, während es noch zweimal klingelte, und dann zwang ich mich, den Hörer von der Gabel zu nehmen, und zu meiner Überraschung tat es kein bißchen weh.

Die Stimme von Mr. James Mead in einem ihrer furchteinflößenderen Augenblicke war nicht zu verkennen.

»Henry.«

»Ja, Sir.«

»Ich bin bei der Harper Products Company. Haben Sie ein Auto zur Verfügung?«

»Ja, Sir.«

»Kommen Sie sofort hierher.«

»Ja, Sir.«

Der Hörer am anderen Ende der Leitung wurde mit einem Knall aufgelegt, und nach einer Weile erinnerte ich mich, daß ich immer noch etwas in der Hand hielt und legte ebenfalls auf. Ich ging zu Ruths Tür herüber, klopfte und versuchte dann aufzumachen, aber es war abgeschlossen, und so holte ich meinen Hut und fuhr zum Büro der Firma hinaus.

Mr. William Jasper Harper thronte hinter seinem großen Schreibtisch und sah so erfreut aus wie ein Schiedsrichter, der soeben das ›Aus‹ für einen Spieler verkündet hat. Mr. James Mead – er saß da steif und aufrecht – beobachtete mich, als versuche er sich über die beste Stelle schlüssig zu werden, wo man das Messer hineinstoßen könnte. Ein weiterer Mann mit einem großen, glänzenden Stern an der Jacke rauchte eine Zigarre, und ausgerechnet in diesem Moment mußte ich mich fragen, ob er die Asche auf den Boden fallen lassen würde.

Es herrschte ein tiefes, dumpfes Schweigen, das etwas Depressives hatte, und ich stand da so ruhig wie der Wendekreis des Steinbocks, der bloß eine Linie auf der Karte und in der Tat sehr ruhig ist.

Der Mann mit dem Stern schlug die Beine übereinander, und – zack – fielen fünf Zentimeter Asche auf den Teppich. Er sagte:

»Soll ich ihn gleich verhaften?«

Mr. William Jasper Harper spreizte zufrieden die Hände auf dem großen Schreibtisch vor ihm, und das Licht schimmerte auf seinen manikürten Fingernägeln.

»Das wird vielleicht gar nicht nötig sein, Sheriff«, sagte er und räusperte sich bedeutsam. »Ich denke, wenn Sie so freundlich wären, im Vorzimmer zu warten, sollten Mr. Mead und ich vielleicht erst einmal ein paar Takte mit dem jungen Mann reden.«

Der Sheriff zuckte die Achseln und ging hinaus, und ich fragte mich, was wohl passiert, wenn ich hinter ihm hinausmarschieren würde, fand dann aber, daß es wahrscheinlich besser wäre, wenn ich es nicht täte.

Nun war es an Mr. James Mead, sich zu räuspern, und er machte das ganz großartig.

»Gilmore, ich glaube, Sie haben wahrscheinlich zu viele Bücher gelesen. Was sollen eigentlich diese Verrücktheiten?«

»Aber, aber, ist ja gut, Jim«, sagte William Jasper Harper in seinem besten Tischrednerton. »Vielleicht war ich ein bißchen voreilig und hitzköpfig. Wenn er die Absurdität seines Verhaltens einsieht, würde vielleicht eine kleine Reise seine Gedanken von diesen Phantastereien ablenken und ihn wieder zu einem, sagen wir, nützlichen Glied der Rechtspflege machen.«

Mr. James Mead sah mich streng an.

»Was sagen Sie dazu, Gilmore?«

Nun ja, irgend etwas mußte ich schließlich sagen, und so sagte ich ziemlich demütig:

»Ja, Sir«, und dann sagte ich: »Ganz bestimmt bin ich nicht nur schlecht, Mr. Mead.«

»Dann ist es abgemacht«, sagte Mr. Harper. Er grapschte sich den Telefonhörer, legte ihn dann wieder auf, drückte auf einen Knopf seiner Sprechanlage und sagte laut:

»Wann geht der nächste Zug, Miss Spindle?« Die Sprechanlage quäkte etwas, das ›Wohin, Mr. Harper?‹ gelautet haben muß, denn er blickte auf und sagte: »Ach so, ja, wohin möchten Sie denn?«

Ich wußte genau, wo er mich hinwünschte, hielt es aber für würdelos, es in Worte zu fassen. Ich stand vor dem Schreibtisch, und als ich nach unten blickte, sah ich einen Geschäftsbericht mit der Aufschrift: *Harper Products Company – Jahresabschluß per 31. Dezember 1940.* Er sah ziemlich schick aus mit seinem gepflegten Einband, und ganz unten sah ich: *Yoland und Jolley, Amtlich zugelassene Wirtschaftsprüfer, Louisville, Kentucky.* Ich sagte:

»Irgendwohin. Ich denke, Louisville in Kentucky wäre hübsch.«

Der kleine braune Kasten auf dem Schreibtisch gab längeres Gequäke von sich, und wie eine Gewitterwolke über dem Olymp traten deutliche Zeichen Harperschen Mißfallens in Erscheinung.

»Für den Morgenzug nach Louisville ist es zu spät. Sie müssen woandershin fahren.«

Ich versuchte, geknickt zu wirken. »Ich mag Louisville sehr, Sir«, sagte ich respektvoll. »Wenn ich schon irgendwohin muß, dann möchte ich dorthin. Gibt es keinen späteren Zug?«

»Nicht vor zehn oder elf heute abend«, sagte James Mead. Die Art, wie er mich ansah, hatte nichts Freundliches. Er sah aus wie der typische strenge Vater im Film.

Wieder beriet sich Harper mit dem kleinen Kasten auf seinem Schreibtisch. »Um halb eins fährt ein Zug Richtung Süden. Den können Sie nehmen und damit so weit fahren, wie Sie wollen. Je weiter, desto besser. Oder Sie werden vorläufig festgenommen und rechtzeitig aus dem Gefängnis entlassen, um den Abendzug nach Louisville zu erwischen. Entscheiden Sie sich.«

Ich wünschte, ich wäre wie diese Filmschauspielerinnen, die ihre Tränen an- und abstellen können wie ein Radio. Ich schaute auf meine Füße und gab mir alle Mühe, wenigstens eine kleine Träne herauszuquetschen, hatte aber kein Glück und mußte auf die sehr bescheidene Nachahmung eines Schniefens, gefolgt von kräftigem Naseschneuzen, zurückgreifen. Als ich wieder zu Harper aufblickte, sah er nicht mehr ganz so aus wie der Präsident der Flint National Bank, der gerade ein Zehn-Dollar-Darlehen verweigert. Er sah eher aus wie der Vizepräsident, der ein Fünf-Dollar-Darlehen verweigert. Die Veränderung war nicht groß, aber ich war ein wenig ermutigt und sagte: »Bitte, Sir, ich möchte wirklich gern nach Louisville, aber wenn meine arme alte Mutter hört, daß ich wie ein gewöhnlicher Verbrecher im Gefängnis gesessen habe, könnte sie nie mehr erhobenen Hauptes in den Dienstagnachmittag-Buchclub gehen und müßte wahrscheinlich als Vorsitzende vom Ortsverein Nr. 6 der Frauenhilfe zurücktreten.« Um ein Haar hätte ich zu dick aufgetragen, aber ich senkte im rechten Moment den Blick und schneuzte mich noch einmal laut, und der pompöse alte Esel schluckte es. Aus dem Augenwinkel warf ich einen Blick auf Mead, der mit beträchtlicher Entrüstung den Mund aufmachte, es sich offensichtlich aber anders überlegte und die Lippen zu einer strengen, geraden Linie zusammenpreßte. Wenn er Harper gesagt hätte, daß meine Mutter schon seit 15 Jahren tot war, wäre ich wahrscheinlich ohne weitere Diskussion in Einzelhaft gesteckt worden.

William Jasper Harper wurde sichtlich schwach. Er sagte: »Natürlich möchte ich jetzt, wo wir uns prinzipiell einig sind, nicht übertrieben streng sein. Vielleicht können wir auf Festnahme und Gefängnis verzichten, wenn Ihr Sinneswandel aufrichtig ist und Sie versprechen, sich zu benehmen. Meinen Sie beispielsweise nicht, Mr. Henry, daß die Angelegenheiten der McClures in der Obhut einer – sagen wir – reiferen Persönlichkeit besser aufgehoben wären?«

Ich sagte: »Ja, Sir.«

Wieder grapschte er sich den Hörer, legte dann auf und besprach sich neuerlich mit dem kleinen Kasten und Miss Spindle. Sie beäugten mich, und ich beäugte die Asche auf dem Boden, und im Handumdrehen ertönte der Summer. Mr. Harper nahm den Hörer ab, sagte beinahe flötend »Hallo«, dann »Miss McClure« und dann: »Einen Moment, bitte. Mr. Henry möchte mit Ihnen sprechen.« Er hielt mir das Ding hin, und da es weiter Geräusche von sich gab, hielt er es sich wieder ans Ohr, sagte »Wie bitte?« und nach einer Weile: »Tja, vielleicht ist es am besten so. Er möchte Ihnen nur ausrichten, daß er mit dem Zug um 10 Uhr 40 abreist und Sie wegen dringender anderer Geschäfte leider bitten muß, sich an einen anderen Anwalt zu wenden.«

Der Knall, mit dem der Hörer im Wohnzimmer der McClures aufgelegt wurde, hallte im Büro von Mr. William Jasper Harper deutlich nach. Er blickte zu mir auf.

»Will nicht mit Ihnen reden, sagt sie. Wie es scheint, werden Sie hier eindeutig nicht mehr benötigt, ganz gleich, wie man es betrachtet.« Er ging zur Tür, bat den Sheriff herein, zog ein Papier aus der Tasche, zerriß es und beförderte es in den Papierkorb. Ohne Mr. James Mead anzusehen, griff ich nach meinem Hut und ging hinaus in eine sehr unfreundliche Welt.

Ich ging langsam, und ich ging nicht sehr weit. Als ich Harper genügend Zeit gelassen hatte, in sein Büro zurückzugehen und die Tür zu schließen, kehrte ich um, ging in das Gebäude zurück und sagte der alten Miss Spindle, daß ich Tim McClure sprechen wollte. Sie machte keinen Hehl daraus, daß ich noch eine Winzigkeit weniger willkommen war als etwas, was man sich von der Schuhsohle abkratzen würde, informierte mich dann jedoch darüber, daß ich in die eigentliche Fabrik gehen und bei der ersten Tür rechts vom Haupteingang hineinschauen sollte.

Tim hatte den riesigen Oberkörper über einen Schreibtisch gebeugt, der mit einem Sammelsurium von Metallgegenständen und -vorrichtungen übersät war, die er mit einem Greifzirkel ausmaß. Es konnte kein Zweifel bestehen, daß das die Produkte waren, denen die Harper Company ihren Namen verdankte.

Der Empfang, der mir zuteil wurde, ließ sich kaum als Empfang bezeichnen. Als Persona war ich eindeutig non grata. Hätte Dale Carnegie den Vormittag mit mir in Harpersville, Kentucky, verbracht, hätte er zum Thema ›Wie man Freunde gewinnt und Menschen beeinflußt‹ keinerlei nützliche Hinweise erhalten.

»Na schön«, knurrte Tim mich an, »was ist jetzt schon wieder?«

So unleidlich er auch war, konnte doch kein Zweifel daran bestehen, daß er in der letzten Stunde oder so nichts von Ruth gehört hatte, denn in diesem Fall wäre er ausgesprochen bösartig gewesen. Statt ihm zu antworten, steckte ich den Kopf zur Tür seines Büros hinaus und warf einen Blick in die Fabrik. Abgesehen von ein paar Büros in der Nähe des Eingangs, bestand das Erdgeschoß aus einer einzigen großen Halle voller komplizierter Maschinen, die Teile zurechtschnitten, Löcher hineinstanzten und sie rund oder flach formten. Es war nicht ein untätiger Mensch und nicht eine stillstehende Maschine zu sehen, und so wie das Gebäude dröhnte und vibrierte, war klar, daß es in den anderen Stockwerken ebenso geschäftig zuging. Ich sah mich zu Tim um und sagte: »Kommt mir gut ausgelastet vor.«

»Was geht das Sie an?«

»Nichts«, sagte ich unschuldig, »überhaupt nichts. Ich schlage bloß die Zeit tot.«

»Wer sagt, daß wir n i c h t ausgelastet sind?«

»Niemand. Überhaupt niemand. Es sieht bloß nicht wie eine Firma aus, deren Aktien 23 Dollar pro Anteil gehandelt werden.«

Tim ging zur Tür und warf selbst einen Blick in die Halle, so als hätte er sie noch nie gesehen. Er fuhr sich mit der Hand durchs Haar und sagte: »Nein, so sieht's wirklich nicht aus.«

Ich ließ das eine Weile wirken. »Wenn Ihr Verluste macht, dann jedenfalls mit mehr Schwung, als ich es je erlebt habe.« Ich deutete auf die Geräte auf dem Tisch. »Kriegsmaterial?«

Anstatt mir direkt zu antworten, machte er ein feindseliges Gesicht und sagte: »Ich mag keine fiesen kleinen Knülche, die sich ständig das Maul zerreißen. Jedesmal, wenn Sie etwas sagen, unterstellen Sie irgend etwas, und zwar immer etwas Krummes. Wir kommen hier gut zurecht. Und jetzt verduften Sie hier, und wenn Sie noch mehr Fragen haben, dann fragen Sie sich selber – mal sehen, was für schlaue Antworten Sie kriegen. Unsere Verträge mit der Regierung beinhalten Festpreise, aber die Materialkosten setzen uns mächtig zu, und den Rest verschlingt die Steuer. Wenn man Sie reden hört, könnte man meinen, jeder ist ein Gauner, und die Welt ist voller Bosheit. Und jetzt verduften Sie. Hauen Sie ab.«

Das Telefon auf seinem Schreibtisch klingelte, und er nahm ab. Ich hörte ihn mit völlig veränderter Stimme sagen: »Ach, hallo Ruth«, woraufhin ich rasch wegging. Wohlgemerkt, ich zog mich nicht zurück, sondern ging, weil ich anderes zu tun hatte.

Kapitel 7

Ich hatte immer noch Tims Auto. Ich fuhr durch die Stadt, bis ich die Zeitungsredaktion fand. Der Geschäftssitz der *Harpersville Gazette* erinnerte mich nicht gerade an die *New York Times* oder die *Chicago Tribune.* Die Fenster waren schmutzig. Im Vorderzimmer standen einige Schaukästen, in denen Muster von Briefpapier und Karten für jeden Anlaß auslagen, darunter Genesungswünsche, Danksagungen für Hochzeitsgeschenke und neckische Geburtsanzeigen. Auf der einen Seite befand sich eine Schranke, hinter der ein Tresor, ein dickbäuchiger, gußeiserner Ofen und ein paar Schreibtische standen, die mit Fahnenabzügen, Leimtöpfen und dergleichen übersät waren. Auf einem der Schreibtische lag ausgebreitet eine Zeitung aus der City, und ein Mann mit grünem Augenschirm schnitt Artikel daraus aus, die man ohne Quellenangabe in Harpersville nachdrucken konnte.

Ich fragte, ob ich ein paar alte Nummern einsehen könne, und er schien der Ansicht zu sein, daß nichts dagegenspräche. Er deutete auf eine Tür, und ich gelangte in einen großen, düsteren Raum, in dem eine mittelgroße Druckerpresse, auf der offensichtlich die Lokalzeitung gedruckt wurde, und mehrere kleine Pressen standen, die von Hand bedient wurden. In der Ecke hing an einem langen Kabel eine Glühbirne mit Schirm von der Decke, und darunter saß vor einer Setzmaschine ein Mann, dem eine Zigarette zwischen den Lippen hing.

Die Ausgabe mit dem Artikel über John McClures Tod zu finden, war einfach, und als ich ihn gelesen hatte, war ich auch nicht schlauer als zuvor. Wie andere Leute hatte er einfach einen Autounfall gehabt und war gestorben und begraben worden. Es gab ein Bild – er war im Vorstand der Presbyterianischen Kirche in der Crescent Avenue und Mitglied des Kiwanis-Clubs gewesen. Er war von allen Angestellten am längsten bei der Harper Products Company beschäftigt gewesen, und William Jasper Harper selbst wurde mit den Worten zitiert, es werde schwer sein, ihn zu ersetzen. Ich dachte an 35 Dollar die Woche und war ziemlich skeptisch.

Ich gab dann zu verstehen, daß ich gern die alten Nummern aus den ein, zwei Monaten um den August 1909 herum sehen würde, und der Mann an der Setzmaschine meinte, wer so alte Nummern der *Harpersville Gazette* lesen wolle, sei verrückt, aber ich könne ja nach oben gehen und nachsehen, wenn mich das glücklicher mache.

Sie hatten kein großes System zur Archivierung ihrer alten Nummern, und ich verbrachte ein paar Stunden damit, die schmutzigsten Papierbündel zu durchwühlen, die ich je im Leben gesehen habe. Schließlich fand ich, wonach ich suchte, aber ich hätte besser daran getan, wenn ich nie einen Gedanken daran verschwendet hätte. In keiner Nummer stand auch nur eine Zeile, die irgend etwas mit dem zu tun hatte, wofür ich mich interessierte. Als ich fertig war, sah ich aus wie ein Schornsteinfeger und war mir nicht sicher, ob mein neuer Anzug je wieder der alte sein würde.

Ich ging in die Herrentoilette des Hotels Harper und schrubbte sämtliche sichtbaren Teile meiner Anatomie mit Seife und Wasser, das praktisch kochte, ab. Dann schnappte ich mir den Negerjungen und gab ihm einen Vierteldollar dafür, daß er mich abbürstete. Man hätte meinen können, er klopfe einen Teppich aus, und entsprechend fühlte ich mich, aber er befreite mich von einer Menge Staub, und das war es wert. Als er fertig war, mußte ich mich noch einmal gründlich waschen, sah dann aber wieder mehr oder weniger annehmbar aus.

Ich war ziemlich neugierig, was diese Murdoch anging, die in den Adoptionspapieren erwähnt wurde, und konnte mich nicht des Gefühls erwehren, daß sie aus Harpersville oder der unmittelbaren Umgebung stammen mußte. Ich verwandte den größten Teil des Nachmittags darauf, nach einer Spur von ihr zu suchen, aber 25 oder 26 Jahre sind eine lange Zeit, ob man nun fort ist, im Gefängnis sitzt oder schlicht versucht, genug zu verdienen, um seine Steuern bezahlen zu können. Ich ging aufs Postamt, zu beiden Banken und in eine Unmenge von Lebensmittelgeschäften und Drugstores, aber falls Phoebe Murdoch je in der Stadt Harpersville gewohnt hatte, dann war sie ein höchst unscheinbares kleines Häschen gewesen oder hinter das Geheimnis der Unsichtbarkeit gekommen.

Gegen halb sechs gab ich es auf. Ich hatte mir die Hacken abgelaufen und war ziemlich müde, aber mir fiel noch eine Sackgasse ein, in die ich laufen könnte, ehe ich Feierabend machte. Ich rief die Polizeistation an, ohne meinen Namen zu nennen, und bekam die Information, daß Mr. Meads Auto zu Harbisons Garage gebracht worden war. Es gab offensichtlich eine Absprache zwischen der Garage und der Polizei, denn sie wußten auch ohne nachzusehen, wohin das Auto abgeschleppt worden war.

Wie nicht anders zu vermuten, wurde Harbisons Garage von einem Mr. Harbison betrieben, einem geschwätzigen Mann mit dürrem Hals und einem Zelluloidkragen, der ihm viel zu groß war. Sein Hals sah aus wie ein Stück Elektrokabel mit einem Porzellanisolator drumherum. Ich sagte ihm, ich verträte eine Versicherungsgesellschaft, und er zeigte mir anstandslos das Auto. So wie John McClures Wagen war es Schrott, und zwar sehr minderwertiger Schrott. Ich sagte ihm, wem das Ding gehörte, bat ihn um einen Zettel und schrieb eine Notiz für Jim Mead, in der ich ihn daran erinnerte, den Unfall offiziell zu melden, damit seine Unfallversicherung den Schaden deckte. Ich ließ Harbison gegenüber durchblicken, daß seine Aussage zum Wert des Wagens möglicherweise wichtig sei, und er spitzte die Ohren. Man sah ihm an, daß er einen auf der Kante stehenden gefälschten Penny auf 100 Schritt riechen konnte.

Derweil lotste ich ihn zum Auto von McClure hinüber, und wir wären beinahe in ein Gespräch darüber gekommen, was nur mit dem linken Hinterrad passiert sein könnte, doch spürte ich zu diesem Zeitpunkt ein Prickeln am Hinterkopf, und als ich aufblickte, war da ein glänzender, vernickelter Stern und dahinter der Sheriff. Er musterte mich mit hochgradiger Mißbilligung und sagte: »Ich dachte, Sie wollten sich benehmen. Das wird Mr. Harper aber gar nicht gefallen.«

Ich riß die Augen auf und machte ein gekränktes Gesicht. »Was habe ich denn gemacht?« fragte ich in wehleidigem Ton.

»Ich weiß nicht«, sagte der Sheriff, »aber wenn's was Gescheites wäre, würden Sie's nicht tun.«

»In dieser Stadt mißversteht mich jeder –«, hob ich an, aber er unterbrach mich mit einer ungeduldigen Handbewegung und sagte: »Ja, ich weiß. Das Zuchthaus ist voll von Unschuldigen, aber alles, was sie machen können, ist an die Bewährungskommission zu schreiben. Ich sag' Ihnen, was ich machen werde. Ich fahre Ihnen mit meinem Auto in die Innenstadt nach und sehe zu, wie Sie sich eine Eintrittskarte für ein gutes Doppelprogramm kaufen, und es ist mir egal, ob Sie sich's zweimal ansehen müssen. Sie können rechtzeitig rauskommen, um sich eine Fahrkarte zu kaufen und den Zug zu erreichen. Bis dahin möchte ich nicht sehen, daß Sie den Verkehr behindern, und wenn Sie die Platzanweiserin auch nur nach der Uhrzeit fragen, werde ich das erfahren, und Sie werden sich wünschen, Sie hätten's nicht getan.«

»Ich habe überhaupt kein Gepäck dabei«, protestierte ich. »Kann ich mir nicht wenigstens ein paar Sachen für die Reise kaufen?«

»Okay. Ich gehe mit. Dann können Sie das Zeug bei der Gepäckaufbewahrung abgeben; ich bringe Sie zum Kino, und Harpersville muß zusehen, wie es ohne Sie auskommt.«

Auf der Hauptstraße fanden wir vor einem Gebäude, das wie ein Kaufhaus aussah, eine Parklücke, und ich kaufte eine Reisetasche, einen Schlafanzug, eine Zahnbürste, Zahnpasta, ein billiges Rasiermesser, Unterwäsche, ein Hemd, eine Krawatte, Socken und ein halbes Dutzend Taschentücher. Ich hatte noch 18 Dollar 75 übrig, und da ich nicht mehr ins Büro kam, war mir klar, daß ich entweder in Louisville einen Scheck einlösen oder meine Reise nach sehr kurzer Zeit abbrechen mußte. Der Sheriff ließ mich das Auto in einer Parklücke beim Bahnhof abstellen. Ich kurbelte die Fenster hoch, schloß die Türen ab, ging hinein und kaufte mir eine Fahrkarte. Ein Blick auf den Fahrplan ergab, daß ich am nächsten Morgen in Louisville ankommen würde. Das gab mir zu denken, und ich ging zum Fahrkartenschalter zurück, ließ meine Reservierung ändern und bezahlte für ein Privatabteil, was mir sehr wenig Spielraum ließ, wenn man Trinkgelder und eine, wie ich hoffte, üppige Mahlzeit im Zug einkalkulierte.

Der Sheriff ließ mir die Wahl zwischen einem lausigen Programm im Bijou und einem im Rex. In beiden wurden je zwei Filme gezeigt, und beide kamen mir gleich mies vor, aber ich kannte schon die beiden Streifen, die im Rex liefen, und nur einen, der im Bijou lief, und entschied mich deshalb für letzteres. Der Sheriff folgte mir mit grimmiger Beharrlichkeit, sah zu, wie ich mir eine Eintrittskarte kaufte, begleitete mich hinein und ging erst, als ich einen Platz gefunden hatte. Nach zehn Minuten des Films, den ich noch nicht kannte, bereute ich meine Wahl und hätte das Rex mit meinem geschätzten Besuch beehrt, wenn mir nicht ein ziemlich furchteinflößender Platzanweiser in rotem Sweater mit weißem H auf der Brust mit dem Finger gedroht hätte. Er sah aus wie eine Einmanngangsterbande. Ich bat ihn, mir um zehn Uhr Bescheid zu sagen, suchte mir selbst einen bequemen Platz in einer entfernten Ecke und versuchte mit bemerkenswert wenig Erfolg zu schlafen.

Hinterher hätte ich noch Zeit genug gehabt, bei den McClures vorbeizuschauen, fand jedoch, daß das angesichts der Ereignisse ein Fehler wäre.

Ich ging zum Bahnhof und hinterlegte den Autoschlüssel mit der Bitte, ihn nach Abfahrt des Zuges Ruth zuzustellen.

Es waren noch 20 Minuten Zeit, und so verließ ich noch einmal den Bahnhof, fand ein Spirituosengeschäft und kaufte mir eine Flasche Whisky, was bedeutete, daß ich nun ziemlich genau rechnen mußte.

Als ich zum Bahnhofswartesaal zurückkam, standen Tim und Ruth McClure am Zeitschriftenstand. Tim machte eine Kopfbewegung zu der Tür hin, die auf den Bahnsteig führte, und ich folgte ihm nach draußen. Es war 10 Uhr 35, und es wäre mir lieb gewesen, es wäre 10 Uhr 42 und der Zug wäre pünktlich.

Ruth sagte ziemlich kurz angebunden: »Hier.« Sie hielt mir einen Umschlag hin, ich nahm ihn und schaute hinein. Ich fand 15 neue Zehndollarnoten.

Ich blickte auf und sagte: »Was soll das?«

»Das ist Ihr Honorar für geleistete Dienste. Reicht das?« Davor war ich mir nur ziemlich mies vorgekommen. Jetzt kam ich mir hundsgemein vor. Regelrecht widerlich. Ich sah sie nicht an, sondern nickte nur und stopfte den Umschlag in die Tasche.

Der Zug pfiff, und ich wünschte, er würde sich beeilen.

Tim sagte: »Sind wir jetzt quitt?« Ich nickte und fragte mich, ob der Zug je ankäme.

»Tja«, sagte Tim mit zufriedenem Unterton, »wo wir jetzt quitt sind, wollte ich Ihnen noch eine langen, und das mach' ich dann wohl mal.«

Ich holte tief Luft und blickte zu ihm auf. Das nächste Mal lasse ich mir lieber von Joe Louis eine langen. Es traf mich voll auf den

Mund, und mein Kopf prallte ziemlich hart auf den Bahnsteig. Eine Sekunde lang lag ich bloß da, dann wälzte ich mich langsam auf alle viere und rappelte mich mit arg wackligen Knien und einem leichten Schwindelgefühl auf. Schnaubend und dröhnend fuhr der Zug ein, und als er hielt, nahm ich meine Tasche auf, ging hinüber und stieg ein.

Ich ging in mein Abteil, schloß die Tür und klingelte dann nach dem Schaffner. Er kam, während der Zug an Fahrt gewann, und ich sagte ihm, er solle mich eine Stunde vor Ankunft des Zuges in Louisville wecken. Ich trug ihm auf, kräftig gegen die Tür zu hämmern, und zwar so lange, bis ich aufmachte. Als er weg war, ging ich auf die Toilette und betrachtete mein Gesicht im Spiegel. Meine Unterlippe hatte eine Schwellung, etwa von der Größe einer reifen Limone, und mein bester Zahn vorn im Unterkiefer war nicht mehr da. Ich sah miserabel aus und fühlte mich noch schlechter. Ich holte meinen halben Liter Whisky hervor und trank ihn in ungefähr 30 Minuten leer, und dann wurde mir speiübel, und dann ging ich ins Bett.

Kapitel 8

Als ich mir die Flasche Whisky gekauft hatte, hatte ich geglaubt, ich hätte damit einen halben Liter betäubten traumlosen Schlafs erstanden, aber ich gab wohl das meiste wieder von mir, als mir übel wurde, denn die Nacht war ein brodelndes, tobendes Chaos, und mein Kopf war voller durcheinanderpurzelnder, wirrer Phantasien, die mich alle paar Minuten hochfahren ließen. Die Räder des Zuges waren viereckig, und die Gleise hatten Schluckauf. Im Abteil war es heiß, mein Mund war trocken, meine Lippe war geschwollen und pochte, und mein Kopf tat weh. Gedanken hüpften in meinem Schädel herum und schnappten zähnefletschend nacheinander.

Schließlich gab ich es entnervt auf, setzte mich auf den Kojenrand und hielt mir mit beiden Händen den Kopf. Ich hatte Durst, ging aufs Klo und trank drei oder vier Gläser eiskaltes Wasser, worauf es mir besser ging. Etwa zu diesem Zeitpunkt kam der Zug ruckend zum Stehen, und ich wurde gegen die Wand geschleudert – genau auf die Stelle meines Kopfes, die vom Betonbahnsteig in Harpersville abgeprallt war. Einen Moment lang dachte ich, er wäre aufgeplatzt wie eine heruntergefallene Wassermelone. Ich ging ins Abteil zurück, kroch wieder ins Bett und zog dann die Jalousie hoch, um festzustellen, wo wir waren, aber ich hätte genausogut ins Innere einer Kuh schauen können. Irgendwo sagte der Schaffner, dem es offenbar völlig egal war, ob man ihn hörte oder nicht, »Einsteigen, bitte«, dann hörte ich Schritte den Bahnsteig entlangtrappeln, und eine atemlose Stimme sagte: »Telegramm für Mr. Jolley.« Es folgte ein Gemurmel, das ich nicht verstehen konnte, aber es dauerte nicht lange, denn der Zug hatte sich wieder in Bewegung gesetzt, und die viereckigen Räder und der Schluckauf machten einander allmählich wieder auf meine Kosten die Hölle heiß.

Ich zog die Jalousie herunter und legte mich erschöpft zurück, und dann stand ich plötzlich an der Tür, und in meinem Kopf machte es so laut klick, daß der Schaffner es hätte hören können. Ich konnte die Füße des Zugbegleiters vor meinem Abteil den Gang entlangschlurfen hören und zog ganz sanft und ohne dabei ein Geräusch zu machen den Riegel an meiner Tür zurück. Als der Zugbegleiter vorbei war und den Mittelgang zwischen den grünen Vorhängen hinunterging, machte ich vorsichtig die Tür einen Spalt auf und sah ihm nach.

Etwa in der Mitte des Waggons schaute er auf etwas, was er in der Hand hielt, griff behutsam durch den Vorhangspalt einer unteren Koje und schüttelte etwas. Man hörte ein schläfriges Stöhnen, dann streckten sich zwei Pyjamabeine in den Mittelgang, und ein verschlafenes Gesicht gähnte so gewaltig heraus, daß ein Arzt glatt bis zur Leber hätte hinunterschauen können.

Der Zugbegleiter sagte: »Telegramm für Sie, Mr. Jolley. Ich hab' mir gedacht, wenn die Sie schon während der Fahrt erreichen wollen, möchten Sie auch geweckt werden.«

Mr. Jolley war ziemlich jung und blond – vermutlich war er etwa in meinem Alter. Trotz seines zerzausten Haars, das ihm wirr ins Gesicht hing, sah er gut aus, und ich konnte mir vorstellen, daß er richtig aufgetakelt der reinste Herzensbrecher war. Er war verschlafener als ein Provinzkaff um Mitternacht, und als er etwas zum Zugbegleiter sagte, wurden die Worte mittendrin von einem Gähnen verschluckt. Er nahm das Telegramm, fummelte eine Weile benommen damit herum, kriegte es schließlich auf, rieb sich mit dem Handrücken die Augen und glotzte es so lange an, wie man brauchen würde, um das Buch Ezechiel von vorn bis hinten durchzulesen. Dann gab er dem Zugbegleiter etwas, das grün und gefaltet war und kroch wieder in seine Höhle zurück.

Ich schloß und verriegelte die Tür, doch statt Licht zu machen, legte ich mich in die Koje, zündete ein Streichholz an und sah auf meine Uhr. Es war vier. Bald würde es hell werden. Ich ging mich rasieren und behandelte mein geprelltes Jochbein und meine geschwollene Lippe dabei so sanft wie möglich. Der Stumpf des abgebrochenen Zahns tat übel weh. Ich zog mich im Dunkeln an, packte alles in meine Reisetasche und lauschte dann an der Tür. Es war nicht das geringste zu hören. Ich ging leise hinaus und schlich zum Männerwaschraum, wo der Schaffner auf dem Sofa schlief. Ich wollte nicht, daß er in ein, zwei Stunden an meine Tür hämmerte, deshalb weckte ich ihn, erklärte, daß ich nicht schlafen könne und fragte ihn, ob es im Zug einen Salonwagen gebe. Er sagte ja, ein paar Stationen früher sei ein kombinierter Speise- und Salonwagen angehängt worden, also sagte ich ihm, er brauche sich nicht um mich zu kümmern, ich würde den Rest der Fahrt aufbleiben. Ich gab ihm etwas, das grün und gefaltet war, und es schien ihm zu gefallen.

Als der Zug in die Tenth Street Station von Louisville einfuhr, war ich der erste, der ganz hinten ausstieg. Ich ging hinten um den Salonwagen herum, überquerte das Gleis daneben und ging rasch zum Wartesaal, wo ich meine Reisetasche bei der Gepäckaufbewahrung abgab und mich unauffällig im Hintergrund postierte, um alles beobachten zu können. Mr. Jolley hatte es nicht eilig und befand sich schätzungsweise zwei Drittel der Strecke weiter hinten in der Menge. Ich hatte den Eindruck, er blickte ziemlich interessiert den Bahnsteig auf und ab, aber er trödelte nicht. Stattdessen kam er in den Wartesaal und ging geradewegs zu den Telefonzellen. Er nahm die hinterste, und als er drin war, ging ich in die nebenan, schloß die Tür hinter mir, wandte ihm den Rücken zu, blätterte im Telefonbuch herum und lauschte. Es war ein Selbstwählapparat, ich konnte also nicht sagen, welche Nummer er anrief. Ich hörte ihn sagen: »Miss Judson? ... Hillman Jolley ... Bin gerade angekommen ... Ja, ich esse hier im Bahnhof einen Bissen und komme dann gleich rüber. Werde so in einer Dreiviertelstunde da sein ... Okay.«

Er kam heraus, ging geradewegs in das an den Wartesaal angrenzende Restaurant, und ich schlug im Telefonbuch die Adresse seines Büros nach. Draußen winkte ich mir ein Taxi heran und gab dem Fahrer die Adresse des Gebäudes.

Miss Judson war hübsch anzuschauen, aber ich nahm mir vor, das Anschauen auf später zu verschieben. Ich fragte, ob Mr. Yoland da sei, und sie wollte wissen, wer das wissen wollte. Ich gab ihr meine Karte, worauf ihr Gesicht sich erhellte und sie sagte: »Ach richtig, Sie kommen von Mr. Meads Kanzlei, nicht wahr? Mr. Yoland müßte jeden Moment kommen. Wollen Sie sich nicht setzen?« Ich wollte nicht warten, und ich wollte mich nicht setzen, und ich mochte die Art nicht, wie die Zeiger der Uhr sich in einem fort bewegten, aber sie gab mir die Morgenzeitung, und ich mußte mich setzen und gelassen wirken, ob ich nun wollte oder nicht. Es war nicht warm, aber ich schwitzte im Handumdrehen meine Unterwäsche durch. Die Minuten vergingen furchtbar schnell, und ich saß mit dem gleichen Gefühl da, das ich als Kind immer gehabt hatte, wenn ich zusah, wie mein Vater den Gästen große Portionen Kartoffelbrei auftischte, und ich mich dabei fragte, ob noch etwas für mich übrigbleiben würde. Endlich kam Mr. Yoland, betrachtete meine Karte, schüttelte mir die Hand und führte mich geradewegs in sein Büro. Er betrachtete noch einmal die Karte. »Sie kommen von Mr. Harper?«

»Ich war gestern in seinem Büro.« Das stimmte immerhin, und was konnte ich schließlich dafür, wenn er sich unbedingt seine eigenen Gedanken machen wollte?

»Was kann ich für Sie tun, Mr. Henry?«

»Es geht wohl um eine Steuerfrage oder so etwas. Ich möchte Kopien aller zurückliegenden Jahresabschlüsse, oder vielleicht reichen auch die der letzten zehn Jahre.«

Er dachte einen Moment nach und sagte dann: »Tja, das dürfte nicht schwer sein. Wollen mal sehen.« Er betätigte einen Summer unter seinem Schreibtisch, und eine Frau, die nicht Miss Judson war, kam herein. Er sagte etwas von irgendwelchen Akten, sie ging hinaus, noch mehr Kartoffelbrei wurde auf noch mehr Teller verteilt, und ich begann reichlich nervös zu werden. Kurz darauf kam sie wieder, legte einen Stapel Papiere auf den Tisch und sagte: »Wir haben den Kunden im Jahre 1938 übernommen, Mr. Yoland. Das sind alle Abschlüsse, die wir haben, dazu der letzte, den McConnell und McConnell vor dem Wechsel erstellt haben.«

Mr. Yoland waren offensichtlich Zweifel gekommen, während wir warteten, und vielleicht hatte er auch bemerkt, daß ich ohne jeden Grund schwitzte. Er betrachtete mich und klopfte dabei mit dem Radiergummi am Ende eines Bleistifts auf den Tisch. In diesem Moment kam Miss Judson herein und sagte: »Entschuldigung, Mr. Yoland. Ferngespräch aus Harpersville. Ich glaube, es ist Mr. Harper. Möchten Sie das Gespräch gleich annehmen, oder soll ich ihm sagen, Sie rufen zurück?«

Mein Mund wurde ganz plötzlich trocken, aber ich schaffte es, ein in meinen Augen nettes Lächeln aufzusetzen, und sagte: »Mich will er wahrscheinlich auch sprechen. Ich bin zwar gerade erst angekommen, aber Sie wissen ja, wie ungeduldig er ist. Will wahrscheinlich wissen, was ich bis jetzt herausgefunden habe. Vielleicht sind Sie besser in einer Besprechung oder so was, und wir rufen in ein paar Minuten zurück.«

Das kam nicht so gut an. Skepsis spiegelte sich in seinem Gesicht wider. »Mr. Harper läßt sich nicht gern hinhalten. Ich denke, ich nehme das Gespräch besser gleich an, Miss Judson. Einen Moment.« Er warf aus den Augenwinkeln einen Blick auf mich. »Ich nehme es in Mr. Jolleys Büro an, wenn Mr. Henry mich freundlicherweise entschuldigt.« Ich sagte, gewiß doch. Was blieb mir anderes übrig?

Er ging hinaus, über den Flur durch die Glastür genau gegenüber und schloß sie hinter sich. Ich wartete, bis ich ihn reden hörte, griff mir dann das Bündel auf dem Tisch, ging an Miss Judson vorbei hinaus und sagte: »Ich gehe das in meinem Zimmer im Brown Hotel durch. Da ist auch meine Tasche mit den Notizen, die ich mir gemacht habe. Mr. Yoland kann mich dort erreichen, wenn er möchte. Zimmer 719.«

Sie war offensichtlich nicht damit einverstanden und machte den Mund auf, um etwas zu sagen, aber ich ging einfach hinaus und zum Fahrstuhl hinüber. Ausnahmsweise hatte ich Glück. Fast gleichzeitig leuchteten die Lämpchen eines nach oben und eines nach unten gehenden Fahrstuhls auf, und der nach unten gehende hielt ein paar Sekunden früher. Als ich einstieg, konnte ich sehen, wie sich in der Nachbarkabine ein blonder Mann mit Koffer nach vorn drängelte, dann hörte ich hastige Schritte auf dem Flur, und die Tür schloß sich hinter mir.

Zu dieser frühen Tageszeit fuhren die Leute alle nach oben, und der nach unten gehende Fahrstuhl kam ziemlich schnell voran. Als wir in der Eingangshalle des Gebäudes ankamen, zwang ich meine Füße zum Gehen, obwohl mein Verstand raste. Ich bog rasch um die Ecke und stieg in das erste Taxi, das ich sah. Der Fahrer sagte: »Wohin?« Ich zeigte geradeaus und sagte: »Da entlang.« Wir kamen gerade noch über die auf gelb springende Ampel, und ich holte zum ersten Mal seit Stunden wieder tief Atem.

Ich hatte keine Ahnung wo ich hin wollte, außer, daß es nicht Zimmer 719 oder irgendein anderes Zimmer im Brown Hotel war. Ich dachte ein paar Straßenzüge lang darüber nach, und je mehr ich darüber nachdachte, desto weniger wollte ich überhaupt in ein Hotel. Da kam mir eine Idee, und ich sagte: »Gibt es hier in der Stadt eine öffentliche Bücherei?«

»Wollen Sie das nur wissen, oder wollen Sie dorthin?«

Ich sagte, ich wolle dorthin, und wir bogen an der nächsten Ecke ab, fuhren kreuz und quer und hielten kurz darauf an der gebogenen Auffahrt eines großen steinernen Gebäudes. Ich ging in den großen Lesesaal und bekam einen Tisch für mich, wo ich die Tür im Auge behalten und die Jahresabschlüsse der Harper Products Company von 1937, 1938, 1939 und 1940 vor mir ausbreiten konnte. Der erste hatte einen grauen Einband, auf dem McConnell & McConnell stand, und die anderen – schwarzen – stammten von Yoland und Jolley. Tja, da saß ich nun und wußte genausowenig, was ich machen sollte, als säße ich vor einem Teller Poi. Ich nahm mir den Abschluß von 1937 vor und sah, daß ihm ein Schreiben an die Firma beigeheftet war, und dann folgten mehr Zahlen als in Earl Carrolls *Vanities*. Als erstes kam ein Bilanzbogen, den man wie eine Landkarte auseinanderfalten konnte, dann eine Gewinn- und Verlustrechnung, dann seitenweise Aufschlüsselungen dieser und jener Posten.

Abgesehen von der Einbandfarbe war der Abschluß von 1938 weitgehend genauso aufgebaut wie der von 1937, nur daß die Firma 1937 einen in meinen Augen ziemlich ordentlichen Batzen Geld machte, während der für 1938 ausgewiesene Profit etwas unter den ausgeschütteten Dividenden lag. 1939 war der Gewinn etwas höher als 1938, aber die Dividenden waren halbiert. 1940 sah der Gewinn gar nicht so schlecht aus, und der Dividendensatz war der gleiche wie im Vorjahr. Der Gewinn lag immer noch unter dem von 1937, und da die Konjunktur nach allgemeiner Auffassung immer besser in Schwung kam, sah es nicht gerade so aus, als ob man sagen könnte, der Firma ginge es allzu gut.

Ich kehrte wieder zu 1937 und 1938 zurück und sah mir die Bilanzbögen genauer an. Die Überschüsse waren beträchtlich gefallen, und im Vergleich zu den hohen Kassenbeständen und Bankguthaben im Jahr 1937 sah es im folgenden Jahr mit Bargeld ziemlich mau aus. Der Kreditrahmen war ziemlich deutlich reduziert worden, und ich begann einen ganz neuen Respekt vor Bankiers zu empfinden. Es sah ganz danach aus, als wären sie allen anderen immer eine Nasenlänge voraus. Die Lagerbestände waren Ende 1938 ziemlich niedrig.

Ich erkenne eine Zahl, wenn ich eine sehe, aber ich bin kein Wirtschaftsprüfer, und ich hatte nicht die geringste Idee, wonach ich eigentlich suchte. Ich nahm mir noch einmal das Schreiben am Anfang des Abschlusses für 1938 vor und las es. Es war eine ziemlich fade Lektüre, und ein, zwei Stunden mit Macaulays *History of England* hätten mir genausoviel gebracht. Ich las auch alle anderen Briefe und war dennoch nicht schlauer als vorher. Die Firma machte einfach nicht viel Kohle, und es war kein Wunder, daß der Aktienkurs fiel.

Ich saß da und fragte mich, ob ich nicht doch aufgrund eines Hirngespinstes bei Mr. Mead unten durch war. Dann kam ich wieder auf Mr. Harper, der einen Haufen Geld für etwas bezahlen wollte, das er billig kaufen konnte, und schüttelte den Kopf. Im Zusammenhang mit der Adoption von Tim McClure und der Lebensweise der McClures war ich auf genug gestoßen, um zu begreifen, warum William Jasper Harper ihnen vielleicht etwas Gutes tun wollte, aber ich konnte mich nicht der Überzeugung erwehren, daß bei 110 Dollar pro Aktie noch etwas anderes im Spiel sein mußte. Je mehr ich darüber nachdachte, desto überzeugter war ich, daß ich etwas in Händen hatte – wenn ich nur wüßte, was.

Ich nahm mir den Jahresabschluß von 1938 vor, ging ihn noch einmal durch und war immer noch nicht schlauer, also las ich noch einmal den Brief und markierte schließlich die beiden Absätze, in denen die einzigen Veränderungen dargelegt wurden, die Yoland & Jolley in ihrem ersten Jahr, in dem sie die Bilanz erstellten, empfahlen.

Im ersten hieß es, bei den Rohmaterialbeständen sei stets nach der First-in first-out-Methode verfahren worden, und da die Art des Geschäfts es erfordere, stets einen Mindestbestand auf Lager zu halten, schlage man vor, zur Festwert-Methode überzugehen. Es wurde ein Haufen Gründe dafür angegeben, und ich war nicht schlauer als zuvor. Die Begriffe sagten mir nichts.

Der zweite Punkt betraf die Abschreibung, und es wurde ausgeführt, daß die Firma Probleme bekommen würde, weil sie die Betriebsmittel nicht so schnell abschreibe, wie diese an Wert verloren. Die Abschreibungsdauer müsse verkürzt werden. Der Vorstand wurde davon unterrichtet, daß man obige Veränderungen in Einklang mit vernünftigen und erprobten Grundsätzen nach Rücksprache mit dem Vorsitzenden vorgenommen und die Buchführung entsprechend umgestellt habe.

Ich stapelte sämtliche Papiere aufeinander, ging hinaus und schlug im Branchenverzeichnis die Namen sämtlicher Wirtschaftsprüfer der Stadt nach. Ich suchte mir einen harmlos klingenden Namen aus, der so wirkte, als wäre der Gute ganz allein, ging nach draußen und winkte ein Taxi heran.

Der Wirtschaftsprüfer war tatsächlich ganz allein. Das Unternehmen machte keinen florierenden Eindruck, und ich kam zu der Überzeugung, daß sogar die Klienten ihn ganz allein ließen. Er hatte sein Leben wohl mit den Büchern kleiner Fleischerläden und Bierkneipen verbracht, denn er hatte nicht viel Ahnung von Bestandsbewertung, und da ich davon überhaupt keine hatte, war das Gespräch ziemlich fruchtlos. Ich hatte ihn ausgesucht, weil ich gedacht hatte, seine Zeit wäre billig, aber ich kam zu dem Schluß, daß jeder Preis eine Überbezahlung wäre, und so bedankte ich mich nach einer Weile einfach und ging.

Ich suchte mir eine schicke Firma, in der massenhaft Schreibmaschinen klapperten, und fragte nach dem obersten Namen an der Tür. Mit dem fehlenden Zahn und so mitgenommen, wie ich aussah, wollte mich seine Sekretärin nicht einlassen, aber ich konnte sie schließlich überreden, und Seine Gnaden ließen sich herab, mich eine Weile in seiner Gegenwart zu dulden. Ich nahm an, daß er wahrscheinlich einen Taxameter hatte, der zu ticken anfing, sobald ich zur Tür hereinkam, und so vergeudete ich keine Zeit. »Wenn Sie einen Bestand nach der First-in first-out-Methode bewerten, was passiert dann?«

Einen Moment dachte ich, er würde sagen, es passiere gar nichts, aber er nahm, was ich sagte, pellte die Haut davon ab und suchte nach einer hübschen Stelle zum Hineinbeißen. »Es ist eine Methode der Kostenbetrachtung«, sagte er bedächtig. »Preise schwanken; wenn Sie jetzt zu verschiedenen Zeitpunkten einkaufen, haben Sie eine bestimmte Menge von Gütern, die abgesehen davon, was sie kosten, genau gleich sind. Dann nehmen Sie welche davon und verkaufen sie. Die Frage ist, welche haben Sie verkauft, wieviel haben sie Sie gekostet und wieviel Gewinn haben Sie gemacht.«

»Na schön, und welche habe ich verkauft?«

»Nach der First-in first-out-Methode haben Sie die verkauft, die Sie zuerst erworben haben. In Ihren Büchern steht, was sie gekostet haben, und damit hat es sich.«

»Aber wenn ich nun nicht die ersten verkaufen würde? Angenommen, ich würde die letzten verkaufen?«

»Das macht keinen Unterschied. Sie sind alle gleich. Sie brauchen irgendein System, Sie haben mich nach einem bestimmten System gefragt, und ich habe es Ihnen erklärt.«

Ich sagte: »Na gut, jetzt erzählen Sie mir was über andere Methoden.«

»Tja, das hängt davon ab, in welcher Branche Sie sind. Bei einem Warenhaus zum Beispiel haben Sie eine Million kleiner Güter auf Lager und setzen Ihren Bestand sehr schnell um. Sie könnten Ihren ganzen Gewinn dafür verbrauchen, die Kosten zu berechnen.«

Ich bemühte mich, ein möglichst dankbares Publikum abzugeben. Ich kam mir vor wie Dr. Watson. »Und was macht man da?« fragte ich.

»Normalerweise haben Sie für alles oder zumindest für größere Gruppen von Gütern einen durchschnittlichen Kalkulationsaufschlag. Was es auch kostet, Sie verkaufen es für anderthalbmal soviel. Sie machen sich also keine Gedanken um die einzelnen Güter, sondern behalten einfach den Einzelhandelspreis im Auge, und die Kosten sind automatisch zwei Drittel davon.«

»Nennt man das die Festwert-Methode?«

»Nein, das ist wieder etwas anderes.«

Ich sagte ihm, ich sei ganz Ohr.

»Vielleicht ließe es sich am besten an einem Beispiel erklären«, sagte er. »Sie betreiben ein Schreibwarengeschäft. Sie gehen davon aus, daß Sie von einer bestimmten Papiersorte stets 100 Ries auf Lager haben müssen, um im Geschäft zu bleiben. Das ist Ihr Festbestand. Jedesmal, wenn Sie unter 100 Ries kommen, bestellen Sie nach, um ihn wieder aufzufüllen, und wenn Sie knapp vor dem Bestandsminimum sind, geben Sie eine Bestellung auf, damit Sie dann, wenn die Lieferung eintrifft, wieder auf Ihren Mindestfestbestand kommen. Da Sie diese Zahl nie unterschreiten, beschließen Sie, für die 100 Ries, die Sie auf Lager haben, einen festen Wert anzusetzen, und tun dann so, als würden Sie diese 100 Ries gar nicht verkaufen. Wenn Sie fünf Ries verkaufen, tun Sie so, als würden Sie die fünf Ries verkaufen, die Sie gerade bestellt haben, um nicht unter Ihren Mindestbestand zu fallen. Es ist einfach eine andere Betrachtungsweise.«

Ich dachte, daß mir zu diesem Zeitpunkt eigentlich etwas dämmern müßte, aber mir dämmerte eindeutig überhaupt nichts. Ich sagte: »Was passiert, wenn man eine Zeitlang nach der

First-in first-out-Methode vorgeht und dann zu dem Verfahren überwechselt, das Sie gerade erklärt haben?« Er nahm Bleistift und Papier zur Hand, wir nahmen ein paar Zahlen an, und nach und nach begann ich zu begreifen. Wenn man die Methode bei steigendem Anschaffungspreis wechselt, wird das billige Zeug, das man bereits auf Lager hat, als Festbestand behandelt, mit dem Ergebnis, daß man so tut, als verkaufe man das Zeug, das viel gekostet hat, wobei man natürlich nicht viel Kohle macht. In meinem Hinterkopf begann die Sonne aufzugehen, und ich hatte das Gefühl, daß mein Schädelinneres ziemlich bald erleuchtet sein würde, wenn ich bloß still saß und wartete. Ich sagte: »Und wenn man es bei fallenden Rohstoffpreisen täte, dann würde man natürlich einen dicken Gewinn machen, nicht wahr?«

Darauf schien es hinauszulaufen. Ich war ein gewitztes Kerlchen. Ich sagte: »Aber wie zum Teufel kann man auf diese Weise Geld machen?«

»In Wirklichkeit macht man das gleiche Geschäft wie vorher. Es sieht bloß nicht so gut aus.«

Darüber dachte ich lange nach, und dann fiel mir ein, daß ich es besser kurz machte, da der Taxameter wahrscheinlich tickte.

»Angenommen«, tastete ich mich vor, »angenommen, es kommt ein Zeitpunkt, wo man für eine Weile haufenweise Geld machen will. Wenn der Preis für das, was man kauft, ständig steigt, und man geht wieder zu der anderen Methode über, was würde dann passieren?«

»Junger Mann«, sagte er lächelnd, »mit Ihrer Phantasie landen Sie entweder im Gefängnis, oder Sie kriegen vom vielen Couponschneiden Warzen an den Fingern. Es wäre viel einfacher, eine Bank auszurauben.«

»Gibt es an einer der beiden Methoden etwas auszusetzen?«

»Vom buchhalterischen Standpunkt aus nicht. Jedenfalls nicht, wenn man weiß, wann man die eine und wann man die andere anwenden muß. Aber die Bundesregierung hat etwas dagegen, daß die Körperschaftsteuer nach der Festwert-Methode ermittelt wird.«

Das führte nun doch ein wenig vom Thema weg, und ich mochte es nicht mehr weiterverfolgen. Ich wollte ihn für seine Zeit bezahlen, aber er sagte, es sei schon in Ordnung, ich solle es gut sein lassen.

Kapitel 9

Ich sah auf meine Uhr und stellte fest, daß ich länger in der Bücherei gewesen war, als ich gedacht hatte. Mein Kopf tat scheußlich weh, und ehe ich das Gebäude verließ, machte ich beim Zeitungsstand halt und fragte das Mädchen, ob es Aspirin habe. Während es in der Schublade hinter dem Ladentisch nachsah, brachte ein Mann die Nachmittagsausgabe der *Louisville Times* herein und legte einen Packen davon direkt vor mich. Er hatte es eilig und legte den Packen verkehrt herum hin, so daß eine Meldung unten auf der Titelseite mir so rasch ins Auge fiel, als hätte sie mir zugeblinzelt. Es war eine dieser Kurzmeldungen, die sie in letzter Minute in die untere Ecke der Titelseite hineinquetschen. Die Schlagzeile hieß TRICKDIEB ERBEUTET AKTEN. Die Meldung lautete:

> Ein Trickdieb betrat heute morgen kurz nach Öffnung die Büroräume von Yoland & Jolley, amtlich zugelassene Wirtschaftsprüfer im Heyburn Building, gelangte unter einem Vorwand in das Privatbüro von Gregory Yoland, dem Seniorpartner der Firma, und ging dann seelenruhig mit einem Bündel wertvoller Akten hinaus, während Mr. Yoland in einem Nebenraum ein Telefongespräch führte. Mr. Yoland und seine Sekretärin, Miss Mayberry Judson, schlugen sofort Alarm, doch der Täter hatte sich unter die Menge in der Eingangshalle gemischt und konnte bislang nicht gefaßt werden. Die mit dem Fall befaßten Polizeibeamten sagten, der Dieb sei als kleiner, stämmig gebauter Mann von etwa 35 mit blauen Flecken im Gesicht und einem fehlenden Vorderzahn beschrieben worden. Er trug einen braunen Anzug, hellbraune Schuhe und einen Strohhut. Wie es hieß, verschaffte sich der Dieb Zutritt, indem er sich als Angehöriger einer angesehenen Anwaltskanzlei in einer anderen Stadt ausgab; die Polizei geht jedoch davon aus,

daß dies lediglich ein Trick war, und wollte den angegebenen Namen nicht nennen. Der Taxifahrer George Clay, wohnhaft in der Catalpa Street, gibt an, er habe kurz nach neun Uhr einen Mann, auf den die obige Beschreibung passe, zur Hauptniederlassung der öffentlichen Bücherei von Louisville gefahren. Mit einer baldigen Festnahme wird gerechnet.

Ich überlegte, ob es eine Möglichkeit gäbe, sich binnen weniger Minuten einen neuen Zahn wachsen zu lassen, blaue Flecken loszuwerden, 30 Pfund abzunehmen oder 20 Zentimeter größer zu werden, kam jedoch zu dem Schluß, daß es keine gab. Ich dachte daran, mir einen neuen Anzug zu kaufen und damit auch meinem gemarterten Bauch eine Erholungspause zu verschaffen, doch da die anderen Details so exakt wiedergegeben waren, hielt ich es für eine Verschwendung von Zeit und Geld.

Am Zeitungsstand gab es kein Wasser, und so nahm ich mir zwei Tabletten aus der Schachtel und kaute sie widerwillig, während ich die Straße entlangging und mich fragte, wie lange es wohl dauern würde, bis ich im Bau saß.

Ein, zwei Häuserblocks weiter ging ich in eine Schusterwerkstatt und gab dem Mann am Ladentisch 25 Cents dafür, daß er mir mein Bündel Papiere einpackte und eine Schnur darumband. Dann suchte ich eine Western-Union-Filiale und gab weitere 25 Cents dafür aus, daß das Päckchen Yoland & Jolley zugestellt wurde. Das Mädchen schien Probleme mit dem Namen und der Adresse zu haben, und ich überlegte, ob sie mich nicht nur hinhielt, aber dann fiel mir ein, daß die Zeitung gerade erst ausgeliefert wurde und ich wohl erst in einiger Zeit wirklich in Gefahr sein würde. Ich borgte mir ein Telefonbuch, aber es stand niemand darin, der Phoebe Murdoch hieß. Es waren drei Leute aufgeführt, die sich mit k anstatt h schrieben, aber nicht eine Murdoch. Ich probierte es noch mit mehreren anderen Schreibweisen, aber ohne Erfolg.

Nur um sicherzugehen, ging ich ins Gerichtsgebäude hinüber, schlug im Register nach und ließ mir von einem Angestellten die Adoptionsakte heraussuchen. Der Name war mehrmals eindeutig mit h geschrieben und stand außerdem deutlich lesbar als Unterschrift auf einer beglaubigten Urkunde. Ich erkundigte mich nach dem Verlag, der die Telefonbücher herausbrachte, und erfuhr, daß er nur ein paar Straßen weiter lag.

Sie hatten alte Ausgaben bis fast zur Zeit von Daniel Boone und nichts dagegen, daß ich sie durchsah.

1915 war eine Phoebe Murdoch unter der in den Gerichtsakten angegebenen Adresse aufgeführt. Ich folgte ihr Band auf Band bis etwa 1925, wo sie plötzlich verschwand. Auf der Rückseite eines Umschlags notierte ich mir die letzte Adresse und fragte die Verlagsleute dann ohne große Hoffnung auf Erfolg, ob es eine Möglichkeit gebe festzustellen, ob sie verzogen, verstorben oder mittlerweile verheiratet sei. Sie sagten nein.

In Anbetracht der Tatsache, daß meine Beschreibung und meine verbrecherischen Aktivitäten die Titelseite jeder Zeitung zierten, gefiel mir der Gedanke nicht, mich zu viel auf den Straßen herumzutreiben, aber ich wollte Miss Phoebe Murdoch unbedingt sprechen oder herausfinden, was mit ihr passiert war. Ich ging die Third Street hinunter zum Gesundheitsamt und verlangte eine beglaubigte Kopie der Sterbeurkunde einer Miss Phoebe Murdoch, wohnhaft in Jefferson County und wahrscheinlich 1925 gestorben, aber man sagte mir, wenn sie tot sei, müsse sie woanders gestorben sein. Ich wollte auch die Akten des Standesamts überprüfen, aber das hätte geheißen, mich noch einmal ins Gerichtsgebäude, mitten in den Rachen des Gesetzes, zu begeben, und so wichtig kam es mir nun auch wieder nicht vor.

Da ich mich in der Stadt nicht auskannte, hatte ich nicht die leiseste Ahnung, wie man zur letzten bekannten Adresse der von mir gesuchten Dame kam, und so murmelte ich ein Gebet und winkte ein Taxi heran. Ich achtete darauf, den Mund weitestmöglich geschlossen zu halten.

Die Gegend war bescheiden, aber durchaus achtbar. Ich bezahlte den Taxifahrer, klingelte, und eine Frau, die wie Edna Mae Oliver aussah, sagte mir in ein paar wohlgesetzten Worten, sie habe noch nie von jemandem mit diesem Namen gehört, und knallte die Tür zu. Ich ging über die Straße und klingelte eine Weile an jeder Tür, und nach der Art des Empfangs, der mir zuteil wurde, hätte ich genausogut Entfärber verkaufen können – so nach dem Motto, wenn man genug verkauft, kriegt man einen Marvo-Chemiebaukasten im hübschen, dreifarbigen Geschenkkarton. Es sah allmählich so aus, als würde man Miss Phoebe Murdoch zu den großen, ungelösten Verbrechen der Geschichte zählen müssen, aber ich beschloß, noch an zwei Türen zu klingeln und es dann als aussichtslos aufzugeben.

Es brauchte keine zwei Türen mehr. Als ich das nächste Mal klingelte, wollte mir ein hübsches Mädchen gerade wie üblich die Tür vor der Nase zuknallen, sagte dann aber: »Murdoch! Moment mal.« Sie ließ die Tür offen und rief mit einer Stimme, für die Paul Robeson seine in Zahlung geben würde, etwas nach hinten ins Haus. Von irgendwoher kam eine dicke Frau angewatschelt, die sich Seife von den Händen wischte und nach ihrer Brille nestelte. Sie beäugte mich eingehend, und ich dachte schon, daß sie mich auf den braunen Anzug, die hellbraunen Schuhe, den Strohhut, den fehlenden Zahn etc. hin überprüfte, aber dann fiel mir ein, daß ich nirgendwo auf einer Veranda eine Zeitung gesehen hatte und sie vermutlich eine spätere Ausgabe zugestellt bekamen. Schließlich sagte die Dicke:

»Ja, ich erinnere mich an eine Miss Murdoch, aber das ist schon lange her. Sie hat da drüben gewohnt.«

»Ich bin Anwalt und versuche, die Erben eines Dr. Ellis Murdoch aus Philadelphia ausfindig zu machen. Ich vermute, daß Miss Phoebe Murdoch möglicherweise Anspruch auf einen ziemlich großen Teil des Nachlasses hat. Wissen Sie, was mit ihr passiert ist?«

Die Dicke bat mich herein, bot mir einen Platz an und wollte wissen, ob es ein sehr großer Nachlaß sei. Sie habe gar nicht gewußt, daß Miss Murdoch Verwandte in Philadelphia habe, aber die Welt sei klein, und es könne alles mögliche passieren, nicht wahr?

Ich sagte, es könne wirklich alles mögliche passieren und was denn zum Beispiel mit Miss Phoebe Murdoch passiert sei. Tja, das wisse sie nicht so genau, da müsse sie erstmal überlegen und vielleicht ihren Mann fragen und wie viele Verwandte es denn noch gebe und woran er gestorben sei. Ich fragte mich, was sie sagen würde, wenn ich behauptete, er sei an Lepra gestorben, aber ich sagte an Krebs, weil mir das am unverfänglichsten vorkam. Wie es schien, hatte sie einen Onkel Tobias, der 1910 in Minneapolis an Krebs gestorben war, und ich fand das ziemlich interessant und sagte, wenn das kein Zufall sei, und sie sagte, ja, nicht wahr?

Ihr Mann betrieb einen Secondhandladen in der Market Street. Ob sie ihn wohl anrufen und fragen würde, was er über Miss Phoebe Murdoch wußte. Tja, sie wisse nicht so recht. Er möge es nicht, wenn sie ihn tagsüber anrufe, weil ihm dann vielleicht ein

Geschäft entgehe, aber vielleicht sei es ja etwas anderes, wenn es um vermißte Erben und solche Sachen wie im Radio ginge, und ich sagte, es wäre mir aber wirklich eine große Hilfe, und sie meinte, dann täte sie es wohl. Ich mußte sitzen bleiben, während sie die ganze Sache einschließlich Onkel Tobias und seinem Krebs am Telefon noch einmal durchkaute, aber schließlich kam sie wieder und sagte, Miss Phoebe Murdoch habe ihr Haus verkauft und sei weggezogen, er meine, nach Cincinnati oder New Orleans oder irgend so was. Ich fragte, ob es im Viertel noch jemanden gebe, der schon so lange hier wohnte wie sie, und sie sagte, nein, die Gegend habe sich sehr verändert, und viele Leute hätten es sich in den Kopf gesetzt, sie seien zu vornehm dafür und seien weggezogen, aber da fiele ihr ein, es gebe noch eine Mrs. Kilgallen in der Parallelstraße, deren Haus hinten an das von Miss Murdoch grenze, und die wohne auch schon lange hier. Ich bedankte mich bei ihr und hoffte, daß Mrs. Kilgallen keinen Onkel Tobias hatte, besonders, wenn er irgendwann Krebs gehabt hatte. Ich dachte, ich hätte wahrscheinlich eine Menge Zeit sparen können, wenn ich doch von Lepra gesprochen hätte.

Mrs. Kilgallen war eine adrette kleine Frau, die mit geschlossenen Füßen und den Händen im Schoß dasaß. Sie erinnere sich sehr gut an Miss Murdoch und habe sie auch durchaus gemocht, wenn man einmal davon absehe, daß sie sich immer über irgend etwas gestritten hätten, sie könne sich allerdings nicht mehr genau erinnern, worum es gegangen sei. Sie wisse nicht, was mit Miss Murdoch passiert sei, wünschte aber trotz des Streits, sie würde noch hier wohnen, denn die Leute, an die sie ihr Haus verkauft habe, und alle späteren Bewohner seien ziemlich ordinär gewesen, und einen habe man beim Schwarzbrennen auf dem Dachboden erwischt, und es habe sogar in der Zeitung gestanden und alles. Ich fragte, ob Miss Murdoch sich je von ihren schweren Verbrennungen erholt habe, und Mrs. Kilgallen sagte, das müsse nach ihrem Wegzug passiert sein, denn sie habe ihres Wissens nie irgendwelche Verbrennungen gehabt, sie selbst allerdings habe sich einmal am Ofen ganz schlimm die Hand verbrannt.

Ich verabschiedete mich und schloß gerade die Tür hinter mir, als das Telefon klingelte, und gleich darauf kam Mrs. Kilgallen zur Tür getrappelt und bat mich, einen Moment zu warten. Dann ging sie wieder hinein, um ihr Gespräch zu beenden, und als sie wiederkam, schien es, daß der Anruf von der Dicken gekommen war, die gesagt hatte, der Postbote sei gerade bei ihr vorbeigekommen, und er ginge diese Runde schon, soweit man zurückdenken könne, und vielleicht wüßte er ja etwas.

Ich hatte schon eine Menge Zeit aufgewendet, aber der Postbote hörte sich nach einem vielversprechenden Tip an, und so ging ich um den Block und holte ihn ein. Er war durchaus freundlich und meinte, ich könne soviel reden, wie ich wolle, wenn ich bereit sei, mit ihm zu gehen, damit er keine Zeit verliere. An dieser Stelle blies er in seine Trillerpfeife, ließ mich auf dem Bürgersteig stehen, ging ein paar Stufen hoch und steckte etwas in einen Briefkasten.

Er erinnerte sich an Miss Murdoch, dann blies er wieder in seine Pfeife, ging ein paar Stufen hoch, und ich wartete auf ihn. Zwischen diesem und dem nächsten Haus erfuhr ich, daß Miss Murdoch nicht sehr freundlich, aber höchst anständig gewesen sei, und dann kam wieder dieses Pfeifen. Auf diese Weise klapperten wir den Häuserblock ab, und soweit ich mich erinnere, bekamen an diesem Tag sämtliche Häuser auf beiden Straßenseiten des Postweges irgendwelche Zusendungen. Manchmal kam er zwischen zwei Häusern gar nicht auf das Thema zurück, sondern verbreitete sich über die Leute in der Nachbarschaft oder redete mit der Dame auf der Veranda, von der er gerade kam oder auf die er gerade zuging. Er schien so ungefähr meine letzte Chance zu sein, Fortschritte zu machen, und so fand ich mich unter Aufbietung aller Geduld mit dieser Prozedur ab, und wir waren fast am anderen Ende der Straße angekommen, als ich ihm schließlich entlockte, daß Miss Murdoch tatsächlich eine Nachsendeadresse hinterlassen hatte. An dieser Stelle fragte ich, ob es ihm sehr viel ausmache, wenn wir einen Moment stehenblieben und unser Gespräch zu Ende brächten, und falls seine Zeit sehr kostbar sei, würde ich sie ihm bar bezahlen. Er wollte das Bare vorher sehen, bekam es zu sehen, und wir blieben stehen.

Ich sagte: »Ich weiß, es ist lange her, aber ich wette, Sie erinnern sich zufällig, wie die Nachsendeadresse lautete.« Ich hielt ziemlich lässig einen Fünfdollarschein in der Hand, und es würde mich nicht wundern, wenn er ein bißchen vor seinen Augen herumgeflattert wäre. Er dachte lange nach und starrte konzentriert auf den Fünfdollarschein. Schließlich sagte er:

»Nee, kann mich nicht erinnern.«

»Überhaupt nicht?«

»Na, an den Namen schon. Der war Miss Phoebe Murdoch. Daran erinnere ich mich noch.«

»Das ist doch schon was. Es wäre wirklich schlimm, wenn Sie sich nicht mal an den erinnern würden.«

»Aber die Straße weiß ich nicht mehr. Nichts zu machen. Die Straße hab' ich glatt vergessen. Wann, haben Sie gesagt, war das? 1925. Hmmmmm. Vor 16 Jahren. Da war meine Tochter sieben. Damals hat sie mich nicht viel gekostet, aber das hat sich weiß Gott geändert.«

»Das kann ich mir vorstellen. Sie erinnern sich also nicht an die Straße, wie?«

»Nee, und an die Hausnummer auch nicht. Weiß nicht mal mehr, ob es 'ne hohe oder 'ne niedrige Nummer war oder ob gerade oder ungerade. Ich weiß es einfach nicht mehr. Ist alles weg.«

Ich war ausgesprochen entmutigt, aber wenn ich ihn schon für seine Zeit bezahlte, wollte ich auch dranbleiben, bis die Quelle versiegt war. Ich sagte:

»Und die Stadt?«

»War überhaupt keine Stadt. War, glaub' ich, irgend so 'n kleines Kaff irgendwo. Lesen Sie manchmal Geschichtsbücher?«

Ich sagte, ich hätte ein paar Geschichtsbücher gelesen und was das damit zu tun habe.

»John Brown«, sagte er und schüttelte mit abwesender Miene den Kopf, »hat irgendwas mit John Brown oder irgend so was zu tun.«

»Über John Brown weiß ich nur, daß sein Leichnam im Grab vermodert«, meinte ich.

»Tja, das könnt's sein. Ich weiß auch nicht viel über ihn. Könnte dort sein, wo der Leichnam im Grab vermodert oder so was.«

Ich sagte: »Na, mal sehen. Ich glaube, er ist in Harpers Ferry hingerichtet worden. Klingelt es da bei Ihnen?«

»Ja. Doch, ich glaub' schon. Ich freß' 'n Besen, wenn sie da nicht hingezogen ist. Genau das ist es. Ganz sicher. Sie haben's gefunden. Harpers Ferry haut hin. Hätten Sie nicht geglaubt, daß ich draufkomme, was? Na ja, ehrlich gesagt, hab' ich's selbst auch nicht geglaubt.«

Mir war, als sähe ich etwas, was ich vorher nicht gesehen hatte.

»Aber ganz sicher sind Sie nicht?«

»Nee, das würd' ich nicht sagen.«

»Wie hört sich Harpersville an? Hört sich doch fast genau wie Harpers Ferry an, oder?«

Er schüttelte den Kopf und murmelte: »Harpers Ferry – Harpersville – Harpers Ferry – Harpersville«, dann blickte er auf und sagte:

»Mist, ich krieg' die beiden einfach nicht auseinandergehalten. Könnte Harpersville sein. Könnte Harpers Ferry sein.«

Mir war klar, daß ich nichts weiter aus ihm herauskriegen würde, und da ich ohnehin zu wissen glaubte, was ich wissen wollte, bedankte ich mich vielmals und gab ihm den Fünfdollarschein.

Ich ging in ein Lebensmittelgeschäft, fragte, ob ich das Telefon benutzen dürfte und erkundigte mich, wann ich einen Zug in mein angestammtes Revier bekommen konnte. Es fuhren erst wieder um acht Uhr abends Züge, und damit wäre ich erst am nächsten Tag in meinem Büro, was nicht ging. Ich rief beim Busbahnhof an, erfuhr, daß vor ein paar Minuten einer gefahren war und der nächste um halb sieben abends fahren würde. Das ging also auch nicht. Ich verspürte den heftigen Drang, zuerst einmal aus der Stadt herauszukommen, und wollte zweitens in mein Büro und dann nach Harpersville zurück. Während ich mir das durch den Kopf gehen ließ, rief ich bei Yoland & Jolley an und verlangte Mr. Jolley. Ich erkannte Miss Judsons Stimme, und sie sagte:

»Es tut mir leid, Mr. Jolley ist verreist. Kann ich etwas ausrichten?«

»Er hat mir gesagt, er käme heute vormittag zurück.«

»Er ist heute vormittag zurückgekommen, aber gleich wieder verreist. Er kommt möglicherweise erst in ein paar Tagen zurück. Mit wem spreche ich, bitte?«

»Hat er gesagt, wo er hinfährt?«

»Wer spricht da, bitte?«

»Haben Sie ein Päckchen von der Western Union gekriegt?«

»Oh! Einen Moment, bitte.«

»Lassen Sie nur«, sagte ich, »die Polizei hat mich noch nicht geschnappt.«

Ich legte auf. Falls Hillman Jolley verreist war, dann sah es so aus, als wäre er nicht nach Harpersville gefahren, denn ich hielt ihn nicht für den Typ, der mit dem Bus fuhr, wenn es sich vermeiden ließ, und falls er den Zug genommen hatte, hätte er einen erwischen müssen, der etwa eine Stunde nach seiner Rückkehr ins Büro fuhr.

Ich schlug die Nummer des Flughafens nach, erkundigte mich nach Möglichkeiten, ein Flugzeug zu chartern, und wurde gebeten, mich mit einem Flugdienst in Verbindung zu setzen, was ich auch tat. Viel hatten sie nicht zu bieten, aber es gab eine Piper Cub, die ich bekommen konnte, und dafür reichte auch mein Geld noch. Bloß für den Fall, daß die Polizei nachfragen würde, nannte ich ihnen den ersten Namen, der mir einfiel, und sagte dann, sie sollten das Flugzeug bereithalten, ich käme so schnell, wie ein Taxi mich hinbefördern könnte.

Kapitel 10

Es war stockdunkel, und das Büro war geschlossen, als ich in die City zurückkam. Ich mußte mir aufschließen. Ich ging dabei ohne besonderen Grund ziemlich leise vor und war im nachhinein froh darüber. Durch die Mattglasscheibe von Mr. James Meads Bürotür schien Licht, und ich verspürte keine große Lust, ausgerechnet jetzt mit Mr. James Mead zu reden. Ich schlich auf Zehenspitzen in mein Büro, hatte jedoch Angst, ein Geräusch zu machen, wenn ich die Tür schloß, und setzte mich deshalb im Dunkeln einfach still hin und rauchte nicht einmal eine Zigarette. Es gab nichts zu tun, und beim Herumsitzen fiel mir ein, daß ich seit dem Ersten Weltkrieg nichts mehr gegessen hatte, und ich hatte solchen Hunger, daß mir fast schwindlig war.

Dann hörte ich, daß Mr. Meads Tür geöffnet wurde, das Licht verlöschte, und jemand ging im Dunkeln durchs Vorzimmer. Die Tür zur Halle läßt sich von innen öffnen, auch wenn sie von außen abgeschlossen wurde. Von meinem Platz aus konnte ich die Tür nicht sehen, und bis ich aufgestanden war, um nachzuschauen, ging die Tür gerade zu, und ich konnte nur noch einen Schatten davor sehen, ehe Mr. Mead wegging. Das Problem war nur, daß es eindeutig nicht der Schatten von Mr. James Mead war, obwohl Schatten mehr oder weniger formlose Dinger sind und ich Ihnen nicht hätte sagen können, woher ich das wußte. Gleichviel, es war eindeutig nicht der Schatten von Mr. Mead, und die Schritte, die auf dem Betonboden der Halle ertönten, hörten sich auch nicht nach Mr. Mead an. Die Schritte waren rasch und präzise, nicht wie von jemandem, der läuft, sondern wie die Schritte eines Menschen, der schnell und mit kurzen Schritten geht.

Ich wußte, daß ich keine Chance hatte, ihm zu folgen, denn meine Lederabsätze würden draußen im Flur einen Höllenlärm machen, aber ich ging immerhin bis zur Tür und machte sie leise auf. Wer immer es war, war gerade um die Ecke zu den Fahrstühlen verschwunden, und kurz darauf hörte ich die Nachtglocke läuten. Ich wartete, bis ich die Fahrstuhltür zugehen hörte, ging dann selbst zum Fahrstuhl und läutete nach einer angemessenen Zeit. Der Fahrstuhlführer sagte mir, ich solle mich endlich entschließen. Er sei gerade eben schon einmal dagewesen, und niemand sei zugestiegen.

Ich sagte dem Fahrstuhlführer, er solle ohne mich hinunterfahren, und seinem Gesichtsausdruck nach zu urteilen, bezweifelte ich nicht, daß er sich nicht rühren würde, wenn er das nächste Mal in den zehnten Stock gerufen wurde. Ich blieb stehen, wo ich war, und lauschte dem Fahrstuhl nach, bis er hielt, worauf das Gebäude so still war, daß ich mein Herz schlagen hörte. Ich wandte der Fahrstuhltür den Rücken zu und schaute den Korridor entlang bis zu der Ecke, um die ich gerade gekommen war. Über mir brannte ein trübes Licht und ein zweites an der Biegung des Korridors, aber ansonsten war das gesamte Stockwerk dunkel. In keinem der Büros war Licht, und soweit ich sehen konnte, waren die Türen zu.

Ich fragte mich, was ich wohl getan hätte, wenn ich nach dem Fahrstuhl geläutet und dann abgehauen wäre. Ich hätte die Tür zum Treppenhaus aufmachen und nach oben oder unten gehen können. Ich hätte auch in eins der Büros gehen und die Tür hinter mir zumachen können, und falls ich einen Schlüssel hätte, der mir Zutritt zum Büro von Mead, Opdyke, Smallwood, Garrison und Henry verschaffen könnte, würde mir dieser Schlüssel möglicherweise auch andere Türen im Gebäude öffnen, so wie die Schlüssel, die die Fahrstuhlführer der Nachtschicht und die Putzfrauen haben. Da ich den Mann um die Ecke zum Fahrstuhl hatte biegen sehen, bedeutete das, daß er hinter einer der Türen war, auf die mein Blick fiel, falls er überhaupt hinter einer Tür war. Zu den Türen vor mir gehörten auch die der Herren- und der Damentoilette, aber die sind wie alle anderen anderen abschließbar, und man braucht einen Schlüssel dafür – sie bildeten also keine Ausnahme. Soviel ich sehen konnte, waren die Möglichkeiten damit in etwa erschöpft.

Ich blieb so lange stehen, wie ich es aushielt, und obwohl es mir wie 30 Minuten vorkam, vergingen vermutlich nicht mehr als fünf. Nichts passierte, und im Gebäude war es so still, daß ich Wasser aus einem defekten Hahn in einer der Toiletten tropfen hören konnte. Ich wußte, ich würde ins Büro zurückgehen müssen und nachsehen, was ich finden konnte, aber es fiel mir schwer, mich dazu durchzuringen, denn mir war klar, daß das Klappern meiner Absätze einem eventuellen Lauscher genau verraten würde, was ich tat.

Schließlich fiel mir etwas ein, und ich zog so leise wie möglich die Schuhe aus. Ich war froh, daß keiner unserer besseren Mandanten zugegen war, denn ich hatte ein großes Loch in einer Socke, und der Boden fühlte sich unter meinen nackten Zehen kalt an.

Auf dem Rückweg zum Büro machte ich so wenig Geräusche, daß ich nicht einmal mich selbst hören konnte. Trotz der Dunkelheit bekam ich ohne Schwierigkeiten den Schlüssel ins Schloß und drückte sacht die Tür hinter mir zu. Ich ging geradewegs in Mr. Meads Büro und machte, da es sich nun einmal nicht vermeiden ließ, das Licht an. Ich konnte keinerlei Anzeichen dafür erkennen, daß jemand dagewesen war, aber dann fiel mir ein, daß Mr. James Mead nicht wie ich war und bis auf einen Terminkalender und eine Schreibgarnitur stets alles von seinem Schreibtisch räumte. Jetzt war er nicht aufgeräumt. Eine Akte lag auf einer Ecke, und auf der Akte stand: *Harper Products Company – Körperschaftsteuerschuld 1938.*

Ich wünschte, Telefone würden nicht so laut und so unvermittelt klingeln. Im Rückblick auf die letzten paar Tage kam mir zum Bewußtsein, daß ich allmählich furchtbar schreckhaft wurde und Telefone eine ganz neue Bedeutung angenommen hatten.

Ich ging hinaus zum Schaltkasten, und wenn ich schlau gewesen wäre, wäre mir vermutlich aufgefallen, daß das Telefon gar nicht hätte klingeln dürfen, da nicht damit zu rechnen war, daß sich zu dieser Zeit jemand im Büro aufhielt.

Ich ging trotzdem dran. Ich war wohl mit meinen Gedanken bei der Akte im anderen Zimmer, und es gibt ohnehin praktisch keinen Menschen, der tatenlos zusehen kann, wie sich ein Telefon die Lunge aus dem Leib klingelt. Ich nahm den Kopfhörer der Telefonistin, hielt ihn mir ans Ohr und sagte »Hallo« in das kleine Bügelmikrophon, das sie sich um den Hals hängt.

Es tat sich nichts. Ich sagte noch einmal »Hallo« und dachte, es läge daran, daß ich mich mit den Schaltern nicht auskannte, aber ich probierte sie alle durch, sagte mehrmals »Hallo«, und es tat sich noch immer nichts. Dann wurde mir klar, daß jemand wissen wollte, ob ich im Büro war oder nicht, und daß dieser Jemand es jetzt wußte.

Man kann nicht für den Rest seines Lebens in einem Büro im zehnten Stock eines Gebäudes bleiben, zumal, wenn man einen Wolfshunger hat. Man hält es jedoch eine ganze Weile dort aus, wenn man nicht hinaus will, und ich nehme an, selbst ein Wolf ist lieber noch ein Weilchen hungrig, wenn die Alternative darin besteht, hinauszukommen und einem Jäger ins Auge zu blicken. Ich beschloß, daß ich doch nicht so schrecklich hungrig war, ging wieder in Mr. Meads Büro und schlug die Akte auf dem Schreibtisch auf.

Es gab nicht viel zu sehen. Das Finanzamt hatte die Harper Products Company von einer Neuveranlagung für das Jahr 1938 unterrichtet und mit einer Menge von Zahlen dargetan, wieviel Gewinn die Firma nach seiner Berechnung tatsächlich gemacht hatte. Selbst wenn man berücksichtigte, daß der Fiskus stets alles in Sichtweite beansprucht, damit ihm auch ja nichts entgeht, glich die Summe nicht im entferntesten der, die ich aus dem Jahresabschluß in Erinnerung hatte. Ich hätte mit Freuden die Steuerdifferenz akzeptiert und mich zur Ruhe gesetzt.

Es gab einen Briefwechsel zwischen William Jasper Harper und James Mead zu der Frage, ob die Nachforderung bezahlt oder angefochten werden sollte, wobei Mr. Mead aus unterschiedlichen Gründen empfahl, sie zu bezahlen, und William Jasper Harper darauf bestand, dagegen anzugehen. Zuoberst in dem Aktenordner war ein von William Jasper Harper unterzeichneter Brief abgeheftet, in dem er meinen Partner anwies, unverzüglich Widerspruch einzulegen und die Schlacht mit aller verfügbaren Munition durchzufechten. Ich verstand nicht, warum jemand in ein Büro einbrach, um eine so langweilige Akte zu lesen, und nahm mir vor, irgendwann, wenn ich nicht am Verhungern war, wiederzukommen und eine gründlichere Untersuchung der Reize vorzunehmen, die das Büro zu bieten haben mochte.

Ich hob meine Schuhe auf, machte das Licht aus und lauschte an der Außentür. Es war kein Laut zu hören. Ich sah vorsichtig hinaus, und die Halle war leer. Ich entschloß mich, nicht zehn Treppen hinunterzugehen, und falls der Fahrstuhlführer nicht in den zehnten Stock kommen wollte, würde ich mich so lange gegen die Klingel lehnen, bis er es tat. Einmal unterwegs, hatte es keinen Sinn herumzutrödeln. Ich ging rasch den Korridor entlang, bog um die Ecke und strebte mit schnellen Schritten den Fahrstühlen zu, wobei ich sämtliche Türen im Auge behielt, wie eine Katze Rattenlöcher im Auge behält.

Es hätte sich bezahlt gemacht, wenn ich mich umgeblickt hätte, aber ich konnte den Fahrstuhl heraufkommen hören, und das lenkte mich wohl ab. Als ich ein Geräusch hörte, war es schon zu spät. Jemand zog mir eins über, und ich erinnere mich nicht, wie ich zu Boden ging.

Ich habe nie sonderliche Hochachtung für Frauen empfunden, die Bürogebäude reinigen. Ich habe nie etwas gegen sie gehabt, aber sie und ich hatten uns immer in verschiedenen Gesellschaftskreisen bewegt. Es gab sie einfach, so wie es fließendes Wasser und Lichtschalter gibt.

Heute nehmen Putzfrauen in meiner Wertschätzung einen beneidenswerten Rang ein, besonders die unförmige alte Frau, die sich über mich beugte, als ich die Augen aufschlug. Wahrscheinlich verdanke ich mein Leben der Tatsache, daß der Fahrstuhl sie gerade hochbrachte, als ein stumpfer Gegenstand mich hinter dem rechten Ohr traf. Es war durchaus möglich, daß der Angreifer nicht beabsichtigt hatte, mich ins Jenseits zu befördern, aber es schien mir nicht einleuchtend, daß er auf mich gewartet haben sollte, nur um mit seinem stumpfen Gegenstand zu trainieren. Es war ganz offensichtlich, daß er mich gehört haben mußte, als ich das Büro betrat, und meine folgenden Manöver mußten ihn zu der Überzeugung gebracht haben, daß ich wußte, wer er war. Wenn das der Fall war, ergäbe es keinen Sinn, mich für ein paar Minuten auf einem Korridor einzuschläfern, wo ich früher oder später mit Sicherheit gefunden würde. Falls mein Wissen ihm nicht schaden könnte, hätte er mich in Ruhe gelassen. Falls es aber gefährlich genug war, um ihn zu veranlassen, mir eins überzubraten, konnte kaum ein Zweifel daran bestehen, daß er beabsichtigt hatte, mich endgültig loszuwerden.

Die Putzfrau war ein vernünftiger Mensch, und anstatt einen Haufen dummer Fragen zu stellen, schloß sie die Tür zur Damentoilette auf und half mir hinein, damit ich mir Wasser ins Gesicht spritzen und die Schwellung an meinem Hinterkopf untersuchen konnte. Die Stelle sah übel aus, und ich hatte es ziemlich satt, mich oberhalb meines Halses krumm und bucklig schlagen zu lassen. Es kam nicht viel Blut, und das bißchen, das kam, stillte ein in kaltes Wasser getauchtes Taschentuch. Ich erklärte der Alten, daß ich auf unerklärliche Weise ausgerutscht sei, und sie kannte wohl schon alle albernen Erklärungen der Welt, denn ihre Miene verriet deutlich, daß sie es für meine Privatangelegenheit hielt, die sie absolut nichts anging. Ich fragte sie, ob ihr in der Halle jemand begegnet sei, der mir ein Bein gestellt haben könnte, aber sie sagte, das Gebäude sei so leer wie eine Kürbisflasche, und ich ließ es dabei bewenden.

Mein erster Gedanke war, die Polizei zu holen und das Gebäude durchsuchen zu lassen, aber mir fiel ein, daß ich Mr. Yoland meinen Namen genannt hatte und daß Mr. Yoland ihn der Polizei von Louisville genannt hatte. So wie Polizeibehörden heutzutage zusammenarbeiten, sprach in meinen Augen nicht viel für die Annahme, ich könnte die hiesigen Gendarmen rufen, ohne daß mir mehr als nur ein paar Erklärungen bevorstehen würden. Falls der Preis dafür, einen Mann in die Bastille zu bringen, darin bestand, daß ich mit ihm zusammen dorthin wanderte, dann war der Preis entschieden zu hoch.

Ich klingelte noch einmal nach dem Fahrstuhl, gab dem Fahrstuhlführer einen Dollar, damit er sich beruhigte, kaufte mir eine Spätausgabe der Nachmittagszeitung und ging zum CVJM. Unterwegs kaute ich noch ein paar Aspirintabletten und fragte mich, ob das Leben jemals einen noch tieferen Punkt erreichen konnte. Zusätzlich zu dem Zahn, den blauen Flecken und der Beule an meinem Hinterkopf war ich fast bis zur Bewußtlosigkeit hungrig, meine Hose quetschte nach wie vor meine leere Mitte zusammen, und ich hatte Blutflecken am Kragen. Ich rechnete fast damit, in der Eingangshalle von einem Polizisten erwartet zu werden, aber sie hatten wohl noch nicht die Möglichkeit in Erwägung gezogen, daß ich ein Flugzeug gechartert hatte, und man vermutete mich zweifellos noch in Louisville. Ich ging auf mein Zimmer und stellte fest, daß jemand dagewesen war und meine Habseligkeiten überall auf dem Boden verstreut hatte. Die Schubladen waren aus der Kommode gezogen, und was ich an Anzügen besaß, lag mit nach außen gekehrten Taschen überall herum. So wie ich mich fühlte, gab mir der Anblick praktisch den Rest.

Ich rief den Griechen an, der das Café eine Straße weiter betreibt, und sagte ihm, er solle mir das beste Steak schicken, das er auftreiben könne, dazu eine Wagenladung Pommes frites und eine ganze Kanne Kaffee. Dann rief ich ihn noch einmal an und sagte ihm, er solle, wenn er seine Mutter liebe, von irgendwoher Whisky besorgen und ihn mitschicken. Er sagte, das ginge nicht, aber ich wußte, er würde es tun. Dann stellte ich mich unter die heiße Dusche, und dort blieb ich, bis ich so schlaff war wie ein Spaghetti. Ich war gerade beim Abtrocknen, als der Junge mit dem Essen heraufkam. Mir war ziemlich verschwenderisch zumute, und ich gab ihm fünf Dollar und sagte, er solle den Rest behalten. Eine Flasche Whisky hatte mir George der Grieche nicht besorgen können, aber er hatte ein halbvolles Glas aus eigenen Beständen mitgeschickt, und ich trank es, sobald die Tür wieder zu war. Diesmal lief er viel leichter runter als im Zug, und mir kam der Gedanke, daß ich, wenn das so weiter ging, bald weiße Mäuse sehen und alle guten Angewohnheiten über Bord werfen würde, die ich mir im Laufe meines Lebens angeeignet hatte.

Ich breitete das Essen auf meinem Schreibtisch aus, und der Anblick brachte mich so zum Zittern, daß ich kaum den Kaffee eingießen konnte. Ich schlug die Zeitung auf, damit ich beim Essen die Schlagzeilen lesen konnte, und der in acht Zentimeter hohen Lettern gedruckte Aufmacher ließ mich jäh erstarren. Sobald ich begriffen hatte, daß William Jasper Harper tot war, hielt ich mich nicht mit den Einzelheiten auf, sondern warf mir ziemlich nahe am Weltrekord ein paar Kleidungsstücke über und raste zu der rund um die Uhr geöffneten Werkstatt, wo mein Auto in Reparatur war. Das Auto war fertig, und ehe das Steak kalt war, befand ich mich auf halbem Wege nach Harpersville.

Es war nicht viel Benzin im Tank, und ich mußte bei einer Tankstelle halten, ehe ich nach Harpersville kam. Dort sah ich ein paar kleine Tüten mit diesem Gebäck, das aus zwei Keksen mit was dazwischen besteht, und stopfte mir für unterwegs sechs oder acht in die Tasche. Dann schlug ich die Zeitung auf, um möglichst viel zu erfahren, solange der Tankwart sich mit dem Wagen beschäftigte. Die Zeitung war gar keine Nachmittagsausgabe, sondern ein Extrablatt, und die Druckerschwärze war noch feucht. Vor etwa anderthalb Stunden hatte William Jasper Harper noch gelebt, und ich konnte mir das Inferno in der Redaktion vorstellen, während sie sich abhetzten, um die Extraausgabe auf die Straße zu bringen. Es stand eine Menge über sein Leben darin, zum Beispiel, wo er geboren und wo er zur Schule gegangen war, was ihm alles gehörte und wovon er Vorstand war, und ein Großteil des Artikels war wohl schon vor Jahren für einen solchen Moment geschrieben und aufbewahrt worden, ganz so, als wäre William Jasper Harper Adolf Hitler oder Mahatma Gandhi oder sonstwer. Der Abschnitt über seinen Tod war sehr kurz und praktisch völlig nichtssagend. Die Harpers waren große Tiere in diesem Teil des Staates, und die Nachricht wurde behandelt, als handelte es sich um eine Geschlechtskrankheit. Es war vollkommen klar, daß der Knabe nicht mehr unter den Lebenden weilte, und es wurde außerdem ziemlich deutlich gemacht, daß er nicht an Altersschwäche gestorben war, aber was den Rest anging, da konnte man seine eigenen Schlüsse ziehen oder auch einfach nur raten. Fest stand praktisch nur, daß er nicht mehr lebte und seine Leiche gegen 21 Uhr an diesem Abend mit einer Kugel im Kopf in seinem Arbeitszimmer gefunden worden war. Er hatte um 19 Uhr mit der Familie gegessen, sich kurz darauf in sein Arbeitszimmer zurückgezogen und die Tür zugemacht. Das Arbeitszimmer hatte eine Glastür, die auf eine geflieste Terrasse hinausging. Die Küchenmädchen hatten etwas gehört, was ein umstürzender Stuhl oder ein Schuß gewesen sein könnte, aber sie befanden sich in einem anderen Teil des Hauses und brachten das Geräusch zunächst nicht mit dem Arbeitszimmer in Verbindung. Mrs. Harper, die krank war, hatte ein Zimmer im Erdgeschoß in der Nähe des Arbeitszimmers und kam als erste auf den Gedanken, daß etwas nicht stimmte. Sie läutete nach den Hausangestellten, und so wurde er gefunden.

In dem Artikel hieß es weiter, der Sheriff und der Leichenbeschauer seien gerufen worden, nachdem der Hausarzt den Tod festgestellt habe, und der Sheriff ›verfolge eine Reihe von Spuren‹ und erwarte, bald wichtige Enthüllungen machen zu können. Wenn man die vorsichtigen Formulierungen zwei-, dreimal las, kam Selbstmord oder Mord in Frage, und die Zeitung wollte sich offenbar nicht festlegen.

Harpersville war erheblich wacher als bei meiner Ankunft vor zwei Nächten. Ein Auto fuhr gerade bei der Polizeistation abseits der Hauptstraße vor, während ein zweites davondonnerte. Ich kam zu dem Schluß, daß ich ruhig in die Stadt hineinplatzen konnte, da der Sheriff sich vermutlich nicht um Kleinkram wie zurückgezogene Anzeigen wegen versuchter Erpressung kümmern würde, solange er seine große Chance witterte, auf die Hälfte aller Titelseiten im Lande zu kommen.

Ich wußte nicht, wo das Haus der Harpers lag, und fuhr deshalb zu den McClures, wo ich dann auch parkte. Im Wohnzimmer brannte Licht, und Ruth McClure kam gerade mit einem Hut auf dem Kopf aus ihrem Zimmer, und noch bevor ich in der Tür stand, erkannte ich, daß sie noch vor kurzem geweint hatte. Miss Katie war ebenfalls da, und ich war ungefähr so willkommen, wie es Mussolini gewesen wäre.

Etwas hatte Ruth ziemlich schlimm aufgeregt, aber sie war nicht so mitgenommen, daß sie vergessen hätte, wer ich war. Als sie mich sah, wurde sie in Sekundenbruchteilen so wütend, wie man es nur werden kann, und mir wurde klar, daß ich für irgend etwas, was ich nicht verstand, als Sündenbock herhalten mußte. Sie ballte die Fäuste, und als sie sprach, war sie vor lauter Wut kurz vor dem Ersticken. Sie sagte:

»Ausgerechnet! Millionen von Anwälten, und ich mußte auf Sie verfallen. Raus hier, und wenn ich Sie nochmal auch nur von weitem sehe, dann bring' ich Sie um, wenn's sein muß, mit einem Korkenzieher.«

Es war schwer zu sagen, ob sie mich schlagen oder in Tränen ausbrechen würde.

Ich habe keine Ahnung von Frauen und werde wahrscheinlich auch nie eine haben, aber ich hatte keine Zeit, mich mit irgendwelchem Unsinn abzugeben, und ich war es zudem langsam leid, ständig herumgeschubst zu werden, und so gab ich ihr eine ziemlich kräftige Ohrfeige und schüttelte sie dann, bis mir selbst die Zähne klapperten.

Ich dachte, Miss Katie würde mir nun mit ihrer gesunden Mundseite ein Stück von meinem Arm abbeißen, aber ich funkelte sie dermaßen an, daß ihre Kleider beinahe Feuer fingen, und sie begnügte sich damit, mich aus sicherer Entfernung anzufletschen. Ruth plumpste in den nächsten Sessel und brach in Tränen aus. Ich bin noch nie im Leben so aufgebracht gewesen und sagte mit beträchtlichem Nachdruck:

»Was zum Teufel geht hier vor?«

Ruth heulte einfach weiter, aber Miss Katie sagte:

»Es war Tim. Sie glauben, er hat's getan. Sie haben ihn zur Polizeistation gebracht, und er sagt kein Wort.«

Ich ging vor Ruth McClure auf die Knie, nahm ihre Hände und hielt sie fest, obwohl sie versuchte, sie wegzuziehen. Sie wollte aufstehen, aber ich stieß sie zurück. Ich war ziemlich sauer. Ich sagte: »Hören Sie zu, Sie Dummchen, die Schäfchen, die Ihnen weglaufen, kommen nicht von alleine mit wedelndem Schwanz zurück. Sie müssen losgehen und sie suchen, und ich bin vielleicht genau der Richtige dafür, ob Sie mich nun für Hercule Poirot oder Jimmy Valentine halten. Und jetzt stehen Sie auf, pudern Sie sich das Gesicht, und dann legen wir los.«

Es kam nicht allzu gut an. Der Blick, den sie mir zuwarf, machte deutlich, daß der Wert eines 41er Gilmore Henry in ihrem Prominentenverzeichnis niedriger stand als ein Nettoeinkommen nach Steuern.

»Sie haben mit der ganzen Sache angefangen«, sagte sie bitter. »Wir waren dumm und glücklich, und alles war in bester Ordnung, und dann mußten Sie daherkommen und einen Haufen Fragen stellen, so daß Tim ins Grübeln kommt, und dann rennt er los und geht zu Mr. Harper, und jetzt ist Mr. Harper tot, und ich ha-hasse Sie wie die Pest.«

»Na schön, wenn ich's auf die harte Tour machen muß, mach' ich's eben auf die harte Tour. Als Tims Anwalt könnte ich hingehen und mit ihm reden, und wahrscheinlich käme ich auch in das Haus der Harpers rein und könnte eine Menge rausfinden. Wenn ich nicht Tims Anwalt bin, bin ich bloß ein Niemand, und die Polizei kann mich herumschubsen wie einen Staubsauger. Ich habe mit nichts angefangen, was nicht schon vor langer Zeit angefangen hat, und vermutlich bin ich ja wohl auch vor zwei Wochen hergekommen und habe ein Preisschießen auf den Reifen am Auto Ihres Vaters veranstaltet, um die billige Zigarre oder eine Puppe für die Kinder zu gewinnen. Die Beule am Kopf hab' ich nicht gekriegt, weil ich gegen eine Zuckerdose gestoßen bin.« Für mich war das eine ziemlich lange Rede, und wenn ich nicht so angespannt gewesen wäre wie eine Uhrfeder, hätte ich schlappgemacht, noch ehe ich alles losgeworden war. An Miss Katie hatte ich gar nicht mehr gedacht, aber sie brachte mich in die Gegenwart zurück.

»Schmeißen Sie ihn raus«, sagte sie kalt, »er taugt nichts. Er stellt alle möglichen Fragen, aber Antworten liefert er keine. Sagen Sie ihm, er soll abhauen. Wenn Sie mich fragen, können wir froh sein, wenn wir ihn los sind.«

Aber irgend etwas von meinen Worten war Ruth unter die Haut gegangen, und sie stand recht gefaßt auf und schneuzte sich die Nase.

»Nein, Miss Katie, ich weiß nicht so recht. Er ist in vieler Hinsicht ein Mistkerl, und ich würde kein Kind nach ihm nennen, aber es stimmt wahrscheinlich, daß er erst zum zweiten Hauptfilm, zur Wochenschau und zur Programmvorschau reingekommen ist.«

»Was würde Tim dazu sagen?«

»Tim hat keine Wahl, und ich habe auch keine.« Sie ging in ihr Zimmer, und Miss Katie funkelte mich an, ging hinaus und knallte die Tür hinter sich zu.

Kapitel 11

An der Tür des Polizeipräsidiums liefen wir Mr. James Mead in die Arme, der zuerst mich, dann Ruth und dann wieder mich mit offenkundigem Erstaunen ansah.

»Was machen Sie hier?« fragte er ungehalten. »Ich dachte, Sie wollten nach Louisville, und wir hätten eine bestimmte Vereinbarung getroffen.«

»Ich wollte nach Louisville, und ich war auch in Louisville, aber das war gestern. Ich habe nie behauptet, daß ich nicht zurückkäme.«

»Welche Rolle spielen Sie in dieser Sache?«

»Ich bin zufällig der Anwalt von Mr. Timothy McClure.«

»Das geht nicht. Das ist jetzt das zweite Mal, daß Sie auf Abwege geraten. Sie haben eine Mandantschaft akzeptiert, die den Interessen eines Mandanten unserer Kanzlei zuwiderläuft, und ich dachte, diese Sache wäre endgültig geklärt. Ich vertrete die Familie des Verstorbenen. Sie können nicht den Mörder vertreten.«

»Ich kann, will und werde. Was sagen Sie nun?«

»Das können Sie nicht, das ist standeswidrig.«

Ich holte tief Luft und blickte ihm ins Gesicht. »Ich habe vorher um die Erlaubnis gefragt, Miss McClure zu vertreten, und ich habe Ihnen gesagt, was sie wollte, und Sie hatten nichts dagegen. Ich habe bis heute abend nicht gewußt, daß Sie Harper oder seine Familie oder seine Firma ganz oder teilweise vertreten, und ich habe es auch nicht von Ihnen erfahren. Ich habe eine Akte auf Ihrem Schreibtisch gesehen. Was die jetzige Mandantschaft angeht, so war sie vielleicht vor zwei Minuten unstatthaft, aber jetzt ist sie es nicht mehr.«

»Was soll das heißen?«

»Eine Sozietät ist jederzeit aufkündbar. Unsere ist hiermit beendet. Ich kündige hiermit als Sozius von Mead, Obdyke,

Smallwood, Garrison & Henry. Sie können die Buchprüfer holen und ausrechnen lassen, was mir gegebenenfalls zusteht.«

Es ist eigenartig, wie der menschliche Verstand in Streßsituationen zuweilen abschweift und sich auf den absurdesten und irrelevantesten Aspekt einer Sache richtet, wie bei Menschen, die aus einem brennenden Gebäude flüchten und in diesem Augenblick nichts Abwegiges darin sehen, einen Nachttopf mitzunehmen. Was Mr. Mead nach längerem Nachdenken sagte, war: »Wir werden Benachrichtigungen verschicken müssen.«

Ich sagte: »Ja, nicht wahr?« Dann nahm ich Ruth beim Arm, und wir ließen ihn stehen und betraten das Präsidium.

Wir sagten einem Beamten, der wie der Diensthabende aussah, daß wir Tim McClure sprechen wollten. Er sagte, das ginge nicht, aber als ich ihm sagte, ich sei Tims Anwalt, meinte er, ein Mann habe vermutlich das Recht, einen Anwalt zu sprechen, damit er ganz legal und ordnungsgemäß auf den elektrischen Stuhl geschickt werden könne. Diese Sichtweise sagte mir nicht besonders zu, aber da ich nicht glaubte, daß ich in einem Gespräch mit diesem Trottel irgendeines der Weltprobleme lösen könnte, ließ ich es auf sich beruhen. Er verschwand einen Gang hinunter, kam ziemlich bald wieder und sagte: »Will Sie nicht sehen. Sagt, er hat keinen Anwalt und will auch keinen, und wenn's ein kleiner Dicker ist, der ordentlich was auf die Birne gekriegt hat, dann können Sie sich seinetwegen in Schwefelsäure auflösen.«

»Kümmern Sie sich nicht um ihn«, sagte Ruth und nahm mich beim Arm. »Ich habe einen Anwalt für ihn engagiert, ob ihm das paßt oder nicht. Lassen Sie mich hineingehen und mit ihm reden, dann werden wir ja sehen.«

Der Beamte kannte Ruth, meinte, daß es nichts schaden könnte, wenn sie hineinging, und so ging sie. Ich setzte mich, zog eine Tüte Doppelkekse aus der Tasche und aß sie langsam. Sie waren so trocken wie ein hartgekochtes Ei. Ich bot dem Polizeibeamten einen an, und er nahm ihn zerstreut und steckte ihn sich in den Mund.

»Wie kommt's eigentlich, daß die Stadtpolizei den Fall bearbeitet?« fragte ich leutselig. »In der Zeitung steht, der Sheriff wäre gerufen worden.«

»Keine Ahnung. Ich mache, was ich gesagt kriege. Ich hab' einen Job, und dafür werd' ich bezahlt. Ist mir doch egal, wer recht und wer unrecht hat.« Dann taute er ein bißchen auf. »Harpers Grundstück liegt teils innerhalb, teils außerhalb der Stadtgrenze. Jedesmal, wenn da draußen was los ist, ist es lästiger Kleinkram, und dann sagt der Landkreis, es war in der Stadt, und die Stadt sagt, es war im Landkreis, und am Ende machen wir das, was Mr. Harper sagt. Jetzt haben wir auf einmal ein Riesending, und ganz unter uns, jetzt ist es genau umgekehrt, und alle wollen in die Zeitung. Wir und die Jungs vom Landkreis machen die Arbeit, und der Sheriff und der Chief kabbeln sich um die Schlagzeilen.«

Ungefähr zu diesem Zeitpunkt kam Ruth an die Tür, winkte mich heran, und ich betrat mit ihr das Stadtgefängnis. Es gab bloß ein paar Zellen, und der ganze Bau roch schlecht. In einer Zelle schlief ein Betrunkener, in einer anderen war Tim, und die übrigen waren leer.

Tim wirkte gleichzeitig herausfordernd und störrisch, aber Ruth hatte ihn offensichtlich dazu überredet, mit mir zu sprechen, und wenn er schon mit mir sprach, würde er es ihr zuliebe auch richtig tun.

Die Tür wurde aufgeschlossen, wir gingen hinein, und sie schlossen hinter uns wieder ab. Ich fragte mich unbehaglich, ob sie mich hinterher auch wieder rauslassen oder mich irgendeines Verbrechens bezichtigen und das hier zu meinem festen Wohnsitz machen würden.

Tim sagte gereizt: »Also schön, stellen Sie Ihre Fragen, aber schnell, und dann verschwinden Sie wieder.«

Ich sagte: »Waren Sie dort, oder waren Sie nicht dort?«

»Ja, ich war dort.«

»Um welche Zeit?«

»Das weiß ich nicht genau. Ich glaube, ich bin ungefähr zehn nach acht von zu Hause weggefahren und hab' bei einem Laden in der Stadt angehalten und mir ein Coke gekauft, weil ich sehen wollte, ob ich's mir anders überlege. Hab' ich aber nicht. Ich würde sagen, es sind etwa zehn Minuten Fahrt von uns zu Harper, und in dem Laden hab' ich vielleicht noch einmal fünf bis zehn Minuten verbracht.«

»Dann wären Sie so um halb neun – plus oder minus ein paar Minuten – angekommen.«

»Schätzungsweise. Das wär' es aber auch schon. Genauer könnte ich's nicht bestimmen.«

»Wie lange sind Sie geblieben?«

»Ich weiß nicht. Wir haben uns unterhalten, und dann haben wir uns in die Wolle gekriegt, und man achtet nicht auf die Zeit, wenn man an was anderes denkt.«

»Sie sind natürlich mit Ihrem eigenen Auto gefahren?«

»Ja, ich bin damit hingefahren, aber ich habe mich nicht in die Auffahrt gestellt. Ich habe das Auto auf der Straße stehen lassen und bin zu Fuß zur Tür gegangen.«

»Wer hat Sie eingelassen?«

»Ein Mann, der Mr. Harper und manchmal auch Mrs. Harper fährt. Er trägt eine Uniform und all so was.«

»Hat er Sie auch hinausbegleitet?«

»Nein. Ich habe die Beherrschung verloren und mich ziemlich aufgeregt und bin durch die Glastür rausgegangen. Es gibt da eine Terrasse und ein paar Büsche, und dann kommt die Auffahrt, die zum Hintereingang und zu den Garagen führt.«

»Haben Sie beim Weggehen jemanden gesehen?«

Nachdenklich verzog er die Stirn, und ich sah förmlich vor mir, wie er noch einmal den Weg zur Auffahrt und zu seinem Auto nachvollzog und sich dabei alles deutlich ins Gedächtnis zurückzurufen suchte.

Er schüttelte den Kopf und sagte: »Nein, soweit ich mich erinnere, hab' ich keine Menschenseele gesehen – weder auf dem Weg zum Auto noch auf der Fahrt in die Stadt. Aber auch wenn ich jemanden gesehen hätte, würde ich mich wahrscheinlich sowieso nicht mehr daran erinnern. Ich hatte eben viel Stoff zum Nachdenken.«

»Worüber, zum Beispiel?«

Keine Auster hat sich je so sichtbar geschlossen wie er. Er sagte:

»Über das, was passiert ist, können Sie Ruth zuliebe so viele Fragen stellen, wie Sie wollen. Was ich denke, ist meine Sache.«

»Na gut, dann denken Sie mal an sich selbst. Reden ist etwas, was passiert, also kann ich danach fragen. Worüber haben Sie geredet?«

»Ich glaube, das lassen wir auch weg.«

Ich wandte mich an Ruth und zuckte die Achseln. »Sieht ganz so aus, als wäre ich nicht sein, sondern mein eigener Anwalt. Vielleicht liegt er da ja auch gar nicht so falsch. Wenn ich da so an Autounfälle und Schläge auf den Kopf denke, ist es noch sehr die

Frage, wer hier Schwierigkeiten hat und wer nicht. Wir können später darauf zurückkommen. Jetzt sollten wir erst mal zu den Harpers rausdüsen und sehen, was wir rausfinden können.«

»Fahren Sie allein, Gil«, sagte Ruth. »Ich glaube sowieso nicht, daß die mich reinlassen, und ich möchte noch ein bißchen mit Tim reden.«

Tim betrachtete eingehend die Beule an meinem Hinterkopf.

»Hat Ihnen jemand eine verpaßt?«

»Das müssen Sie gerade fragen.«

»Ich meine da hinten.«

»Sieht das vielleicht wie ein Hautpilz aus?«

»Werden Sie bloß nicht komisch. Ich hab' Ihnen vorne eine verpaßt, aber davon kriegen Sie hinten keine Beule. Jedenfalls nicht so eine. Könnte sein, daß Sie nicht sonderlich beliebt sind.«

»Ich finde, das ist sehr zurückhaltend ausgedrückt. Ich bin von hier bis nach Louisville gefahren und habe Akten gestohlen, weil ich Ihr Rätsel für Sie ausknobeln wollte, und bis ich damit fertig war, kam es mir so vor, als wimmelt die ganze Stadt von Polizisten, die mir hinter Telefonmasten und unter Autos auflauern. Ich bin zu meinem Büro zurückgeflogen und in der Halle bewußtlos geschlagen worden, und jemand hat mein Zimmer im CVJM durchsucht. Hier in Harpersville wäre ich beinahe wegen versuchter Erpressung verhaftet worden, und bei meiner Anwaltsfirma habe ich gekündigt. Belohnt werde ich mit der unsterblichen Liebe und Zuneigung aller Beteiligten – Pustekuchen. Ich würde mir selbst nicht von hier bis da über den Weg trauen. Ich seh' Sie dann später.«

Als ich darüber sprach, hörte es sich schlimmer an, als es mir vorher vorgekommen war. Ich ging stocksauer hinaus, stieg in mein Auto und fuhr zum Haus der Harpers.

Kapitel 12

Das Haus lag etwa 70 Meter abseits der Straße, und es war von so vielen Bäumen und Sträuchern umgeben, daß man es kaum sehen konnte. Es gab zwei parallele Auffahrten – die eine zum Vorfahren, die andere zum Wegfahren. Vor dem eindrucksvollen Portikus befand sich ein Kreisel mit einem Gewirr von Blumenbeeten in der Mitte, so daß man vorfahren, ein paar Runden drehen und wieder verschwinden konnte, wenn man wollte. Eine Abzweigung der Auffahrt führte ums Haus herum zu einer ganzen Reihe von Garagen mit Dienstbotenunterkünften darüber. Jede Blume auf dem Grundstück wirkte gesund und glücklich, und jeder Busch war erst kürzlich beim Friseur gewesen. Für jemanden mit meinem plebejischen Geschmack und Hintergrund wirkte das Ganze wie der Buckingham Palast in einem seiner herrschaftlicheren Momente. Auf einem großen Schild, das von der Straße aus zu sehen war, stand ein Name wie Elmhurst oder Oakland oder Parkbourne und darunter, in Goldbuchstaben und ohne Abkürzungen, der Name William Jasper Harper.

Als ich in die Einfahrt einbog, wurde ich angehalten und mit einer Menge Fragen gelöchert. Die Polizei wollte wissen, ob ich Reporter sei und Kameras und Blitzlichter und dergleichen bei mir habe, und als ich nein sagte, schauten sie trotzdem ins Auto und pulten da und dort mit den Fingern herum wie das Landwirtschaftsministerium auf der Suche nach Japankäfern oder Rinderzecken. Das schien die einzige Aufgabe der Männer an der Einfahrt zu sein, und als sie schließlich überzeugt waren, daß ich keinerlei Verbindungen mit der Presse hatte, durfte ich zur Eingangstür weiterfahren. Es standen eine Menge Autos herum, und ich brauchte eine ganze Weile, um mein Auto in einen kleinen Spalt zwischen einem etwa lokomotivgroßen Cadillac und einem Polizeiwagen zu manövrieren.

Ein Streifenpolizist der Polizei des Landkreises und ein Beamter der Stadtpolizei standen an der Eingangstür, und da beide so taten, als wäre der andere nicht da, mußte ich die gleichen Fragen zweimal beantworten, und am Ende konnte keiner von beiden entscheiden, ob ich hineindurfte oder nicht. Der eine verständigte den Sheriff und der andere den Polizeichef, und offenbar kamen beide gleichzeitig zu derselben Entscheidung, denn ich wurde schließlich in ein großes Spielzimmer im Untergeschoß geführt, wo man mir zu warten befahl. Das behagte mir nicht sonderlich, aber ich konnte nichts dagegen tun und sah mich daher ein wenig um. Das Zimmer war prächtig und hätte, was mich betraf, der Hauptraum eines Country Clubs sein können. Das Haus war auf einem nach hinten abfallenden Grundstück erbaut, so daß man über drei Stufen und durch eine Tür auf einen großen Rasen gelangte, an dessen Ende sich zwei asphaltierte Tennisplätze befanden. An einer Seite des Raumes gab es einen großen Kamin, dazu massenhaft bequeme Sessel, einen Billardtisch, eine Tischtennisplatte und eine Bar. Die Wand über dem Kaminsims wurde von einem riesengroßen, präparierten Fisch mit abstoßendem Gesichtsausdruck eingenommen, und auf dem Sims selbst standen haufenweise Trophäen, im wesentlichen große Silberpokale mit ein paar Plaketten und diversen Gegenständen dazwischen, die die verschiedensten Ruhmestaten versinnbildlichten. Der Fisch war das unglückliche Opfer von William Jasper Harper höchstpersönlich, und hier und da stand eine Kleinigkeit aus massivem Silber, die er beim Segeln und Fischen auf verschiedenen Tummelplätzen der Reichen an der Ostküste gewonnen hatte. Den Rest des Silbers hatte Janet Harper verliehen bekommen – und zwar für alles außer Gewichtheben. Sie war offenbar ein ziemliches Golf- und Tennisas, und was sie mit Pfeil und Bogen nicht fertigbrachte, würde auch kein Indianer probieren wollen; besonders aber interessierte mich eine Reihe von Preisen, die ihre Leistungen mit Pistole, Gewehr und Schrotflinte bezeugten.

Vielleicht haben Sie einmal Rommé gespielt und vier Sechsen plus die Karoacht und die Karoneun auf der Hand gehabt. Dann ziehen Sie die Karosieben, die genau in die Lücke zwischen der Sechs und der Acht paßt, und so stecken Sie Ihr Blatt um und legen drei Sechsen und eine Folge von vier Karos ab. Die Sache mit den Schußwaffen und Janet Harper war die Karosieben in meinem Blatt, und da ich keine einzige Möglichkeit außer acht lassen wollte, steckte ich meine Karten entsprechend um und machte mir so meine Gedanken.

Während ich da stand, ging die Tür auf, und man mußte mir nicht sagen, daß mir Janet Harper gegenüberstand. Sie war ziemlich groß, und ihr Gesicht hatte etwas von einem Pferd, wenn auch nicht so ausgeprägt, daß man sie als unattraktiv hätte bezeichnen können. Sie war an allen sichtbaren Stellen kräftig gebräunt und hatte eine auf muskulöse Weise gute Figur. Als sie durchs Zimmer ging, zeigten ihre Waden die Umrisse kräftiger Muskeln. Bei einem Ringkampf hätte ich sie ungern zur Gegnerin gehabt.

Sie kam – ohne ein Wort zu sagen – zum Kamin herüber, und je näher sie kam, desto mehr erinnerte sie mich an einen geschmeidigen Panther, obwohl ihre Augen nichts Katzenhaftes hatten. Die Ausstrahlung von Gelassenheit und Selbstbewußtsein, die von ihr ausging, war die eines Menschen, der rundum mit sich zufrieden ist und sich nicht um die Meinungen anderer schert. Sie haben gewiß schon solche Leute gesehen und werden verstehen, was ich meine, wenn ich sage, daß man nicht die Rennzeitung lesen mußte, um zu wissen, daß sie ihre letzten sechs Rennen gewonnen hatte und wahrscheinlich auch das nächste gewinnen würde.

Sie musterte mich kühl und unpersönlich, und ich hatte das Gefühl, daß ich in ihrem Rennstall so etwa das Äquivalent eines einäugigen Esels mit Maul- und Klauenseuche war, aber ich hatte auch das Gefühl, daß sie mich in diesem Augenblick eher wie Whirlaway behandeln würde.

Ich wartete, und gleich darauf sagte sie:

»Ich glaube, es hieß, Sie seien Mr. Gilmore Henry.«

Soweit bestanden keine Einwände. Ich fand, daß ich genausogut abwarten konnte, was kam, zumal sie, sobald ich den Mund aufmachte, die Sache mit dem Zahn sehen würde, und ich sah schon so anrüchig genug aus.

»Mein Vater hat von Ihnen gesprochen. Er hat Sie nicht sehr gemocht.«

»Ich denke, das ist eine angemessene Darstellung bekannter Fakten«, ließ ich mich vorsichtig vernehmen.

»Mein Vater war ein Mensch, der sich schnell und manchmal überstürzt festgelegt hat.«

»Das war auch mein Eindruck.«

Sie sah mich unverwandt an, und da meine Zeit nicht allzu kostbar war, erwiderte ich ihren Blick ebenso unverwandt. Nach einer Weile sagte sie: »Ich hoffe, Sie erwarten nicht, daß wir allzu herzlich sind. Zumal in einem solchen Moment.«

»Nein.«

»Ich glaube, es hieß, Sie seien Anwalt und verträten Timothy McClure.«

»Das ist richtig.«

»Ich nehme an, Sie werden soviel Ärger wie möglich machen und nach irgend etwas suchen, was ein ungünstiges Licht auf meinen Vater wirft.«

»Das kommt darauf an.«

»Vermutlich haben Leute, die eines Verbrechens beschuldigt werden, gewisse Rechte, und diese Rechte soll man unabhängig von seinen persönlichen Empfindungen respektieren.«

»So steht's in den Büchern.«

Irgend etwas an mir verwirrte sie, aber ich konnte nicht sagen, ob es mein Gesicht, meine Figur, mein Zustand oder vielleicht die Tatsache war, daß ich ihr keine unverschämten oder rechthaberischen Antworten gab. Am liebsten wäre ich ihrem direkten Blick ausgewichen, aber ich tat es nicht. Schließlich sagte sie:

»Was genau wollen Sie?«

Ich zuckte ganz leicht die Achseln.

»Ich bin Anwalt und habe einen Mandanten. Sie wollen, daß er wegen Mordes an Ihrem Vater verurteilt wird. Ich habe ihn nicht gefragt, aber ich bin ziemlich sicher, daß er nicht verurteilt werden will. Ich will mich umsehen, kleine Gespräche führen und zuhören – hier und anderswo, jetzt und wann immer es nötig sein mag.«

»Und dabei natürlich möglichst irgendwelchen Schmutz aufwühlen?«

»Wenn es Schmutz gibt – von wem stammt er dann?«

»So kann man es auch sehen«, gab sie zu. »Man kann es aber auch so sehen, daß – sollte es da irgend etwas geben – es nur die Familie angeht.«

Ich sagte: »Denken Sie an irgendwelchen speziellen Schmutz?«

Sie errötete rasch, und ich dachte, sie würde an die Decke gehen, aber sie tat es nicht.

»Das ist nicht fair«, sagte sie gefaßter, als ich erwartet hatte. »Mein Vater war ein feiner Mann, der so anständig gelebt hat wie die meisten Menschen. Aber jemand mit einer böswilligen Gesinnung kann alles in ein schlechtes Licht rücken.«

»Ich kann verstehen, daß Sie mir eine solche Gesinnung unterstellen. Vielleicht haben Sie ja recht. Ich weiß schon viel, was ich nicht wissen sollte, und ich denke, ich werde über kurz oder lang noch mehr wissen. Ich könnte mich an vieles erinnern, und es kann ja sein, daß ich mit meinen Überlegungen falsch liege – verstehen Sie, was ich meine –, dann könnte ich es vielleicht für mich behalten. Sie trauen mir nicht, stimmt's?«

»Als ich hier hereingekommen bin, habe ich es nicht getan. Vielleicht tue ich es immer noch nicht. Aber andererseits weiß ich nicht so recht. Sie sind ein komischer Heiliger.«

Sie drehte sich auf dem Absatz um, ging zur Tür hinüber und machte sie hinter sich zu, ohne sich noch einmal umzublicken. Ich versuchte, mich zu erinnern, ob sich der Rhythmus ihrer Schritte so anhörte wie vor ein paar Stunden das Klicken der Absätze auf dem Korridor vor meinem Büro, konnte es aber nicht mit Bestimmtheit sagen. Während sie mit mir gesprochen hatte, war mir plötzlich eingefallen, daß ich unbewußt davon ausgegangen war, daß mich ein Mann niedergeschlagen hatte, obwohl ich den Betreffenden gar nicht gesehen und der Schatten an der Tür in dieser Hinsicht keinen Aufschluß gegeben hatte. Eine ganze Menge neuer Möglichkeiten tat sich auf, und mir war klar, daß ich noch sehr viel Aufklärungsarbeit zu leisten hatte, ehe ich wußte, wo ich stand.

Ich wartete vielleicht noch fünf Minuten, weil ich annahm, daß sich entweder der Sheriff oder der Polizeichef zu einer Besprechung einfinden würden, aber es tat sich rein gar nichts. Oben konnte ich undeutlich Leute herumlaufen und dann und wann Türen auf- und zugehen hören. Da ich keinen Grund sah, mir mutterseelenallein die Beine in den Bauch zu stehen, ging ich die drei Stufen hoch, machte die Glastür auf, die auf den Rasen hinausging, und sah mich um. Obwohl es weit nach Mitternacht war, brannten sämtliche Lichter im Haus, und wenn man das von einem Anwesen wie dem Harperschen sagt, dann bedeutet es, daß man im Hintergarten nachts ohne Schwierigkeiten hätte Baseball spielen können.

Ich ging ein Stück vom Haus weg, drehte mich um und blickte auf. Der Raum unmittelbar über dem Spielzimmer, in dem ich gewesen war, sah ganz nach Speisezimmer aus. Dort hatte eine der beiden Polizeitruppen – welche, konnte ich nicht erkennen – ihr Hauptquartier aufgeschlagen. Neben dem Speisezimmer schien es einen Anrichteraum zu geben, und dahinter, in der von mir aus gesehen rechten Ecke desselben Stockwerks, befand sich offensichtlich die Küche. Durchs Küchenfenster konnte ich eine stämmige Frau herumwerkeln sehen und verstand nicht, was sie um diese Zeit zu tun haben könnte, es sei denn, sie machte der Polizei Kaffee und vielleicht etwas zu essen. Diese Vorstellung zog mich seltsam an. Die Küche hatte keine Tür zum Hintergarten, in dem ich stand, daher schlenderte ich um die Hausecke, wo sich tatsächlich eine Tür mit ein paar Stufen befand, diskret hinter dichten Büschen verborgen, damit blaublütige Gäste, die auf dem Rasen herumtollten, nicht mit dem Anblick von Haushaltsdingen behelligt wurden.

Ich ging zu der Tür hinauf und trat ein, ohne anzuklopfen. Es duftete derart himmlisch nach Kaffee, daß ich zu zittern begann. Die stämmige Köchin hatte mir ihre breite Kehrseite zugewandt und schnitt Scheiben von einem gewaltigen Schinken. Sie drehte sich um und musterte mich finster; auf ihrer Oberlippe hatte sie einen leichten, flaumigen Schnurrbart.

»Wer sind Sie?« fragte sie eher resigniert als feindselig.

»Noch einer von dem Verein«, sagte ich lässig, und meine Speicheldrüsen arbeiteten auf Hochtouren. »Vom Ermitteln krieg' ich immer Hunger – und mitten in der Nacht besonders auf Schinken und Kaffee. Seien Sie ein Schatz, ja?«

Sie gab sich nicht sehr wohlwollend, aber ich konnte sie trotzdem deutlich auftauen sehen. Wer etwas zu essen macht, sieht es gern, wenn andere Leute es essen, besonders wenn sie Hunger haben und es auch sagen, und ich hatte solchen Hunger, daß man es deutlich meinen Augen angesehen haben muß. Sie schubste einen Stuhl herum, wie um anzudeuten, daß ich mich dort hinsetzen konnte, und während sie dann herumstapfte, brummelte und über Leute murrte, die zu unmöglichen Zeiten etwas zu essen wollten, holte sie mir einen Teller und eine Tasse.

Das war mir sehr recht. Ich wollte zwar jede Menge Fragen stellen, noch dringender aber wollte ich einen erheblichen Teil des Schinkens verdrücken, und das mußte geschehen, ehe herauskam, daß ich mich nicht mehr wie ein braver Junge im Spielzimmer aufhielt.

Ich arbeitete mich wie ein Schneepflug durch ein großes, dickes Sandwich, und man wäre eine Tasse Kaffee auch nicht schneller losgeworden, wenn man sie auf den Boden geschüttet hätte. Die Köchin sah mich mit so etwas wie Bewunderung und Ehrfurcht an, sagte jedoch: »Wenn Sie für den Rest Ihres Lebens so futtern, fault Ihnen noch mal der Magen durch. Falls Sie noch ein Sandwich wollen, dann machen Sie sich's gefälligst selber. Ich will nicht, daß sich jemand drei Finger abbeißt, bloß weil ich nicht schnell genug bin.«

Ich sagte: »Lady, es umgibt Sie eine Aura des Wunderbaren hier in dieser idyllischen Umgebung, mit einer Kanne Kaffee in der Hand und den lebensspendenden Substanzen, die Sie herbeizaubern. Wenn Sie ein paar Eier für mich massakrieren würden, würde ich zur Feier des Anlasses eine Medaille für Sie prägen. Als der erste hungrige Mensch erschaffen wurde, habe ich für ihn Modell gestanden.«

Sie schnaubte: »Eier! Ich hab' doch kein Hotel hier! Für die anderen sind Schinken und Kaffee gut genug, und für Sie auch.«

Dann holte sie eine Bratpfanne hervor, nahm zwei Eier aus dem Kühlschrank und drehte das Gas an. Ich war ihr zum Kühlschrank gefolgt, nahm noch zwei Eier heraus und versuchte sie anzusehen wie ein Setter, der im Begriff ist, ihr die Hand zu lecken, und so bekam ich praktisch im Handumdrehen vier wirklich ausgezeichnete Rühreier. Nach einer Weile sagte ich: »Waren Sie hier, als es passiert ist?«

»Muß ich das alles noch mal durchkauen?«

»Ich weiß ja nicht, mit was für Blödmännern Sie schon geredet haben. Ich bin der einzig Schlaue in dem ganzen Verein. Ich denke, ich werde die ganze Sache in höchstens 24 Stunden geklärt haben, und davon werde ich wahrscheinlich noch zwölf schlafen.«

Sie rechnete eigentlich gar nicht damit, um die Beantwortung der Fragen herumzukommen. »Warten Sie, bis ich wieder da bin«, sagte sie über die Schulter, und ich konnte ihr gerade noch rechtzeitig die Schwingtür zum Anrichteraum aufhalten, so daß sie mit der Kaffeekanne und einem großen Tablett Sandwiches hindurchpaßte. Ich achtete darauf, mich nicht an der anderen Schwingtür zu zeigen, die vom Anrichteraum ins Speisezimmer führte.

Als sie kurz darauf zurückkam, konnte ich sie im Anrichteraum ein großes Geklapper mit Tassen und Tellern veranstalten hören, und dann kam sie endlich herein und setzte sich, und so fing ich noch einmal von vorn an.

»Waren Sie hier, als es passiert ist?«

»Ja, die Herrschaften waren irgendwann vor acht mit dem Essen fertig, und nach dem Abräumen haben wir hier in der Küche gegessen. Dann hab' ich das Geschirr abgewaschen, ich war müde und hab' mich nicht besonders beeilt, also muß es kurz vor neun gewesen sein.«

»Wer ist ›wir‹?«

»Ich, der Butler, der Chauffeur und das Mädchen. Die Schwester ist sich zu fein, um mit uns zu essen, und nicht fein genug, um mit den Herrschaften zu essen. Deswegen bekommen sie und Mrs. Harper ihr Essen getrennt auf einem kleinen Tisch in Mrs. Harpers Zimmer.«

»Die Schwester?« fragte ich.

»Mrs. Harpers Krankenschwester. Mrs. Harper ist schon weiß Gott wie lang krank. Ich hab' gehört, sie hat mal irgendeine Krankheit gehabt und davon ein schrecklich schwaches Herz zurückbehalten. Wie krank sie genau ist, weiß ich nicht, aber so wie sie behandelt wird, glaubt anscheinend jemand, sie steht schon mit einem Bein im Grab.«

»Na schön, Sie haben also das Geschirr abgewaschen. Waren da die anderen noch hier?«

»Das Mädchen war noch hier und hat sich bei der Arbeit mit mir unterhalten, aber der Butler und Mr. Miles waren schon weg.«

»Mr. Miles?«

»Das ist der Chauffeur. Der redet nicht viel. Er sieht aus wie Humphrey Bogart und ist kalt wie ein Fisch.«

»Also waren nur noch Sie und das Mädchen hier. Und dann?«

»Dann war da das Geräusch. Bum! Irgendwie gedämpft und weit weg, aber wir haben's gehört, und es hätte ein schwerer Stuhl sein können, der unten im Spielzimmer umfällt, es hätte aber auch ein Schuß ganz woanders im Haus sein können oder vielleicht eine Tür, die so richtig zugeknallt wird. Kam uns nicht so vor, als müßte man sich Sorgen darüber machen, also haben wir eine Weile gehorcht, und wie wir kein Rufen und Schreien oder sonst was gehört haben, hab' ich dann einfach weiter abgewaschen.«

»Ich bin ganz Ohr. Lassen Sie sich nur Zeit.«

»Tja, ein Weilchen später ist Miss Knight – das ist die Schwester – hier reingekommen und wollte wissen, ob wir ein Geräusch gehört hätten, und wir haben gesagt ›ja‹, und sie hat gefragt, ob wir wüßten, was es war, und wir haben gesagt ›nein‹. Dann hat sie gesagt, sie selber wäre oben gewesen, aber Mrs. Harper hätte nach ihr geläutet und wollte wissen, was los wäre. Mrs. Harper hätte gedöst, und das Geräusch hätte sie geweckt, und wenn wir nicht rauskriegen könnten, was es wäre, sollten wir Mr. Harper im Arbeitszimmer fragen, weil sie den Eindruck gehabt hätte, es wäre ganz in der Nähe gewesen. Und weil Miss Knight ein Angsthase ist, wenn's um Geräusche geht, und das Mädchen keine Schuhe angehabt hat, hab' ich mir die Hände abgewischt und bin mitgekommen. Wir haben an die Tür vom Arbeitszimmer geklopft, und ich bin mir ziemlich blöd vorgekommen, und Antwort haben wir auch keine gekriegt. Wir haben nochmal geklopft, und dann sind wir nach nebenan in Mrs. Harpers Zimmer gegangen und haben gefragt, ob wir reingehen sollen, und sie hat gesagt, ja, wir sollen, also sind wir rein, und da war er dann: mausetot.«

»In der Zeitung stand, erschossen. Wo ungefähr?«

»In den Hinterkopf. Er lag mitten im Zimmer auf dem Bauch.«

»In der Zeitung steht, es gibt eine Glastür. War die offen oder zu?«

»Offen. Das ist uns gleich aufgefallen.«

»Irgendwo eine Pistole rumgelegen?«

»Hab' ich zuerst gar nicht nach geguckt. Miss Knight hat losgebrüllt und ist rausgerannt, und ich bin auch rausgegangen, und da sind sie auch schon von überallher angerast gekommen, und wie ich wieder zur Tür reingeguckt hab', war da der Butler in Hemdsärmeln mit halb zugeknöpften Hosen und der Chauffeur, und Miss Janet ist von oben runtergerannt gekommen und hat sich an mir vorbeigedrängt und ist auch reingegangen.«

»Wie hat sich Miss Janet verhalten?«

»Sie hat dagestanden und geguckt, aber sie hat nicht geschrien oder so was, und kurz darauf ist sie ohne ein Wort rausgegangen, und ich hab' sie telefonieren hören. Mrs. Harper hat Krach geschlagen, warum ihr denn kein Mensch was sagt, da bin ich rein und hab's ihr gesagt. Dann haben sie mich in die Küche zurückgescheucht, und das ist alles, was ich weiß.«

»Sie sagen, Mrs. Harpers Zimmer liegt neben dem Arbeitszimmer?«

»Ja, ich hab' gehört, das war mal ein Wohnzimmer für die Herrschaften, damit sie nicht in der Hotelhalle rumsitzen mußten, die sie für große Ereignisse haben, aber wie Mrs. Harper dann krank geworden ist, haben sie ein Schlafzimmer für sie draus gemacht und ein Bad und alles eingebaut.«

Ich stand auf, ging ein paarmal in der Küche hin und her und aß nebenbei noch ein Sandwich. Ich hatte nichts Überraschendes gehört, dabei hätte ich mich nur zu gern überraschen lassen. Ich hatte genügend Zeit in der Küche verbracht und wollte noch einiges in Erfahrung bringen, ehe der Sheriff nach mir zu suchen anfing, was – da war ich mir sicher – er jeden Moment tun würde. Ich bedankte mich bei der Köchin, sagte ihr, sie solle bei mir vorbeischauen, falls sie je arbeitslos würde, und ging wieder in den Hintergarten.

Ich sondierte vorsichtig das Terrain und stellte fest, daß die Auffahrt einen weiten Bogen um die andere Seite des Hauses machte und hinter den Tennisplätzen in einer Schleife auf die Garagen und die Dienstbotenunterkünfte zuführte, die zurückgesetzt hinter der Hausecke lagen, in der sich die Küche befand. Innerhalb der Schleife lagen der Rasen, der etwa so groß war wie ein Nationalpark, und die Tennisplätze. Beide Seiten der Auffahrt waren von dichten Büschen gesäumt. Durch sie hindurch konnte ich an der anderen hinteren Hausecke zur Glastür des Zimmers hineinschauen, das offenbar das Arbeitszimmer war. Eine Menge Leute wuselten darin herum, machten Fotos und dergleichen. Zwischen den Büschen und der Glastür lag eine mit großen, quadratischen, roten Fliesen belegte Terrasse, die mit einer Balustrade abschloß und zum hinteren Rasen etwa drei Meter abfiel. Die Terrasse lief ums Haus herum zur Vorderseite und war dort ebenfalls durch eine Glastür zugänglich. Da ich einiges von einem Schlüssellochgucker habe, machte ich ein paar Schritte nach vorn und guckte nach Kräften. Was ich sah, war ein Zimmer, in dem eine ausgezehrt aussehende Frau in einem Rollstuhl saß, den Kopf an eine Kopfstütze gelehnt und die Augen geschlossen. Sie wirkte äußerst zerbrechlich und war so blaß wie das Leiden Christi. Mir lag sehr viel daran, mit Mrs. Harper zu reden, aber sie hatte eine Menge durchgemacht und sah aus, als ob sie schliefe. Die Glastür war offen, und ich konnte nicht umhin, mich zu fragen, ob sie auch gegen neun Uhr heute abend offengestanden hatte und wie krank Mrs. Harper eigentlich war. An einem der nächsten Tage wollte ich eine offene Aussprache mit Miss Knight.

Kapitel 13

Ein paar Autos kamen die Auffahrt heraufgerast, und aus einem stieg Tim McClure; er war mit Handschellen an einen Polizisten gefesselt. Streifenbeamte der Stadt und des Landkreises drängten sich um die beiden, und er wurde zur Haustür gestoßen. Ich trabte über die Auffahrt hinters Haus, ging durch das Spielzimmer und lauschte an der Tür. Draußen war alles ruhig, und so machte ich die Tür auf, fand die Treppe und ging ins Erdgeschoß hinauf. Am oberen Treppenabsatz sah ich mich um und lokalisierte die Tür, die meiner Meinung nach ins Speisezimmer führte. Dort war keine Wache postiert, und ich hatte die Hand am Knauf, ehe der Mann an der Eingangstür mich sah.

Er schrie: »He, Sie!« und stürzte mir nach, aber ich war im Nu im Zimmer und hatte die Tür hinter mir zugemacht. Tim stand vor dem Tisch, nach wie vor in Handschellen und von Leuten umringt. Am anderen Ende des Tisches saßen zwei Männer. Ich rempelte mich rasch zu Tim durch und sagte: »Lassen Sie sich nicht stören. Ich bin sein Anwalt.«

»Wie sind Sie hier reingekommen?« brüllte der Sheriff, erhob sich halb und stieß dabei seinen Stuhl um.

In diesem Augenblick flog die Tür hinter mir auf, und der Polizist, der mir in der Halle nachgesetzt war, drängte sich herein und packte mich am Kragen. »Moment mal, Sie!« brüllte er energisch, »ohne Erlaubnis kommt hier keiner rein, klar?«

Der Sheriff machte eine Handbewegung, und der Bulle ließ mich los. »Ich hab' ihn nicht durchgelassen«, erklärte er keuchend. »Er ist aus dem Untergeschoß gekommen und hier reingeplatzt, ehe ich ihn überhaupt gesehen hab'.«

»Okay, okay«, sagte der Sheriff sichtlich genervt. »Gehen Sie zur Eingangstür zurück. Halb so schlimm« – er deutete auf mich – »um den kümmere ich mich schon.«

Ich zog mir das Jackett gerade, und als ich den Kragen zurechtrückte, stellte ich fest, daß die Schwellung an meinem Hinterkopf wieder blutete. Ich drückte mein Taschentuch darauf. »Danke, Sheriff. Es freut mich, daß wenigstens einem hier klar ist, daß mein Mandant gewisse verfassungsmäßige Rechte hat.«

Der Sheriff knurrte: »Rechte, von wegen. Sie können hierbleiben, solange Sie die Klappe halten, und keinen Moment länger. Ist das klar?«

Ich sagte, das sei es. Draußen verfassungsmäßige Rechte zu haben, war nicht halb so schön, wie hier – mit ihnen oder ohne sie – drinnen zu sein. Man besorgte einen Stuhl für Tim, und ich durfte mir auch einen holen und mich neben ihn setzen.

»Eine Frage noch«, warf ich so unaufdringlich wie möglich ein, »wer ist hier zuständig? Die Stadt oder der Landkreis? Ich habe das Recht zu erfahren, wer die Ermittlungen leitet.«

Der Sheriff wandte sich an den Mann, der neben ihm saß, und fragte, ob man mich gleich oder später rausschmeißen sollte. Der andere war offensichtlich der Polizeichef. Anstatt zu antworten, sagte er zu mir: »Draußen auf der Straße können Sie soviel Rechte haben, wie Sie wollen. Noch eine blöde Bemerkung von Ihnen, und ich buchte Sie als Verdächtigen ein. Diese Ermittlung wird gemeinsam durchgeführt. Fahren Sie fort, Sheriff. Noch ein Wort von ihm, und wir schmeißen ihn raus, ohne groß darüber abzustimmen.«

Ich sagte nichts mehr, und das Verhör begann. Beim Zuhören wurde mir klar, daß sie bloß eine frühere Vernehmung wiederkäuten und hofften, Tim irgendwo bei einer Lüge zu ertappen. Ich erfuhr nichts Neues, und Tim erzählte ihnen wieder und wieder so ziemlich das gleiche, was er mir früher am Abend erzählt hatte. Wenn es um den Grund seines Besuches bei William Jasper Harper und den Inhalt ihrer Unterredung ging, schwieg er jedesmal eisern. Dann fingen sie jedesmal wieder von vorn damit an, wann er von zu Hause weggefahren sei, welche Strecke er gefahren sei, wie lange er gebraucht habe, wann er wieder gegangen sei, warum er draußen auf der Straße anstatt in der Auffahrt geparkt habe und warum er zur Terrassentür anstatt zur Haustür hinausgegangen sei.

Schließlich sagte der Polizeichef: »Verdammt, so kommen wir nicht weiter. Holen Sie Ruth McClure, dann befragen wir sie nochmal wegen der Zeiten. Bei der ganzen Aufregung hier ist sie bestimmt noch nicht schlafen gegangen. Stellen Sie fest, ob sie zu Hause ist.«

»Ruth lassen Sie da raus«, sagte Tim drohend.

»Sie reden nur, wenn Sie gefragt werden«, sagte der Sheriff. »Wie wär's, wenn wir ihn rüber ins Arbeitszimmer schaffen und die Ereignisse dort nochmal durchgehen, solange wir warten?«

Der Polizeichef hielt das für eine passable Idee, und wir gingen alle im Gänsemarsch durch die Halle und dann – im hinteren Teil des Hauses – in ein vertäfeltes Zimmer, dessen prächtiger blauer Teppich in der Mitte einen dunklen Fleck hatte. Ich setzte mich neben die Terrassentür, die immer noch offenstand, und ein Streifenpolizist baute sich unmittelbar davor auf der Terrasse auf, so daß dieser Ausgang versperrt war. Dann nahmen sie Tim die Handschellen ab, und er zeigte ihnen zwei- oder dreimal, wo sich Mr. Harper bei seinem Eintreten aufgehalten hatte, wo sie gesessen und gestanden und was sie sonst noch gemacht hatten. Er blieb stur bei der Geschichte, daß William Jasper Harper ihm bis zur Terrassentür gefolgt sei, als er ging, und noch dort gestanden habe, als er sich ein letztes Mal umsah. Sie löcherten ihn mit allen nur denkbaren Fragen, ohne ihn jedoch verunsichern oder irgendwo bei einem Widerspruch ertappen zu können.

So ging es wohl annähernd eine halbe Stunde lang. Dann kam ein leicht nervös wirkender Polizist herein und sagte: »Miss Ruth ist weg. Kann sie nirgendwo finden. Licht im Haus brennt. Überall Sachen verstreut. Bett zerwühlt, aber nicht benutzt. Dachte, sie ist vielleicht bei Freunden, und hab' bei ein paar Leuten angerufen. Fehlanzeige. Auto ist auch weg.«

Das behagte mir gar nicht. Ich war aufgesprungen und hatte schon den Mund aufgemacht, um etwas zu sagen, als ich aus dem Augenwinkel Tim sah und innehielt. Er machte ein besorgtes Gesicht und stand halb geduckt und so angespannt da wie kurz vor dem Anstoß. Man mußte mir nicht sagen, was er vorhatte. Nachdem er sich mit einem raschen Blick überzeugt hatte, daß ich der einzige war, der ihn beobachtete, schaute er mir eine Sekunde lang in die Augen, so als bettelte er um einen Hundekuchen. Er fand wohl die Antwort, die er wollte, denn gleich darauf war er mit vier langen Sätzen auf der Terrasse. Die Schulter, die er dem Wache stehenden Polizisten in den Bauch rammte, produzierte ein Stöhnen, daß man in der Stadt noch vier Straßen weit hätte hören können. Bronko Nagurski wäre vor Bewunderung erstarrt.

Jemand schrie: »He! Paßt auf! Hinterher!«, und die Hölle brach los.

Ich stürzte ihm, so rasch ich konnte, durch die Terrassentür nach und schaffte es, ziemlich realistisch über den Polizisten zu stolpern, der ächzte und sich den Bauch hielt. Zwei Männer, die mir auf den Fersen folgten, fielen unsanft über mich und fluchten ausgiebig. Mehr konnte ich wohl nicht tun, und so wälzte ich mich herum, um festzustellen, wie es Tim erging.

Ich würde sagen, die Büsche waren etwa 1 Meter 30 bis ein Meter 50 hoch und sehr dicht. Als ich aufblickte, sah ich, wie Tim mit seinen 120 Kilo und 1 Meter 95 mit einem Straddlesprung darübersetzte, wie man ihn sich sauberer und leichtfüßiger nicht wünschen kann. Ich fürchtete, er würde sich auf dem Asphalt der Auffahrt den Knöchel brechen, aber ich hörte ihn fast so weich wie eine Katze landen, dann kamen noch ein paar kurze, stürmische Schritte, und mir war, als sähe ich über den Büschen am anderen Ende kurz einen Schatten auftauchen. Etwa 20 Zentimeter neben meinem Kopf ging ein Revolver los, und der Knall machte mich einen Moment taub, so daß ich nicht hören konnte, welche Richtung Tim danach einschlug. Die Polizei brach durch die Büsche, überall stampften Füße, der Sheriff brüllte Befehle, und aus Mrs. Harpers Zimmer fragte jemand mit schriller Stimme, was los sei und daß sie schreien würde, wenn es ihr niemand sage.

Ich wollte mich im Moment nicht auf Diskussionen mit den verfassungsmäßigen Behörden einlassen. In der allgemeinen Verwirrung preßte ich mich im Halbdunkel flach an die Wand. Dann ging ich lässig bis zur Balustrade, überzeugte mich davon, daß kein Mensch mich beachtete, schwang mich rüber, hing einen Moment in der Luft und ließ mich dann in die Dunkelheit der hinteren Rasenfläche fallen. Ich wollte nicht durch den taghell erleuchteten Bereich vor dem Spielzimmer gehen, aber ich hatte keine Wahl, und so trat ich aus dem Schatten und tat es so lässig wie möglich.

Als ich neben der Küchentür um die Ecke bog, erhob sich immer noch kein Verfolgungsgeschrei, und ich lief in leichtem Trab durch die Bäume und Sträucher auf die Straße zu, wobei ich die vordere Auffahrt mied und mir – so gut es ging – einen Weg bahnte. Sobald ich auf der Straße war, verlangsamte ich wieder meine Schritte und zockelte in Richtung Stadt.

Bei näherer Überlegung schien mir die Straße, die direkt in die Stadt führte, nicht gerade die sinnvollste Strecke zu sein, und so bog ich bei der ersten sich bietenden Gelegenheit ab und suchte mir eine ziemlich düstere Seitenstraße. Auch dort hielt ich mich nach Möglichkeit unter den Bäumen und ging so langsam, daß ich keine Aufmerksamkeit erregte. Auf dieser Seitenstraße war ich etwa anderthalb Blocks weit gekommen, als mich die Scheinwerfer eines Autos erfaßten. Das Auto hielt neben mir, und eine Stimme sagte:

»Kann ich Sie mitnehmen?«

Ich konnte nicht sehen, wer es war. Falls es ein Polizist war, würde er mich mitnehmen, ob ich wollte oder nicht, und falls es kein Polizist war, konnte ich auf jeden Fall Zeit sparen. Ich machte die Tür auf und setzte mich neben den Fahrer, dann sah ich, daß es Tim McClure war, und war mir nicht mehr so sicher, ob ich mitgenommen werden wollte.

Ich sagte: »Wo haben Sie das Auto her?«

»Bloß eine Kleinigkeit, die ich an der Straße aufgelesen habe«, sagte er, sah mich an und grinste beinah. »Ich hab' im Dunkeln einen Bogen geschlagen, und die sind mir natürlich alle nachgestürmt, und da stand das Auto mit Zündschlüssel und allem Drum und Dran.«

Ich schwitzte kräftig und suchte in meiner Hüfttasche nach einem Taschentuch. Dabei bewegte sich mein Fuß auf dem Boden, und ich spürte etwas Klebriges. Als ich mich bückte und mit der Hand hineinfaßte, um festzustellen, was es war, berührte ich sein Hosenbein, und es war ebenfalls klebrig. Ich sagte:

»Sieht so aus, als hätte es Sie erwischt. Ist es schlimm?«

»Wieso erwischt? Diese Pfeifen hätten mich nicht mal getroffen, wenn ich am hellichten Tag stillgehalten hätte.«

»Was ist dann das klebrige Zeug, das Sie überall an sich haben? Sie haben wohl Eier zum Frühstück gegessen und ein bißchen gekleckert.«

»Ha«, sagte er, fuhr rechts ran und hielt am Bürgersteig. Ich hielt die Hand vor die Armaturenbeleuchtung, und ich fresse einen Besen, wenn es nicht tatsächlich wie Eidotter aussah.

Ich hielt die Hand so, daß er sie sehen konnte, und sagte:

»Sehen Sie, was ich sehe, oder habe ich Astigmatismus?«

Er starrte stirnrunzelnd darauf, fuhr dann selbst mit der Hand nach unten und zog sie von demselben Zeug triefend zurück. Ich wischte mir die Hand mit dem Taschentuch ab, hielt es ihm hin, und er tat das gleiche. Er ließ den Motor an, und wir fuhren ohne ein Wort zu sprechen eine Straße weiter. Schließlich sagte er:

»Ja, ich glaube, das muß es gewesen sein. Sie haben doch gesehen, wie ich über die Hecken gesprungen bin, und als ich über die zweite drüber bin, bin ich mit dem Fuß genau in einem Korb gelandet und hingeknallt. Ich habe Glück gehabt, daß ich mir nicht das Bein gebrochen habe. Das blöde Ding hat sich an meinem Fuß verhakt. Einen Moment lang hab' ich gedacht, ich wäre in eine Bärenfalle getreten, und glauben Sie mir, ich hab's ganz schön eilig gehabt.«

»Ich hatte auch den Eindruck, daß Sie unterwegs keine Briefe einwerfen wollten«, meinte ich.

Er machte die Scheinwerfer aus, fuhr rechts ran und stieg aus. Ich fragte:

»Wo sind wir?«

»In der Straße direkt hinter unserem Haus. Das sind keine Schnelldenker, und obwohl ich langsam gefahren bin, müßten wir ein paar Minuten Vorsprung haben. Was sie mit mir machen, ist mir egal, aber wenn Ruth was passiert ist, kann ich mich von den Blödmännern doch nicht einsperren lassen. Los, wir können hier entlang abkürzen und durch den Hintergarten in die Küche gelangen. Seien Sie leise.«

Ich folgte ihm einen ungepflasterten Weg entlang, und als wir in seinem Hintergarten waren, blieben wir stehen, duckten uns neben der Garage und sahen uns um. Während wir da hockten, sagte er mit leiser Stimme: »Vielleicht hab' ich mich in Ihnen getäuscht. Ich hab' die hinter mir über was drüberfallen hören. Haben Sie was abgekriegt?«

Ich schüttelte den Kopf. Wir durchquerten den Hintergarten und gingen ins Haus. Sämtliche Lichter brannten, aber es war niemand da. Überall lagen Kleider verstreut, Schubladen waren herausgerissen und sogar die Matratzen von den Betten gezerrt worden.

»Die haben was gesucht«, sagte Tim. »Ich frage mich, was.«

Ich glaubte, eine ziemlich gute Vorstellung davon zu haben. Ich ging in Tims Zimmer und fand auf der Kommodenplatte den Kram, den ich in der ersten Nacht, als ich seine Klamotten anzog, aus meinen Taschen genommen hatte. Ich erinnerte mich, daß ich damals vor dem Frühstück den Schlüssel dazugelegt hatte, weil ich glaubte, ich würde meinen ganzen Kram irgendwann abholen. Im Trubel der Ereignisse hatte ich es völlig vergessen.

Ich durchwühlte den ganzen Kram. Der Schlüssel war in die Uhrkette verheddert. Ich hielt ihn hoch.

»Vielleicht irre ich mich«, sagte ich, »aber ich glaube, jemand ist ganz wild auf diesen Schlüssel. Wie bei Poes entwendetem Brief hat er oder sie oder wer auch immer überall gesucht, bloß nicht an der naheliegendsten Stelle.«

Ganz plötzlich traf es mich wie ein Schlag, kein Schlag auf den Kopf – bloß ein Gedanke. Ich sagte:

»Tim!«

Er sah mich an.

»Eier«, sagte ich, »was fällt Ihnen in dieser Stadt zu Eiern in einem Korb ein?«

»Keine Ahnung. Nichts, außer vielleicht Miss Katie.«

Ich sah ihn an, und er sah mich an. Wir vergaßen völlig, daß uns die Cops auf den Fersen waren, und als ich hinaus, die Treppe hinunter und über die Straße rannte, waren seine stampfenden Schritte dicht hinter mir. Vor Miss Katies Eingangstreppe packte mich Tim am Arm und bremste jäh.

»Hören Sie«, sagte er, »ich will mich nicht verzetteln, solange ich nicht weiß, was mit Ruth los ist. Ich habe vielleicht fünf Minuten, vielleicht auch 15, aber lang dauert's jedenfalls nicht mehr, bis ich die ganze Stadt auf den Fersen habe, und wenn ich was unternehmen will, muß ich mich beeilen. Sie suchen Miss Katie. Ich gehe zurück. Was meinen Sie, wo Ruth hingegangen sein könnte?«

Ich sagte: »Warum versuchen Sie nicht rauszufinden, ob in der letzten Stunde oder so bei Ihnen angerufen worden ist? Wahrscheinlich hat die Polizei ausgiebig telefoniert, aber abgesehen davon glaube ich nicht, daß es um die Zeit viele Gespräche gegeben hat, und es besteht die entfernte Möglichkeit, daß die Frau von der Vermittlung sich daran erinnert. Vielleicht wissen ja auch die Nachbarn was. Für mich sieht es so aus, als hätte sie jemand unter einem Vorwand weggelockt, damit das Haus durchsucht werden kann. Wie Sie sehen, sind sämtliche Rouleaus heruntergezogen worden, um Licht machen zu können, und der Betreffende hat sich furchtbar beeilt. Wer es auch war, er muß gewußt haben, daß Sie auf Nummer Sicher waren. Er hätte sich also nicht zu beeilen brauchen, es sei denn, er hat Ruth jeden Moment zurückerwartet.«

»Vielleicht haben Sie recht, aber wenn die Frau von der Vermittlung sich nicht erinnert, bin ich aufgeschmissen. Jeder in der Stadt weiß wahrscheinlich, daß ich verhaftet worden bin, und wenn ich anfange, bei den Nachbarn herumzufragen, sitze ich umgehend wieder im Knast.«

Er ließ mich stehen und rannte zum Haus zurück. Ich trampelte zur Eingangstür von Miss Katie hoch, damit man mich nicht fälschlich für einen Einbrecher hielt, und wollte gerade klingeln, als ich sah, daß hinten im Haus Licht brannte. Die Eingangstür war ein großes Glasding mit einem Spitzenvorhang auf der Innenseite. Durch angestrengtes Halsverrenken konnte ich schräg in den erleuchteten Raum hineinsehen. Es war offenbar die Küche. Ein Schatten bewegte sich darin hin und her, und zuerst dachte ich, es wäre Miss Katie, aber dann ging mir auf, daß es bloß der Schatten der Küchenmöbel war und daß es das Licht war, das sich bewegte. Ich hatte keine Ahnung, warum ein Licht Lust verspüren sollte, sich zu bewegen, doch mir wurde sehr schnell klar, daß es eine Glühbirne sein mußte, die an einem Kabel von der Decke hing und hin- und herschwang. Das war ausgezeichnet. Es bedeutete, daß Miss Katie zu Hause war und noch nicht schlief, so daß ich wahrscheinlich mit ihr reden konnte, ohne die Nachbarn aufzuscheuchen oder mit der Riesenkanone erschossen zu werden, die sie so gern mit sich herumschleppte.

Ich legte den Daumen auf den Klingelknopf, läutete einmal kurz und wartete. Die Lampe schwang immer noch hin und her, wenn auch nicht mehr so heftig, aber Miss Katie kam nicht an die Tür. Ich klingelte noch einmal – immer noch keine Miss Katie. Ich wußte, daß sie nicht taub war, und konnte hören, daß die Klingel funktionierte, und da ich nicht in der Stimmung war, herumzustehen, während sie mit mir Versteck spielte, ging ich ums Haus herum auf die hintere Veranda und schaute hinein. In der Küche war niemand, und die Glühbirne schwang immer noch hin und her. Die Tür stand einen Spalt offen, und ich stieß sie weit auf. Ich klopfte an den Türrahmen und sagte: »Miss Katie! Darf ich hereinkommen?«

Es kam keine Antwort, und ganz plötzlich wirkte das Haus so still, als würde es tief geduckt auf etwas lauern. Ich hob die

Stimme und rief noch einmal, und die Stille war so laut, daß man sie hören konnte. Die hin- und herschwingende Glühbirne ging mir allmählich auf die Nerven, und so ging ich hin, hob die Hand und brachte sie zum Stehen. Das Ding war ganz schön heiß, und es bestand kein Zweifel, daß es schon seit einiger Zeit brannte. Ich ging weiter ins Wohnzimmer, fand einen Lichtschalter und knipste ihn an. Es gab nichts zu sehen, außer eben einem Wohnzimmer mit niemandem drin. Neben dem Wohnzimmer lag nach vorn hinaus ein Zimmer mit Glastüren, und ich ging hin und sah hinein. Es war das Eßzimmer – leer. Damit blieb nur noch das Schlafzimmer, das hinter dem Eßzimmer liegen mußte, weil kein anderer Platz dafür in Frage kam. Ich ging ins Wohnzimmer zurück und gelangte von dort aus in einen kleinen, quadratischen Flur, von dem vier Türen abgingen. In einer davon blieb ich stehen; links von mir war die Küchentür. Die Tür direkt vor mir stand offen, und im Licht von hinten konnte ich sehen, daß es das Badezimmer war. Die Tür rechts von mir stand ebenfalls offen, und das Zimmer war dunkel.

Ich spähte hinein, und ziemlich genau in der Mitte stand ein Schuh auf dem Boden. Das Komische an dem Schuh war nur, daß er zwar am Fußende des Bettes stand, aber hochkant auf dem Absatz. Die Sohle zeigte zu mir, und ans Bett gelehnt war das Ding auch nicht.

Ich wußte genau, was ich gleich sehen würde, und als ich Licht machte, lag sie – die Kehle buchstäblich von einem Ohr zum anderen durchgeschnitten – in einer eigenartigen Stellung auf dem Boden, und überall war Blut. Es war ein gräßlicher Anblick, und das erste, was ich tat, war, ins Badezimmer zu stürzen und mich zu übergeben. Dann ging ich zurück und sah sie mir genauer an. Man brauchte kein medizinisches Gutachten, um zu wissen, daß sie einer der totesten Menschen war, der je gelebt hat.

Ich zog mein Taschentuch hervor, wischte sorgfältig den Schalter ab und machte das Licht aus. Dann ging ich denselben Weg durchs Haus zurück, den ich gekommen war, versuchte mich dabei genau zu erinnern, was ich möglicherweise angefaßt hatte, und wischte sämtliche Stellen ab, die mir einfielen. In der Küche wischte ich die Glühbirne ab und wandte mich dann dem Türknauf zu.

Ich hätte schwören können, daß ich die Küchentür beim Hereinkommen offengelassen hatte. Jetzt war sie zu.

Ich griff nach oben und schaltete so schnell das Licht aus, wie ich den elektrischen Stuhl ausschalten würde, wenn ich drauf säße und man mir den Schalter gäbe. Dann zog ich mich rasch ins Wohnzimmer zurück und lauschte, ohne mich zu rühren. Vermutlich ist es physisch unmöglich, daß einem das Herz tatsächlich im Hals schlägt, aber in meinem war etwas, und es pochte laut und schnell.

Im Haus regte sich kein Lüftchen, und ich glaubte offengestanden nicht, daß eine Ratte die Tür zugemacht hatte. Ich bin gegenüber Dingen, die ich sehen und verstehen kann, so mutig wie jeder andere, aber ich war nicht sonderlich begeistert darüber, im Dunkeln mit jemandem Spielchen zu spielen, der gerade einen Menschen tranchiert hatte. Im Ernst – meine Kniegelenke und ich hatten eine Heidenangst, und mein ganzer Körper war feucht.

Selbst in solchen Momenten ist man in gewissem Maße zu logischem Denken fähig, nachdem der Verstand die erste Betäubung überwunden hat. Ich war gerade bei eingeschaltetem Licht in jedem Zimmer des Hauses gewesen und war mir sicher, daß er, wer auch immer die Tür zugemacht hatte, draußen war. Der Betreffende nahm in meiner Vorstellung die Gestalt eines unförmigen Etwas mit triefenden Lefzen und einem blutigen Messer an, das ich ›ES‹ nannte.

Was tat ES gerade? Wenn ES seiner Wege gegangen war, verschwendete ich meine Zeit, und wenn Sie mich gefragt hätten, wo ich meine Zeit verschwenden wollte, hätte ich sicher gesagt, woanders. Wenn ES aber nicht seiner Wege gegangen war, dann war ES todsicher meinetwegen geblieben, und Sie können sich vorstellen, was für ein tröstlicher Gedanke das war.

Fast wünschte ich, eine Tür würde aufgehen und Schritte würden auf mich zukommen, denn dann würde ich wissen, wovor ich mich verdrücken und was ich tun müßte. Die Stille war freilich so unglaublich, daß ich sie hätte in Blöcke schneiden und mich darin einmauern können.

Ich überlegte, wie aussichtsreich der Versuch wäre, alle Türen abzuschließen und mich nicht vom Fleck zu rühren. Irgendwann dieser Tage würde die Morgendämmerung anbrechen, aber andererseits würde ich das dann vielleicht nicht mehr erleben. Manchmal ist die Morgendämmerung rosa und wunderschön, und da ich von Natur aus ein ziemlicher Ästhet bin, war der Gedanke, sie nicht nur dieses eine Mal, sondern noch sehr viele Male danach zu verpassen, recht bestürzend.

Tja, man kann nicht ewig auf einem Fleck verharren. Eicheln können das, sie werden zu Eichen, bekommen überall Blätter und können sich nach und nach überhaupt nicht mehr bewegen. Ich vergegenwärtigte mir den Grundriß des Hauses und rief mir alle Fenster in Erinnerung. Ich war sicher, daß alle geschlossen waren. Ein Fenster zu öffnen, würde zuviel Lärm machen, kam also nicht in Frage. Es gab nur zwei Türen, eine von der vorderen Veranda ins Wohnzimmer, die andere von der Küche auf die hintere Veranda. Wenn ES auf mich wartete, würde ES zunächst vor der Hintertür auf mich warten, aber ich hatte das Licht ausgemacht und war nicht herausgekommen. Wenn ES also zwei und zwei zusammenzählen konnte, würde ES wahrscheinlich an der Vordertür auf mich warten. Ich hob so behutsam wie möglich meine Füße, bugsierte sie zur Vordertür hinüber und lauschte. Nach einer Weile war ich mir sicher, etwas atmen zu hören. Ich wette eine runde Summe mit Ihnen, daß ich so lange nicht ein- und ausatmete, wie man braucht, um den Hund Gassi zu führen. Dann faßte ich einen Entschluß. Wenn ES an der Vordertür war, dann war es am sichersten für mich, so schnell wie möglich durch die Hintertür abzuhauen.

Nachdem ich diese Entscheidung getroffen hatte, vertrödelte ich keine Zeit mehr. Ich rannte durchs Zimmer zur Küchentür, stolperte über etwas, schlug hin, rappelte mich wieder auf, fand die Hintertür, machte zwei Schritte und sprang von der Veranda. Ich konnte flinke Schritte den Weg neben dem Haus entlangrennen hören und lief quer durch den Hintergarten los. Es war stockdunkel, und nach etwa vier Schritten stolperte ich und fiel erneut, und gleich darauf stürzte etwas auf mich und nahm mir fast den Atem. Ehe ich mich noch herumwälzen konnte, pfiff etwas an meinem Ohr vorbei und traf den Boden, dann erwischte mich ein sehr harter Gegenstand irgendwo am Kopf, und ich war sofort weg.

Kapitel 14

Alles drehte sich, und aus dem Wirbel kamen Stimmen in kleinen Fetzen, die keinen Sinn ergaben. Mir war schwindlig und übel, und mein ganzer Körper bestand nur noch aus Schmerzen. Ich machte die Augen auf, und als mein Blick klarer wurde, sah ich, daß ich in einem hübschen kahlen Zimmer in einem sauberen weißen Bett lag und eine Schwester mit Kurven an den richtigen Stellen sich aufmerksam über mich beugte. Ich signalisierte, daß ich mich übergeben mußte, sie holte das entsprechende Behältnis, und ich gab alles von mir, was ich nicht schon in Miss Katies Badezimmer von mir gegeben hatte. Von der Anstrengung drehte sich das Zimmer wieder im Kreis, und als ich mich aufsetzte und die Füße aus dem Bett streckte, war ich so wacklig wie ein Kind, das gerade laufen lernt. Die Schwester sagte:

»Legen Sie sich hin. Der Doktor sagt, Sie dürfen sich nicht bewegen.«

»Sagen Sie dem Doktor, ich komme in ein, zwei Tagen wieder und lege mich hin, soviel er will.«

Ich stand auf und hielt mich am Kopfende des Bettes fest, um nicht hinzufallen. Ich hatte nichts außer einem dieser unmöglichen Krankenhausnachthemden an, die einem bis auf die Knie hängen. Ich sagte:

»Holen Sie meine Kleider.«

»Kommt überhaupt nicht in Frage. Sie haben Glück, daß Sie nicht tot sind. Marsch zurück ins Bett, sonst hol' ich einen Pfleger. Und fangen Sie keinen Ringkampf mit mir an. Sie dürfen sich nicht anstrengen.« Sie ergriff meinen Arm und wollte mir ins Bett zurückhelfen, aber ich riß mich los.

»Später«, sagte ich bestimmt. »Ich gehe nicht ins Bett zurück, selbst wenn Sie mir versprechen mitzukommen. Dazu braucht's mehr als Sie und einen Pfleger, also holen Sie lieber zwei.«

In der Zimmerecke stand ein Schrank, ich schwankte hinüber und machte ihn auf. Tatsächlich, da waren meine Kleider. Ohne mich mit Unterwäsche aufzuhalten, zog ich als erstes meine Hose an, denn ein Mann ohne Hose kann sich in der Welt nicht sehr nützlich machen. Die Schwester rannte aus dem Zimmer. Ich schob die Füße in meine Schuhe, schlüpfte in mein Hemd, zog das Jackett gleich darüber und lag wohl nicht mehr als zehn Schritte hinter ihr. Ich kann Ihnen bis heute nicht sagen, welche Richtung ich einschlug oder wie ich dem Krankenhauspersonal entging, aber bald darauf fand ich mich in einem Heizungskeller wieder, wo ich mir mit reichlich wirrem Kopf die Hemdschöße in die Hose stopfte. Über meine Haare brauchte ich mir keine Gedanken zu machen, weil mein Kopf dick einbandagiert war.

Aus dem hellen Sonnenlicht draußen kam ein Mann im Overall herein, glotzte mich an und sagte:

»Ach, du liebes bißchen!«

Daraus schloß ich, daß ich kein sonderlich schöner Anblick war. Ich sagte: »Schöner Tag, nicht?« und ging an ihm vorbei durch die Tür, zu der er hereingekommen war. Es herrschte der strahlendste Sonnenschein, den ich je erlebt hatte, und er stach mir in die Augen wie zwei Stricknadeln. Ich befand mich in einem Hinterhof mit einem Kohlenhaufen und einer Zufahrt mit Schlakkenschüttung. Ich wußte nicht, wohin sie führte, folgte ihr aber trotzdem und lauschte dabei dem Knirschen der Schlacke unter meinen Füßen, und es hörte sich an wie ein Geräusch aus einer anderen Welt. Schon ziemlich bald knirschten meine Schritte nicht mehr, und ich bemerkte, daß ich mich in einer asphaltierten Gasse befand. Ich lief blinzelnd, mit den verschiedensten Gegenständen Bekanntschaft schließend, immer weiter, bis ich mit einem Feuerhydranten zusammenstieß, einen Bordstein fand und mich daraufsetzte. Ich konnte ein Auto die Straße entlangkommen hören. Es hielt neben mir, und ich hörte wie aus der Ferne ein paar Fragen und Ausrufe, die ich gar nicht erst zu verstehen versuchte.

Meine Zunge war groß und trocken und zu einem Kreuz- oder Weberknoten verschlungen, wie man ihn bei den Pfadfindern schlingt, um ein Abzeichen zu bekommen. Jemand hob meinen Kopf hoch, und ich war dankbar für die Hilfe, denn allein hätte ich es nicht geschafft. Mit großer Mühe preßte ich hervor: »Harper. Fahren Sie mich zu den Harpers. Keine Widerrede. Es ist wichtig.« Von meinen Absätzen stieg ein dunkelbraunes Gefühl auf, das, während es in meinem Körper hochkrabbelte, einen leichten Stich ins Rötliche annahm. Ich verspürte am ganzen Leib ein Kribbeln. Zwei Leute hatten mich unter den Achseln gepackt und schleppten mich zum Auto; das letzte, was ich sah, waren meine Füße, die wie die Füße eines Toten über die Straße schleiften. Mein Hals hielt meinen Kopf nicht so aufrecht, wie es sich für einen guten Hals gehört hätte, und ich gab den Versuch auf.

Ich schätze, ich war nicht mehr als ein paar Minuten bewußtlos, denn als ich wieder zu mir kam, versuchten sie gerade, mich aus dem Auto zu schaffen, und wir befanden uns wieder genau vor dem Krankenhaus.

»Verflucht nochmal«, sagte ich ziemlich hitzig, »bringen Sie mich nicht da rein. Da komme ich doch gerade her.«

»Sie brauchen einen Arzt, und Sie kriegen einen, ob Ihnen das paßt oder nicht.«

»Ich brauche keinen Arzt, und ich will auch keinen sehen. Ich war so wild drauf rauszukommen, daß ich sogar meine Unterwäsche dagelassen habe. Sehen Sie nach, wenn Sie mir nicht glauben. Wenn Sie mich nicht zu den Harpers fahren wollen, dann lassen Sie mich zufrieden, und ich gehe zu Fuß.«

Mein Kopf war viel klarer als vorhin, und ich stieg aus und setzte mich in Marsch. Die beiden Männer sahen mir nach, stiegen dann wieder ein und fuhren neben mir her.

»Okay, okay«, sagte der Fahrer entnervt, »steigen Sie lieber ein, anstatt in die falsche Richtung zu marschieren, wir fahren Sie hin.«

Ich stieg hinten ein und sagte: »Vielen Dank. Falls ich bei der Ankunft tot bin, spreche ich Sie von jeder Verantwortung frei, und Sie können einen preiswerten Bestattungsunternehmer anrufen.«

Die Nachricht von Miss Katie hatte sich natürlich wie ein Lauffeuer verbreitet, und ich erfuhr, daß man sie und mich entdeckt hatte, weil jemand über das Telefonkabel im Wohnzimmer gestolpert war. Angesichts der ganzen Aufregung über den Tod von William Jasper Harper hatte die Frau von der Vermittlung den Polizeichef verständigt, und der hatte jemanden vorbeigeschickt, um mal nachzusehen. Ich hielt es für besser, nicht zu erwähnen, daß ich über das Telefonkabel gestolpert war, obschon ich im nachhinein froh darüber war. Wie es schien, waren sowohl Tim als auch Ruth McClure verschwunden.

Mittlerweile war es ungefähr sieben Uhr morgens. Während wir durch die Stadt schaukelten, fuhr gerade von Norden her ein Zug ein, und als wir am Bahnhof vorbeikamen, sah ich einen Mann aussteigen, noch ehe der Zug richtig zum Stehen gekommen war. Ich bat den Fahrer anzuhalten, bedankte mich bei ihm, stieg aus und sagte, ich hätte es mir wegen der Fahrt zu Harpers anders überlegt und ob ich ihm etwas schulden würde.

Er sagte nein, ich ging zum Bahnhof zurück und folgte Hillman Jolley zum Taxistand. Als er in ein Taxi stieg und sagte, er wolle zum Hause von William Jasper Harper, stieg ich gleich nach ihm ein und sagte: »Gerade mit dem Zug angekommen, wie ich sehe.«

Dem Blick, den er mir zuwarf, entnahm ich, daß die Antwort ›Nein‹ gelautet haben würde, wenn ich ihn gefragt hätte, ob ich mitfahren dürfe. Ich war Hillman Jolley nie begegnet, und er war mir nie begegnet und hatte nicht den blassesten Schimmer, wer ich war. Ich ließ mich eine ganze Weile von ihm anstarren und sagte dann: »Mein Name ist Gilmore Henry. Ich habe ein paar Sachen aus Ihrem Büro in Louisville gestohlen, aber ich habe alles zurückgeschickt, und Sie müßten sie mittlerweile wiederhaben. Die Polizei zu rufen, ist sinnlos, weil die alle dort sind, wo wir hinfahren.«

Als ich meinen Namen erwähnte und sagte, was ich getan hatte, fuhr er zusammen und lief rot an, sagte aber nichts. Ich sah keinen Grund, unfreundlich zu sein, schnorrte deshalb eine Zigarette von ihm, bat um Feuer und machte zwei, drei Züge, die gut schmeckten.

»Den ganzen Weg von Louisville hergefahren?« fragte ich.

»Nein. Von Overton. Ich bin gestern morgen nach Overton gefahren, und gestern abend habe ich dann von der furchtbaren Sache gehört, die hier passiert ist, und da ich ein Freund der Familie und ein Geschäftspartner bin, habe ich den ersten Zug genommen, um Janet zur Seite stehen zu können.«

»Janet?«

»Miss Harper.«

»Alte Freunde?«

Zuerst war er verärgert, so als ob mich die Sache nichts anginge, doch dann setzte er eine ziemlich würdevolle Miene auf.

»Das wäre eine Untertreibung. Miss Harper und ich sind uns einig.«

Ich war überrascht, und man sah es mir an. Daß Hillman Jolley auch im Rennen war, hatte ich nicht gewußt, und so wie Mr. James Mead hin- und hergedüst war, hatte ich irgendwo die deutliche Vorstellung gewonnen, seine Aktien stünden gut, obwohl ich zugeben muß, daß mein Eindruck nur auf Meads Verhalten basierte und von daher einseitig gewesen sein mag. Ich nuschelte etwas von Glückwünschen, hielt dann meine große Klappe und begann darüber nachzudenken, wie sich – wenn überhaupt – diese neue Information auf das, was mich beschäftigte, auswirken könnte.

Als wir in der Harperschen Auffahrt anhielten, ließ ich meinen Begleiter das Taxi bezahlen, weil es so billiger war. Direkt vor uns stand ein schimmernder Buick-Sportzweisitzer, und ich erkannte das Nummernschild und wußte, daß Mr. James Mead auf dem Gelände war. Ich beachtete Jolley nicht weiter, sondern ging einfach durch die Eingangstür, wobei ich dem Wachestehenden einen aggressiven Blick zuwarf, der erwidert wurde. Ich klopfte an die Speisezimmertür und stakste hinein, ohne eine Aufforderung abzuwarten. Am Tisch berieten sich der Sheriff, der Polizeichef und Mead. Sie sahen mich alle überrascht an, und ich kam zu dem Schluß, daß sie dachten, ja vielleicht sogar hofften, ich wäre mittlerweile unter der Erde.

Der Sheriff sagte: »Tja, ich hab' nicht erwartet, Sie so schnell wiederzusehen, aber wenn der Doc Sie aus dem Krankenhaus entlassen hat, können Sie nicht in so schlechter Verfassung sein, also fangen wir gleich an. Was haben Sie in Miss Byrnes' Hintergarten gemacht, und was wissen Sie überhaupt von Miss Byrnes?«

»Wie ich höre, ist sie tot.«

»Als ob Sie das nicht wüßten.«

»Hören Sie«, sagte ich, »haben Sie gestern nacht oder heute morgen auf der anderen Seite der Auffahrt einen kaputten Korb voller kaputter Eier gefunden?«

Der Sheriff, der Polizeichef und James Mead wechselten verdutzte Blicke und sahen mich dann alle an.

»Ja, haben wir«, sagte der Polizeichef zu mir. »Was hat das damit zu tun?«

»Ich weiß nicht viel über diese Stadt, und vielleicht habe ich die Angewohnheit, voreilige Schlüsse zu ziehen. Jedesmal, wenn ich

Miss Katie gesehen habe, hat sie einen Korb voller Eier mit sich herumgeschleppt, und unter anderem hat sie William Jasper Harper Eier verkauft. Der Korb könnte bedeuten, daß Miss Katie hinter den Büschen stand und etwas gesehen hat, was gestern nacht hier passiert ist. Ein weithergeholter Gedanke, aber ich dachte, man könnte ihm mal nachgehen. Ich wollte Miss Katie sprechen, bin aber nicht dazu gekommen. Womit bin ich bewußtlos geschlagen worden?«

»Mit einem Schraubenschlüssel, der in ein Geschirrtuch eingewickelt war, das den McClures gehört. Im Haus sind Sie gar nicht gewesen?«

»Sie haben mich nicht dort gefunden, oder?«

»Moment mal«, unterbrach der Sheriff. »Eins nach dem anderen. Woher wissen Sie das mit dem Korb überhaupt? Wir haben ihn erst 30 Minuten, nachdem Tim McClure – äh – sich den Weg freigeschossen hat, gefunden. Zu dem Zeitpunkt waren Sie nirgendwo aufzutreiben. Als wir Sie gefunden haben, lagen Sie bewußtlos in Katie Byrnes' Hintergarten. In der Zeitung stand nichts von dem Korb. Raus mit der Sprache.«

Ich holte tief Luft. »Ganz einfach. Hier hat es von Bullen nur so gewimmelt, und ich wußte nicht, was ich da noch sollte. Ich bin hinaus auf die Straße zur Stadt, und Tim McClure ist mit einem Auto vorbeigekommen und hat mich mitgenommen.«

Der Sheriff sprang auf und gab ein würgendes Geräusch von sich. »Und Sie haben uns nicht verständigt?« brüllte er. »Sie haben gewußt, daß er auf der Flucht war. Reden Sie, aber schnell, sonst lasse ich Sie festnehmen.«

»Regen Sie sich ab. Er hatte eine Waffe. Was glauben Sie denn, wie weit ich auf dem Weg zu einem Telefon gekommen wäre?«

»Er hatte keine Waffe.«

»Habe ich mich eben getäuscht. Ich dachte, er – äh – hätte sich den Weg freigeschossen. Das waren Ihre eigenen Worte.«

Der Polizeichef sagte: »Ich habe genug von Ihren Unverschämtheiten, Henry. Wir sind nicht hier, um uns zu streiten. Schweifen Sie nicht vom Thema ab.« Dann kam ihm eine Idee, und seine Augen wurden schmale Schlitze. »Tim McClure war also mit Ihnen bei Miss Katie. Das paßt. Das Geschirrtuch aus seiner eigenen Küche. Na bitte, wer sagt's denn.«

»Nein, Sie irren sich. Tim hat mich vor seinem Haus abgesetzt und mir gesagt, ich soll verduften und die Klappe halten. Er hat gesagt, er wolle Ruth auf eigene Faust suchen. Er hält keinen von Ihnen für besonders clever. Ich fand, es war nicht die passende Gelegenheit, um ihm gut zuzureden, und da ich sowieso mit Miss Katie reden wollte, bin ich über die Straße gegangen und wollte dann von dort aus telefonieren.«

Sie überdachten das eine Weile, dann sagte der Sheriff: »Könnte sein. Ich sage nicht, daß ich Ihnen glaube, aber die Geschichte tut's jedenfalls so lange, bis wir sie überprüfen können. Jetzt zu dem Korb. Sie wechseln ständig das Thema. Kommen wir nochmal auf den Korb zurück.«

Ich wurde allmählich ungeduldig, war meiner eigenen Verhaftung aber zu nahe, um mich einfach umzudrehen und zu gehen. So sagte ich: »Tim hat gesagt, er ist in dem Korb gelandet, als er über die zweite Hecke sprang. Er war überall mit Ei bekleckert. Ich bin an sein Hosenbein gekommen und dachte erst, es wäre Blut. Eine Weile hat's keinem von uns gedämmert, was das bedeutet. Bei ihm hat's vielleicht überhaupt nicht gedämmert. Aber jetzt möchte ich eine Frage stellen, das heißt zwei oder drei. Erstens: Wo ist Ruth McClure; und warum ist sie dort? Zweitens: Wo ist William Jasper Harpers Testament? Das sollten wir uns umgehend ansehen und feststellen, wer von seinem Tod profitiert. Drittens: Kann ich fünf Minuten mit Mr. Mead unter vier Augen reden?«

An dieser Stelle schaltete sich Mead ein. »Der Gedanke mit dem Testament ist mir natürlich auch schon gekommen, nicht nur wegen seiner möglichen Bedeutung für die Ermittlungen, sondern auch in meiner Eigenschaft als Anwalt der Familie und Vermögensverwalter. Ich habe mitten in der Nacht Harpers Sekretärin aus dem Bett gescheucht, und sie hat gesagt, sein Testament sei ihres Wissens zusammen mit anderen Papieren im Bürosafe draußen in der Fabrik. Vor einer halben Stunde waren wir zusammen dort und haben es geholt. Ich wollte es gerade in Ihrer Anwesenheit öffnen, als Henry hereinkam.« Er hatte eine Aktentasche bei sich, die er beim Reden aufschnallte. Er nahm einen länglichen braunen Umschlag mit einem Wachssiegel heraus und reichte ihn dem Sheriff.

»Sekunde«, sagte ich, beugte mich vor und nahm dem Sheriff den Umschlag aus der Hand. »Ehe wir es öffnen, wollen wir uns gründlich davon überzeugen, daß niemand daran herumgefummelt hat.«

Der Polizeichef grabschte nach dem Umschlag, sprang auf und bellte: »Verdammt nochmal, jetzt reicht's mir langsam mit Ihrer Arroganz. Sie gehen mir auf den Wecker, Sie kleine Laus. Noch so was, und ich zerquetsche Sie zwischen meinen Daumen. Das Gucken besorgen wir selbst. Her damit.«

Ich zog mich ans Fenster zurück und hatte noch Zeit, das Ding im Licht hin- und herzudrehen, während er auf mich losging. Die Tintenschrift auf der Vorderseite des Umschlags war arg verblaßt, aber man konnte sie lesen: *Letzter Wille und Testament von William Jasper Harper – erst nach meinem Tode zu öffnen.* Die Rückseite sah völlig normal aus, und soweit ich es beurteilen konnte, war das Siegel nicht beschädigt worden. Der Polizeichef hatte mich fast erreicht, und in seinen Augen lag Mordlust. Ich reichte ihm ganz zahm den Umschlag und sagte: »Nichts für ungut, Chief. Ich wollte mich bloß nützlich machen.«

Er war etwas besänftigt. »Sie können sich nützlich machen, indem Sie Ihre Pfoten bei sich behalten«, knurrte er. »Ich mag Ihre Unverschämtheiten nicht, und ich glaube nicht, daß Sie uns alles erzählen, was Sie wissen. Wenn ich Sie bei einer einzigen Lüge erwische, mache ich Ihnen Feuer unterm Hintern. Sie halten sich wohl für ziemlich raffiniert, was?«

Ich hielt mich tatsächlich für ein kleines bißchen raffiniert, sah aber keinen Grund, das auch zu sagen. Wir gingen zum Tisch zurück, jeder untersuchte den Umschlag, und wir waren uns einig, daß nichts darauf hindeutete, daß jemand daran herumgefummelt hatte. Dann räusperte sich der Sheriff, schob einen Finger unter die Umschlagklappe und riß sie auf. Wir scharten uns um ihn und schauten ihm über die Schulter.

Wir hatten wohl alle Dynamit erwartet – und wir wurden alle enttäuscht. Das Testament war kurz und sachlich, und er vermachte darin in einem einzigen Absatz alles seiner geliebten Frau Alice Holt Harper, die absolut und uneingeschränkt nach eigenem Gutdünken darüber verfügen konnte. Der folgende Satz lautete: ›Ich bin mir meiner Verpflichtungen gegenüber unserer geliebten Tochter Janet voll bewußt, bin jedoch davon überzeugt, daß es ihren Interessen am besten dient, wenn ich mein gesamtes Vermögen ohne jegliche rechtliche Einschränkungen ihrer Mutter hinterlasse.‹

In einem weiteren Satz wurde Alice Holt Harper zur Testamentsvollstreckerin bestimmt, und damit hatte es sich auch schon. Zeugen hatten keine unterzeichnet, und das Ding erweckte zumindest den Eindruck, als wäre es in seiner Handschrift geschrieben. Das Datum war der 8. Mai 1915.

Niemand sagte etwas. Ich las es zwei-, dreimal, aber es ließ sich partout kein anderer Sinn hineingeheimnissen. Nach einer Weile fragte der Polizeichef:

»Und wo stehen wir jetzt? Damit hat niemand außer Mrs. Harper ein Motiv. Warum sollte die sich in Teufelsküche bringen?«

»Nicht nur das«, warf Mead gedankenverloren ein, »sondern warum sollte sie 26 Jahre warten? Dieses Testament wurde 1915 errichtet. Er hätte jederzeit ein neues machen können. Woher sollte sie wissen, ob er ein neues gemacht hat oder nicht? Das ergibt keinen Sinn.«

Ich nahm das Dokument mit hinüber ans Licht, musterte es eingehend, drehte es um, musterte die Rückseite, hielt es dann hoch und sah hindurch. Ich konnte absolut keine Anzeichen für ausradierte Stellen oder Veränderungen erkennen. Ich untersuchte die Ränder, um festzustellen, ob etwas abgeschnitten worden sein könnte, konnte aber nichts entdecken. Sofern es kein späteres Testament gab, war an diesem hier offenbar nicht zu rütteln, und es paßte überhaupt nicht zu dem Muster, das ich mir zurechtgelegt hatte. Es gefiel mir nicht. Es paßte nicht. Es stimmte nicht.

Ich ging zurück, warf das Ding auf den Tisch und sagte:

»Tja, und nun? 26 Jahre sind eine verdammt lange Zeit. Wer könnte es wissen, ob er später noch eins gemacht hat? Wer war sein Anwalt?«

»Frank Gregory hat ihn eine Zeitlang vertreten«, sagte Mead. »Wie lange, weiß ich nicht. Der alte Gregory ist vor zwei oder drei Jahren gestorben, und Harper hat die Auswahl, die er hier am Ort hatte, nicht gepaßt, da ist er zu mir gekommen. Viel zu tun gab es nicht. Er hat mir ein Pauschalhonorar für eine Menge Routinekram bezahlt, das war alles. Ich fand es so unbedeutend, daß ich es nicht mal unserem Henry hier erzählt habe. Jedenfalls hat er mich nie beauftragt, ein Testament für ihn aufzusetzen.«

Der Sheriff sagte: »Der alte Frank Gregory war wirklich ein prima Anwalt. Er hat hier in der Gegend alles und jeden vertreten. Ist mit 78 an Altersschwäche gestorben. Ich weiß noch, wie ich bei der Beerdigung war. Der ganze Landkreis war da, der Gouverneur ist gekommen, und bis auf ein Bankett auf dem Friedhof wurde alles geboten. Hier gab's sonst keinen Anwalt, der der Rede wert wäre, und ich vermute, Frank Gregory hat Harper seit dem Spanisch-Amerikanischen Krieg vertreten. Ich frage mich, wer wohl seine Akten hat.«

»Sieht so aus, als wäre das der nächste Schritt«, sagte Mead. »Wenn das hier von Harper ist, werden wir es nach einer angemessenen Frist zur gerichtlichen Bestätigung einreichen. Aber ich finde, ich sollte wenigstens gewisse Nachforschungen anstellen, ehe ich ein so altes Testament einreiche. Die Zeiten ändern sich, und die Leute ändern ihre Absichten. Es wäre eigentlich naheliegend, daß er noch eins gemacht hat.«

»Holbert ist ein fixer Junge«, sagte der Polizeichef und wandte sich Einverständnis heischend an den Sheriff. »Ich hole ihn her und setze ihn auf Gregorys Akten und Unterlagen an. Das wird vielleicht ein schwieriges Unterfangen, aber ich finde, Mead hat recht. Könnte sein, daß ein neues Testament der ganzen Sache ein anderes Gesicht gibt und uns vielleicht so einiges verrät.« Er erhob sich, ging hinaus, und wir konnten ihn telefonieren hören.

Als er wiederkam, stand ich auf, reckte mich, gähnte und sagte: »Tja, wenn Sie nichts dagegen haben, mache ich mich dann mal auf die Socken. Ich fühle mich, als wäre ich am Verhungern, eine Mütze Schlaf könnte ich auch vertragen, und dem Krankenhaus gefällt's bestimmt nicht, daß ich einfach abgehauen bin.«

Keiner beachtete mich. Ich ging auf die Tür zu, doch ehe ich sie erreichte, kam jemand durch die Halle gerannt und stürzte atemlos herein. Es war ein Streifenpolizist, und er sagte:

»Ruth McClure. Wir haben sie gefunden. Verschnürt wie ein Paket, und was glauben Sie, wo? Im Schuppen hinter ihrem eigenen Haus . . . in der Ecke hinter einem Kohlenhaufen.«

Wir waren alle aufgesprungen. »Tot?« fragte der Sheriff.

»Nein, nicht mal schwer verletzt. Sagt, sie hätte einen Anruf gekriegt, und jemand hätte gesagt, sie soll sich vergewissern, daß niemand ihr folgt, und dann nach hinten in den Schuppen kommen; dort würde sie Informationen kriegen, die ihren Bruder entlasten. Sie ist natürlich gegangen, ohne groß zu überlegen, was passieren könnte. Zack, kriegt sie eine Decke über den Kopf geworfen, wird gefesselt und erstickt fast, ehe sie Piep sagen kann. Sie kriegt die Füße hinten hochgezogen und wird mit einem

Seil gefesselt, das um ihren Hals läuft, und wenn sie auch nur mit der Wimper zuckt, ist sie hin. Sie schreit, aber wegen der Decke hört sie niemand, und sie kann sich gerade noch ein bißchen rumwälzen und ihre Füße abstützen, damit's ihr nicht den Kopf abreißt, und dann wird alles schwarz.«

Das erinnerte mich an etwas. Ich fuhr hastig mit der Hand in die Jackettasche und stellte zu meiner Erleichterung fest, daß die Krankenhausleute allen Kram aus meinen Hosentaschen dort hineingestopft hatten. Ich zog alles heraus, und als ich nicht fand, wonach ich suchte, ließ ich mich auf alle viere nieder, breitete das ganze Zeug auf dem Boden aus und durchwühlte es gründlich. Der Schlüssel war nicht da. Ich vergewisserte mich noch einmal, aber es gab keinen Zweifel. Der Schlüssel war weg.

Kapitel 15

Ich durchsuchte alle anderen Taschen, ging dann hinaus und rief das Krankenhaus an, und nachdem die Schwester am Empfang ihrer Empörung über mich ausgiebig Luft gemacht hatte, bekam ich endlich eine Chance, mit dem üppigen kleinen Ding zu reden, das mich ins Bett hatte zurückscheuchen wollen. Sie wollte patzig werden, aber ich schnitt ihr das Wort ab.

»Hören Sie zu«, sagte ich, »und spitzen Sie die Ohren, damit Sie's gleich beim ersten Mal mitkriegen. Gehen Sie in das Zimmer, das ich hatte, und sehen Sie überall nach: unterm Bett, im Bett, in meinem Hemd, in meiner Unterwäsche und auf der Kommode. Sehen Sie in der Spuckschüssel nach – einfach überall. Es geht um einen Schlüssel, den ich hatte. Jetzt ist er weg. Er ist flach und sieht aus wie aus Messing gemacht. Ich brauche ihn dringendst. Auf geht's, keine Widerrede, ich bleibe am Apparat.«

»Da brauche ich nicht nachzusehen. Wir haben alles, was Sie bei sich hatten, in Ihre Jackettasche getan, und das Jackett haben Sie mitgenommen. Wenn er nicht da ist, dann haben Sie ihn entweder nicht bei sich gehabt oder in der Zwischenzeit verloren. Wir haben nicht die Angewohnheit, die Sachen unserer Patienten zu stehlen. Was soll das eigentlich? Wollen Sie mich in Schwierigkeiten bringen?«

Ich sagte: »Frau, diskutieren Sie nicht. Ich habe nicht gesagt, daß Sie etwas gestohlen haben. Ich habe nur gesagt, er ist weg. Und jetzt seien Sie lieb, und gehen Sie nachsehen, und irgendwann komme ich vorbei und gebe Ihnen einen dicken Schmatz.«

»Dann kriegen Sie eins auf die Klappe«, sagte sie barsch, aber sie legte nicht auf, und ich konnte sie weggehen hören. Sie blieb nur ein paar Minuten fort. »Na schön, ich habe nachgesehen. Es ist genauso, wie ich gesagt habe. Außer Ihrer Kleidung ist nichts da, und wenn Sie die nicht bald abholen, werfen wir sie in die Müllverbrennungsanlage.«

Sie legte mit einem Knall auf, und ich bezweifelte stark, daß es mit dem Küssen je was werden würde.

Ich kehrte ins Wohnzimmer zurück und erfuhr, daß man Ruth zur Untersuchung zu einem Arzt gebracht hatte. Danach hatte sie einen solchen Wirbel veranstaltet, daß sie nachgegeben und sie nach Hause hatten gehen lassen, um ein Bad zu nehmen. Unmittelbar vor der Badezimmertür war ein Mann postiert, und man würde sie in ein paar Minuten zur Befragung herbringen. Mead, der Sheriff und der Polizeichef diskutierten diese neue Entwicklung. Zwischendurch bekamen sie Berichte über die Suche nach Tim, deshalb ging ich hinaus, durchquerte die Halle und klopfte an die Tür von Mrs. Harpers Zimmer. Sie wurde prompt von einer großen, gouvernantenhaften, weißhaarigen, etwa 60 bis 65jährigen Frau geöffnet. Sie sah so tugendhaft und etepetete aus wie die Vorsitzende der Frauenhilfe der Methodistenkirche. Mich musterte sie jedoch mit äußerster Strenge und forderte mich mit einem auf die Lippen gelegten Finger auf, leise zu sein. Sie kam heraus und zog die Tür sanft hinter sich zu.

»Gehen Sie weg«, flüsterte sie scharf. »Mrs. Harper schläft. Es war ein großer Schock, und alle haben solchen Lärm gemacht, daß sie bis vor ein paar Minuten kein Auge zugetan hat.«

Mir lag sehr an einem Gespräch mit Mrs. Alice Holt Harper, aber ich erkannte, daß es keinen Sinn hatte, darauf zu bestehen. Ich nickte und meinte, ich würde später noch einmal wiederkommen. Ich nahm an, daß es sich um Miss Knight handelte: Ich blickte ihr nach, als sie wieder hineinging und leise die Tür schloß.

Ich ging zu dem Wachposten an der Eingangstür hinüber und fragte, wo Mr. Jolley hingegangen sei. Wie es schien, hatte er nach Janet gefragt und gewartet, bis das Mädchen mit der Nachricht zurückkam, daß er auf ihr Zimmer kommen könne.

Ich ging nach oben und sah mich um. Eine Tür stand offen, und durch sie konnte ich Janet in einem ziemlich gewagten Negligé sehen. Hillman Jolley saß neben ihr auf der Chaiselongue, hielt ihre Hand und unterhielt sich ganz leise mit ihr.

Ich hätte diplomatischer sein können, aber ich wollte sehen, wie sie reagieren würden, deshalb stakste ich ins Zimmer und sagte:

»Entschuldigen Sie bitte. Lassen Sie sich nicht stören. Wir haben unten etwas herausgefunden, und ich dachte, es würde Sie vielleicht interessieren – Sie beide.«

Ich wandte mich an Janet, beobachtete aber aus dem Augenwinkel auch Jolley.

»Wir haben das Testament Ihres Vaters geöffnet. Es geht alles an Ihre Mutter, mit allem, was drum und dran hängt.«

Ich dachte, ich hätte möglicherweise eine Bombe gezündet, aber wenn, dann ging sie nicht los. Keiner von ihnen zuckte mit der Wimper. Janet stand auf, wirkte aber weder überrascht noch beunruhigt, noch verärgert, noch schockiert. Jolley ging zu ihr hin und legte den Arm um sie. Nach dem Blick zu urteilen, den sie ihm schenkte, hatte er mir vermutlich reinen Wein eingeschenkt, als er gesagt hatte, sie seien sich – wie er es genannt hatte – einig. Er sagte schroff: »Also, ich glaube, das ist nun wirklich nicht der Moment, um so etwas zu besprechen. Janet hat sehr an ihrem Vater gehangen und ist natürlich außer sich. Sie hat eine schreckliche Nacht hinter sich, und was sie wirklich braucht, ist ein Beruhigungsmittel.«

Ich sagte: »Tut mir leid, mein Fehler. Ich hätte gar nicht erst so hereinplatzen dürfen.«

Ich machte auf dem Absatz kehrt, ging hinaus und die Treppe hinunter. Ich hatte schon fast die Eingangstür erreicht, als die Tür von Mrs. Harpers Zimmer aufging und ein Mann in Chauffeursuniform herauskam und sich umsah. Die Köchin hatte völlig recht gehabt, als sie sagte, er sähe aus wie Humphrey Bogart, nur sah Humphrey Bogart nie so knallhart aus. Der Knabe schaute sich um, sah mich, ging mir nach und holte mich auf der Eingangstreppe ein.

»Mr. Henry?«

»Stimmt.«

»Hier entlang, bitte. Mrs. Harper möchte mit Ihnen sprechen.«

»Sie möchte wahrscheinlich mit Mr. Mead sprechen.«

»Nein, sie hat ausdrücklich nach Ihnen verlangt. Hier entlang, bitte.«

Ich zögerte. »Das muß ein Mißverständnis sein«, sagte ich. »Ich möchte mit Mrs. Harper sprechen, aber sie kann unmöglich nach mir geschickt haben. Sie weiß ja nicht einmal, wer ich bin. Falls der Grund der ist, daß sie glaubt, ich wäre nach wie vor Meads Partner, dann sagen Sie ihr, daß ich es nicht mehr bin.«

Mir lag sehr, sehr viel daran, mit Mrs. Harper zu sprechen, aber ich war mir sicher, daß sie nach Mead geschickt hatte, und wollte nicht mit ihr sprechen, solange er dabei war. Falls er derjenige war, den sie sprechen wollte, konnte ich die Zeit genausogut dazu nutzen, kurz mit Ruth McClure zu reden, solange die Möglichkeit bestand.

Humphrey Bogart sah mich an, und sein Gesicht wurde noch härter. Er sagte: »Mrs. Harper weiß, daß Sie und Mead sich verkracht haben. Sie hat ausdrücklich Sie gemeint. Warum, juckt mich nicht. So hat sie's gesagt, und so machen wir's auch.«

Ein Blick auf ihn genügte, um jeden Zweifel auszuschließen; ich würde ein Gespräch mit Mrs. Harper haben, und wenn er mich am Hosenboden zu ihr hineinschleppen müßte. Wir starrten einander an, und schließlich zuckte ich die Achseln und sagte:

»Okay, gehen Sie vor.«

Mrs. Harper saß mit einem Kissen im Rücken in ihrem Rollstuhl, Miss Knight hatte sich auf einem Stuhl neben ihr niedergelassen und fühlte ihr den Puls. Im Zimmer stand ein Doppelbett mit Himmel – das außerhalb meines Blickfeldes gewesen war, als ich in der Nacht zuvor hineingesehen hatte – und unterm Bett eine niedrige Trage auf Rädern, wie man sie aus Krankenhäusern kennt.

Ich war froh, mir Mrs. Harper genau ansehen zu können. Entweder war sie circa 80 Jahre alt oder schon sehr lange krank. Ihr Gesicht war fast wie Wachs – totenbleich und beinahe durchscheinend, so daß ihre Venen deutlich hervortraten und man das Pulsieren ihrer Halsschlagader sehen konnte. Ihre Augen jedoch waren hellwach und glänzend, fast fiebrig. Sie wirkte müde und abgespannt.

Sie entließ den Chauffeur mit einer kleinen Geste und sagte: »Danke, Miles, das wäre alles.« Nach seinem Gesicht zu urteilen, wäre er gern dageblieben, um mitzuverfolgen, was weiter passierte, doch nach einem Augenblick des Zögerns ging er hinaus und machte die Tür hinter sich zu.

Ich sagte: »Ich bin Gilmore Henry. Er hat gesagt, Sie wollten mich sprechen.«

Sie tastete nach einer Brille, setzte sie auf und musterte mich eingehend. Es hätte mich nicht gewundert, wenn sie mich gefragt hätte, ob sie mir wie bei der Besichtigung eines Pferdes ins Maul schauen dürfe. Man konnte förmlich sehen, wie sie jedes Detail registrierte, wobei sie meinen fehlenden Zahn, die Bandage, meine komischen Proportionen et cetera nicht ausschloß. Hätte ich mich selbst betrachtet, hätte ich einen sehr bescheidenen Eindruck gewonnen, aber selbst wenn sie zu demselben Ergebnis gekommen sein sollte, ließ sie es sich nicht anmerken.

»Sie haben Ihre Partnerschaft mit Mead und den anderen aufgelöst?«

»Das wissen Sie?«

»Ich habe es gehört.«

»Und Sie möchten mich trotzdem sprechen?«

»Ich möchte etwas erledigt haben. Ich brauche jemanden, dem ich vertrauen kann – nicht nur im üblichen Sinne vertrauen, sondern darauf vertrauen, daß er schweigt. Gegenüber jedermann. Ich habe keine Zeit für lange Faxen. Nach dem, was ich gehört habe, neige ich dazu, es unbesehen und ohne weitere Fragen mit Ihnen zu riskieren. Ja oder nein?«

Ich wußte nicht, worauf sie hinauswollte. Mit dieser Entwicklung hatte ich ja nun überhaupt nicht gerechnet. Ich hatte gedacht, ich würde Fragen stellen, und sie würde sie beantworten. Da außerdem Mead der Familienanwalt und Vermögensverwalter war, hatte ich keine Lust, mich dazwischenzudrängen, und ich hatte auch nicht die Absicht, mich in etwas verwickeln zu lassen, was mich bei der Vertretung von Tim behindern würde. »Ich vertrete Tim McClure. Er ist verhaftet worden, und die glauben, daß er das war«, sagte ich und deutete in Richtung Arbeitszimmer. »Er ist auf der Flucht. Die andere Sache würden sie ihm auch gerne anhängen. Wissen Sie darüber Bescheid?«

»Das habe ich alles gehört. Ich warte auf eine Antwort: Ja oder nein?«

»Das käme auf die Arbeit an. Das müßte ich zuerst wissen. Ich kann Ihnen erst eine Antwort geben, wenn ich das weiß.«

»Ich möchte es Ihnen erst sagen, wenn ich Ihre Antwort kenne.«

»Dann suchen Sie sich jemand anderen.«

Falls das der Zweck des Gesprächs war, dann war es damit beendet. Ich stand auf und sagte: »Tut mir leid.«

Sie nestelte an einem Taschentuch auf ihrem Schoß herum, blickte lange zur Terrassentür hinaus und sah mich dann wieder an. »Ich habe keine große Wahl. In Harpersville gibt es keinen, der in Frage kommt, und in der Stadt kenne ich sonst keinen. Geben Sie mir zuerst Ihr Wort. Falls Sie ablehnen, muß dieses Gespräch unter uns bleiben.«

Ich sah scharf Miss Knight, dann wieder Mrs. Harper an. Sie sagte: »Miss Knight ist in Ordnung. Sie ist mehr als eine Krankenschwester. Sie ist schon seit Jahren – seit meinem ersten Anfall – eine Freundin und Vertraute.«

Ich legte meinen Hut aufs Bett, sah mich um und entdeckte einen Stuhl, der mit der Lehne an einer Tür stand, die wahrscheinlich ins Arbeitszimmer führte. Der Griffknopf war entfernt worden, und so, wie die Möbel standen, war es offensichtlich, daß die Tür nicht benutzt wurde. Da der Stuhl nicht allzu weit von Mrs. Harper weg stand und sie ihn von ihrem Platz aus sehen konnte, machte ich es mir darauf bequem. »Na schön, dann erzählen Sie mal. Aber denken Sie dran: Wenn es sich nicht mit meiner derzeitigen Tätigkeit verträgt, kann ich nicht akzeptieren. Und wenn es mir dabei hilft, Tim zu entlasten, kann ich es nicht vertraulich behandeln, sondern werde es so verwenden, wie es mir am besten erscheint. Das Risiko müssen Sie eingehen. Wenn Sie damit nicht einverstanden sind, dann fangen Sie gar nicht erst an.«

Sie biß sich auf die Lippen, musterte mich noch einmal von Kopf bis Fuß, gab sich dann einen Ruck und holte tief Luft. »Ich möchte wissen, ob Sie ein Testament aufsetzen können, das nicht gültig ist.«

Das Leben ist voller Überraschungen, aber mir waren sie in den letzten paar Tagen dermaßen häufig und knüppeldick widerfahren, daß ich allmählich lernte, sie wegzustecken.

Ich sagte: »Ich kann. Ob ich es auch tue, ist eine andere Frage. Sie bitten ja auch keinen Arzt, schlecht zu operieren. Sie sollten auch keinen Anwalt um so etwas bitten. Wenn ich anfange, ungültige Testamente aufzusetzen, kann ich den Anwaltsberuf an den Nagel hängen. Was wollen Sie mit einem ungültigen Testament?«

»Warum ich eins will, ist meine Sache. Ich frage Sie lediglich, ob Sie es tun oder nicht. Ich verfüge über beträchtliche Mittel und bezahle gut. Nennen Sie Ihr Honorar. Ich werde nicht darum feilschen.«

Ich stand auf, drehte eine Runde durchs Zimmer und setzte mich wieder. Ich zog ein Päckchen Zigaretten hervor, machte ein fragendes Gesicht, zündete mir auf ihr Nicken hin eine an und inhalierte tief. Miss Knight stand auf und holte etwas, was ich als Aschenbecher benutzen konnte.

»Mrs. Harper«, sagte ich, »Sie sind offensichtlich in ernsten Schwierigkeiten, sonst würden Sie sich nicht an einen Anwalt wenden, von dem Sie überhaupt nichts wissen. Ich bin nicht so dumm, wie ich aussehe, und wage die Vermutung, daß ich aufgrund unseres Gesprächs wahrscheinlich in der Lage wäre, Sie bis aufs letzte Hemd zu erpressen. Ist Ihnen das klar?«

»Junger Mann, ich bin nicht von gestern. Als ich noch jünger und bei besserer Gesundheit war, bin ich regelmäßig zum Pferderennen gegangen. Es gibt Zeiten, da wollen Sie alles, was Sie haben, auf ein einziges Pferd setzen – auf Sieg. Wenn Sie das tun, müssen Sie dem Jockey vertrauen und beten.«

»Es gibt viele Möglichkeiten, ein Testament aufzusetzen, das einer Überprüfung nicht standhält. Ich müßte schon wissen, was Sie vorhaben, ehe ich mich für die beste entscheiden kann. Nach den Gesetzen von Kentucky beispielsweise brauchen Sie für ein Testament, das nicht von Anfang bis Ende eigenhändig geschrieben ist, zwei Zeugen, die in Ihrer Anwesenheit und in Anwesenheit des jeweils anderen unterschreiben müssen. Wir könnten nur einen Zeugen nehmen. Ginge das?«

Sie schüttelte den Kopf. »Die Notwendigkeit zweier Zeugen ist allgemein bekannt, nicht wahr?«

»Ich denke schon.«

»Dann geht es nicht. Das Testament muß überzeugend aussehen. Ich möchte es vorzeigen.«

»Es soll überzeugend genug sein, um einer Überprüfung standzuhalten, aber nicht so überzeugend, daß es vollstreckt wird?«

»Genau.«

»Wenn es von jemand geprüft werden soll, der sich auskennt, fällt mir auf Anhieb nicht ein, wie das gehen soll. Sie könnten von jemand Ihre Unterschrift fälschen lassen, aber wenn Sie es dann als Ihr Testament anerkennen, wäre das gleichbedeutend mit einer Unterschrift auf Ihre Anweisung hin, und es könnte als rechtsgültig bestätigt werden. Wir kommen nicht weiter, wenn wir mit der Stange im Nebel herumstochern. Es gibt vielleicht eine ganz einfache Lösung, wenn Sie mir nur völlig vertrauen würden. Es ist albern, einen Anwalt zu bezahlen und ihm etwas zu verheimlichen.«

Sie machte eine Bewegung zu Miss Knight hin, die sie vollkommen zu verstehen schien und das Kissen hinter ihrem Rükken wegnahm. Mrs. Harper lehnte sich an die Kopfstütze zurück und schloß die Augen. Allmählich entspannte sich ihr Gesicht, und sie lag bis auf ihr kaum wahrnehmbares Atmen reglos da. Eine Leiche hätte nicht beerdigungsreifer aussehen können. Schließlich schlug sie die Augen auf und machte einen dieser tiefen Atemzüge, die anscheinend allen ihren Entschlüssen vorausgingen.

»Mr. Henry«, sagte sie langsam, »ich möchte ein Testament machen, und ich möchte, daß alle wissen, daß ich eins gemacht habe und was darin steht. Aber wenn ich sterbe, möchte ich, daß mein Vermögen nicht so aufgeteilt wird, wie es das Testament bestimmt. Ich möchte, daß es anders aufgeteilt wird. So möchte ich es haben, und diese Informationen müssen Ihnen reichen. Meine Gründe gehen Sie nichts an.«

Ich sagte: »Wenn das alles ist, hätten Sie das gleich sagen sollen. Die Lösung ist ganz einfach. Es ist nichts dabei. Wir setzen einfach zwei Testamente auf. Nur das spätere ist das Papier wert, auf dem es geschrieben ist, abgesehen von dem Risiko, daß es verloren gehen, zerstört werden oder niemals aufgefunden werden könnte. Das einzige Risiko, daß Sie eingehen müssen, besteht darin, daß das zweite Testament nicht zum richtigen Zeitpunkt auftaucht.«

»Es gibt doch Möglichkeiten, dafür zu sorgen, nicht?«

»Man könnte Vorsichtsmaßnahmen ergreifen. Sie könnten es hinreichend sicherstellen.«

»Dann möchte ich, daß Sie gleich beide aufsetzen. Heute noch. Ich bin eine alte Frau und möchte das endlich von der Seele haben. Könnten Sie irgendwo hingehen, sie aufsetzen und heute nachmittag wiederkommen?«

»Ich könnte, aber das wäre nicht der geschickteste Weg. Wenn beide am selben Tag unterschrieben werden, ließe das zuviel Raum für Zweifel, welches das erste und welches das zweite ist. Ich denke, eins sollte heute und das andere morgen errichtet werden, und zwar mit unterschiedlichen Zeugen oder mit Zeugen, denen Sie soweit vertrauen, daß Sie ihnen die Existenz von zwei Testamenten erklären können, damit nicht in ein paar Jahren ein geschickter Anwalt die Zeugen hinsichtlich des genauen Datums verwirren kann. Damit bleibt eine Lücke von einer Nacht, und in diesem Zeitraum gilt das erste Testament als Ihre letztwillige Verfügung. Was meinen Sie dazu?«

Sie ließ es sich durch den Kopf gehen und kniff nachdenklich die Augen zusammen. »Und wenn ich in diesem Zeitraum sterbe?«

»Dann wird das falsche Testament rechtsgültig.«

»Das gefällt mir nicht, aber ich mache es lieber so, anstatt irgendwelche anderen Risiken einzugehen. Schön. Die Sache liegt in Ihren Händen.«

Ich sagte: »Nur weiter, Sie haben gerade erst angefangen.«

»Wie meinen Sie das?«

»Was liegt denn nun in meinen Händen? Sie haben mir alles gesagt, außer, was in den Testamenten stehen soll.«

»Sie erklären sich also bereit, sie aufzusetzen?«

»Mit der gleichen Einschränkung, die ich vorhin gemacht habe. Wenn das, was Sie mir jetzt sagen, für die Verteidigung von Tim McClure nützlich ist, werde ich es so verwenden, wie ich es für richtig halte. Ich verspreche, es nicht an die große Glocke zu hängen, wenn es das ist, was Ihnen Kopfschmerzen bereitet.«

»Sie werden begreifen, daß ich die ganze Situation so nicht gewollt habe. Da ich schon so weit gegangen bin, bleibt mir keine andere Wahl, als mich auf Ihre Integrität zu verlassen. Ich denke, wir verstehen einander vollkommen. Die Testamente sollen ganz einfach sein. Nach dem ersten soll alles an Janet gehen.«

»Und nach dem zweiten?«

»Nach dem zweiten soll der Nachlaß zu gleichen Teilen an Janet und Tim McClure gehen.«

Ich hatte damit gerechnet, mir als Gedächtnisstütze Notizen machen zu müssen und zum Mitschreiben einen Bleistift und einen Briefumschlag hervorgeholt. In diesem Moment war mir so, als hörte ich auf der anderen Seite der Tür hinter mir ein leises Geräusch. Ich schrieb auf den Umschlag: »Stellen Sie keine Fragen. Reden Sie einfach weiter, egal was passiert. Stellen Sie keine Fragen.«

Mit dem Finger auf den Lippen und einem warnenden Stirnrunzeln reichte ich ihn ihr. Ich sagte: »Sie sollten darüber nachdenken, wen Sie als Zeugen nehmen. Janet sollten Sie beide Male nicht heranziehen, sonst könnten Sie ihre Chancen gefährden, nach den Bestimmungen des Testaments zu erben. Ich fände es viel besser, wenn Sie mich völlig ins Vertrauen ziehen und mir erklären würden, was das Ganze soll. Vielleicht hätte das einen Einfluß auf die Formulierung der Dokumente.«

Mrs. Harper las, was auf dem Umschlag stand, machte den Mund auf, besann sich dann aber eines Besseren, obwohl sie ebenso verwirrt wie aufgeregt war. Sie zeigte den Umschlag Miss Knight, die einen Blick mit ihr wechselte und dann mich ansah. Ich machte eine ungeduldige Handbewegung, und Mrs. Harper nahm das Stichwort auf und sagte: »Miss Knight könnte bei beiden als Zeugin fungieren. Als zweiter ginge, glaube ich, Miles. Über die andere Sache lassen Sie mich einen Moment nachdenken. Ich möchte eigentlich nichts mehr sagen, aber ich möchte auch keinen Fehler machen, indem ich zu wenig sage.«

Sie und Miss Knight beobachteten mich gespannt. Während Mrs. Harper sprach, beugte ich mich vor, schnürte meine Schuhe auf und zog sie aus. Die Terrassentür war offen, und ich ging mit raschen, jedoch behutsamen Schritten auf dem Läufer durchs Zimmer. Ich sagte: »Das mit den Zeugen hört sich vernünftig an. Sie kennen sie besser als ich.«

Miss Knight meldete sich mit irgendeiner Bemerkung zu Wort, und Mrs. Harper führte das Gespräch mit ihr fort. Kurz bevor ich an der Terrassentür war, gab eine Diele unter mir ein lautes Knarren von sich, und ich verschwendete keine Zeit mehr. Ich stürzte auf die Terrasse hinaus, flitzte um die Ecke zur Terrassentür des Arbeitszimmers und schaute hinein. Die Tür zwischen Arbeitszimmer und Halle ging gerade zu. Die Terrassentür war geschlossen. Ich versuchte sie zu öffnen, aber sie war von innen verriegelt. Ich rannte zurück, durchquerte Mrs. Harpers Zimmer und stürzte in die Halle hinaus. Es war niemand zu sehen. Im Speisezimmer konnte ich Stimmen hören und stellte fest, daß Ruth mittlerweile da war und verhört wurde. Draußen vor der Eingangstür fand ich einen Wachposten, der eine Zigarette rauchte. »Ist in den letzten paar Sekunden jemand reingekommen oder rausgegangen?«

Er ließ verstohlen die Zigarette hinter sich fallen, wandte den Kopf ab, damit man den Rauch nicht sah, und sagte: »Kein Mensch, Kumpel, kein Mensch.«

»Ich dachte, Sie sollen drin sein.«

»Stimmt schon, nur – na ja, ich hab' gedacht, ich hör' jemand die Auffahrt rauffahren, und ich hab' strikte Anweisung, jeden Reporter abzufangen – keine Fotos oder so was und kein Rumgelaufe. Bis jetzt haben wir's ganz gut geschafft, die Presse draußen zu halten, und ich wollte keinen Mist bauen.«

Ich sagte: »Sie sind rausgegangen, um eine Zigarette zu rauchen. Zur Hölle, nun gucken Sie mich nicht so an. Von mir aus können Sie eine Pfeife rauchen. Wie lange stehen Sie schon hier? Es ist wichtig.«

Er grinste dümmlich und deutete auf den Zigarettenstummel unter seinem Absatz. Die Zigarette war etwa zur Hälfte geraucht. Als ich wieder zur Eingangstür ging, kam Hillman Jolley gerade die Treppe vom oberen Stockwerk herunter. Ich wartete auf ihn und sagte: »Haben Sie gerade eben jemanden raufgehen sehen?«

Er machte ein verständnisloses Gesicht. »Nein, ist denn jemand raufgegangen?«

»Das frage ich Sie.«

»Ich habe keinen Menschen gesehen.«

Er starrte auf meine bestrumpften Füße, aber ich hielt mich nicht mit Erklärungen auf. Ich rannte zurück in die Halle, machte die Tür auf, die zur Treppe ins Untergeschoß führte, und sah hinunter. Ich konnte nicht das geringste erkennen. Ich kehrte zur Haupttreppe zurück und überdachte die Lage. Wer auch immer aus dem Arbeitszimmer gekommen war, er konnte ins Untergeschoß, nach oben, ins Speisezimmer, in Mrs. Harpers Zimmer, zur Eingangstür hinaus oder durch den großen Bogen in das riesige vordere Wohnzimmer gegangen sein. An das Wohnzimmer schloß sich am anderen Ende ein Wintergarten an, von dem wiederum eine Tür in den Garten auf der anderen Seite des Hauses – vor dem Gesträuch bei der Küche – hinausführte. Es war kein Mensch zu sehen. Niemand war in Mrs. Harpers Zimmer gegangen, und selbst wenn der Polizist an der Eingangstür gelogen hatte, hätte sich auf diesem Weg niemand so schnell dünnmachen können. Hillman Jolley hatte berichtet, daß niemand nach oben gegangen sei. Im Untergeschoß oder im Wohnzimmer nachzusehen, hatte keinen Sinn mehr, somit blieb nur noch das Speisezimmer.

Ich ging hinüber und trat ein. Ruth McClure blickte auf und war erleichtert, mich zu sehen. Mead stand bei der Tür. Der Sheriff und der Polizeichef saßen Ruth am Tisch gegenüber, zwei Polizisten standen drüben am Fenster, und ein Mann stenografierte mit.

»Entschuldigen Sie die Unterbrechung. Ist in den letzten paar Minuten jemand hier reingekommen oder rausgegangen?«

Mead sagte rasch: »Ich stehe schon eine ganze Weile hier.«

Der Sheriff und der Polizeichef sahen sich an und schüttelten die Köpfe. Ich ging in Mrs. Harpers Zimmer zurück und zog mir meine Schuhe an.

Ich versprach Mrs. Harper, irgendwann im Laufe des Tages wiederzukommen, und wollte gerade gehen, als es an ihrer Tür klopfte. Ich sah Mrs. Harper an, zog die Augenbrauen hoch, sie nickte, und so machte ich auf. Es waren Janet und Hillman Jolley, und anstatt herauszugehen, trat ich zurück und hielt ihnen die Tür auf. Ich konnte mir denken, was gleich passieren würde, und wollte es auf keinen Fall verpassen.

Nachdem sie hereingekommen waren, machte ich die Tür hinter ihnen zu. Janet sah mich an und war eindeutig der Meinung, daß es viel besser gewesen wäre, wenn ich die Tür von außen zugemacht hätte und dort geblieben wäre. Mrs. Harper blickte die beiden erwartungsvoll an, und ich denke, sie wußte genauso Bescheid wie ich. Janet ging zu ihrer Mutter hinüber und kniete sich vor sie hin. Mrs. Harper hatte die Hände im Schoß verschränkt, und Janet ergriff sie.

»Mutter, ich weiß, es ist ein merkwürdiger Zeitpunkt, um über so etwas zu reden, aber ich hoffe, du verstehst uns und gibst uns deinen Segen. Hillman und ich lieben uns schon lange, und wir hatten vor, es dir und Vater bei Hillmans nächstem Besuch in Harpersville zu sagen. Jetzt, wo diese entsetzliche Sache passiert ist, findet Hillman mehr denn je, daß unsere Pläne bekanntgemacht werden sollten, damit er uns ungehindert helfen und bei uns wohnen kann, ohne den Klatschmäulern Nahrung zu liefern. Vielleicht wird es vorläufig nicht nötig sein, eine Anzeige aufzugeben, und selbstverständlich gibt es keine Feier, aber wir wollen es auch nicht verheimlichen, deshalb kann es genausogut bekannt gemacht werden. Wir wollen heiraten, sobald es sich unter den gegebenen Umständen schickt.«

Jolley stellte sich neben sie, und als sie zu ihm aufblickte, hatte sie ein Glühen im Gesicht, das für mich ganz wie die große Liebe aussah. Meine Gedanken rasten im Kreis herum wie ein Eichhörnchen im Käfig und kamen einfach nicht davon los, daß vor ein paar Minuten jemand im Nebenzimmer gewesen war und daß dieser Jemand Mr. Hillman Jolley gewesen sein könnte. Wenn er es war, dann wußte er mit Sicherheit, daß Janet Aussichten auf das halbe oder das gesamte ungeheure Harpersche Vermögen hatte. Er hätte Zeit gehabt, aus dem Arbeitszimmer nach oben zu entwischen und dann einfach kehrtzumachen und in aller Unschuld wieder herunterzukommen. Nachdem ich ihn dort getroffen hatte, wäre auch noch genug Zeit gewesen, nach oben zu gehen und Janet einen leidenschaftlichen Antrag zu machen, zumal sie offenbar ohnehin keiner großen Überredung bedurfte. Ich rückte Jolley auf meiner Verdächtigenliste ein, zwei Plätze nach oben, obwohl ich ihn erst nach den Morden an Harper und Miss Katie mit dem Zug hatte ankommen sehen und mir nicht recht klar war, wie er sie hätte begehen können. Ratlos war ich auch, wenn ich daran dachte, daß er bis zum Äußersten gegangen sein könnte, ohne sich auch nur die Mühe zu machen, den Inhalt des Testaments von William Jasper Harper herauszukriegen. Falls er damit rechnete, durch die Heirat mit Janet seine Schäfchen ins Trockene zu bringen, fand ich es schwer vorstellbar, daß er bloß aufgrund der Annahme, ihre Mutter würde irgendwann sterben und Janet wahrscheinlich den größten Teil des Vermögens hinterlassen, ihren Vater ermorden würde. Mehr denn je lag mir an Informationen darüber, ob ein späteres Testament existierte, und ich nahm mir außerdem vor, nachzuprüfen und herauszufinden, ob Jolley tatsächlich in Overton gewesen war, wie er mir gegenüber behauptet hatte. Das Ganze paßte hinten und vorn nicht zusammen, aber dies galt auch für alles übrige, und ich wollte keine Möglichkeit übersehen.

All das schoß mir durch den Kopf, was nicht heißt, daß mir irgendwas von dem, was um mich herum passierte, entging. Mrs. Harper schien nicht überrascht zu sein und wirkte weder begeistert noch enttäuscht. Sie sagte:

»Tja, Janet, wenn du es so siehst, muß ich wohl zustimmen. Nicht, daß es einen großen Unterschied macht. Du bist hochintelligent, und leider habe ich dir in den letzten Jahren nicht so nahegestanden und dich so unterstützt, wie es eine Mutter tun sollte. Du bist durchaus in der Lage, selbst Pläne zu machen und Entscheidungen zu treffen, und ich wäre die letzte, die sich da einmischen würde, selbst wenn ich die Neigung dazu verspüren würde.« Sie blickte zu Jolley auf und brachte ein recht warmherziges Lächeln zustande. »Sie müssen gut zu ihr sein, Hillman«, sagte sie und tätschelte ihm die Hand. »Sie ist wirklich ein liebes Kind und wird Ihnen gewiß eine treue und liebevolle Frau sein. Vielleicht ist es ja ganz gut, einen Mann in der Familie zu haben, der uns helfen kann. Ich kann schließlich nicht viel tun, wissen Sie, und werde möglicherweise nicht mehr lange leben.«

Es war eine richtig bewegende häusliche Szene, und ich sah nicht viel Sinn darin, noch dazubleiben. Die große Neuigkeit hatte ich mitgekriegt, und es gab Besseres zu tun. Ich entfernte mich leise und ging durch die Halle ins Speisezimmer.

Kapitel 16

Das Verhör von Ruth McClure war fast abgeschlossen, und man erlaubte mir ungnädig, es lange genug zu unterbrechen, um herauszufinden, daß ich sie in fünf bis zehn Minuten nach Hause bringen konnte. Ich winkte Mead heraus, und er folgte mir. Ich führte ihn in das große Wohnzimmer, wo wir uns in Sichtweite des Bogens, der zur vorderen Halle führte, in zwei üppige Sessel setzten. Ich behielt ihn genau im Auge und sagte: »Janet und Jolley haben gerade angekündigt, daß sie heiraten wollen.«

Zu meiner nicht geringen Überraschung sagte er: »Ja, ich weiß. Das zeichnet sich schon seit einiger Zeit ab. Jolley ist ja wohl auch wirklich ein ziemlich anständiger Kerl. Er und Janet haben mich aus dem Speisezimmer rausgebeten und mich gefragt, was ich davon hielte, wenn sie es bekanntgäben, und aus meiner Sicht sprach nichts dagegen, sofern es in aller Stille und natürlich ohne das übliche Brimborium stattfände.« Er schenkte mir ein verzerrtes Lächeln, das entschieden gezwungen war, und sagte wehmütig: »Ich kann nicht behaupten, daß ich überglücklich bin. Seit Ediths Tod war ich in meinem großen Haus ziemlich einsam, und es hat keinen Sinn zu leugnen, daß ich selbst ein Auge auf Janet geworfen hatte. Ich war in den letzten drei Jahren oft hier und habe Janet und W. J. häufig zu Gast gehabt. Sie ist ein prima Mädchen.«

Vermutlich sperrte ich Mund und Nase auf. Daß Jolley darauf bedacht war, die Verlobung noch vor meinem Gespräch mit Mrs. Harper anzukündigen, war völlig unvereinbar mit der Theorie, an der ich seit fünf bis zehn Minuten bastelte. Außerdem mußte das Gespräch, von dem mir Mead gerade erzählt hatte, stattgefunden haben, nachdem ich Janet und Hillman gesagt hatte, was im Testament ihres Vaters stand, denn Jolley war morgens gleichzeitig mit mir angekommen, und ich war bis zu dem Zeitpunkt, wo ich die Neuigkeit oben verkündet hatte, mit Mead im Speisezimmer gewesen. Die Chronologie stimmte hinten und vorn nicht. An drei Tatsachen führte kein Weg vorbei: Jolley hatte erfahren, daß Janet nach dem Testament ihres Vaters leer ausging, und sie trotzdem noch vor meiner Zusammenkunft mit Mrs. Harper gedrängt, ihre Verlobung bekanntzugeben. Ich mußte auf dem Holzweg sein, es sei denn, es tauchte noch ein späteres Testament von William Jasper Harper auf. Ich bin ein hartnäckiger Bursche und nahm mir vor, meine Theorie erst dann zu vergessen, wenn dieser letzte Punkt so oder so geklärt werden konnte. Ich beschloß erneut, seine Anwesenheit in Overton zu überprüfen. Falls kein späteres Testament auftauchte und Jolley gestern tatsächlich in Overton gewesen war, dann sah es so aus, als würde ich die Teile meines Puzzles umordnen müssen, denn dann hätte er kein nachvollziehbares Motiv für den Mord an Harper und konnte zudem gar nicht in Harpersville gewesen sein. Und dann war da noch die beunruhigende Geschichte mit Katie Byrnes, die noch schwerer zu begreifen war.

Ich schwieg so lange, daß Mead dachte, das Gespräch sei beendet. Er machte Anstalten aufzustehen.

»Moment noch«, sagte ich. »Ich bin nie dazu gekommen, Sie nach der Liste Ihrer Gäste an dem Abend zu fragen, als mich jemand in den Graben befördert hat. Man versteckt sich nicht aus Jux und Dollerei im Gebüsch und schießt auf vorbeikommende Autos. Irgendwer wollte entweder Sie oder mich erwischen. Je mehr ich darüber nachdenke, desto mehr liegt es auf der Hand, daß ich gemeint war. Wie konnte jemand wissen, daß Ihr Auto in dieser Nacht nach Harpersville unterwegs sein würde, es sei denn, es war einer Ihrer Gäste, der unser Telefongespräch mitbekommen hat? Und wenn es so war, dann wußte dieser Jemand auch, daß ich fuhr und nicht Sie. Ich bin überhaupt nicht scharf auf Leute, die frei herumlaufen und versuchen, mich einfach abzuservieren.«

Er setzte sich und sah aus dem Fenster; ich zog erneut einen Briefumschlag und einen Bleistift aus der Tasche.

»Mal sehen«, sagte er langsam, »das ist erst drei Tage her, und es war keine große Party. Es wird nicht schwer sein, eine komplette Liste zusammenzustellen. Ich war natürlich da. Smallwood und seine Frau. Opdyke und Helen habe ich auch eingeladen, aber sie hatten schon etwas vor. Dr. Woodford Collins und seine Frau. William Jasper Harper und Janet. Hillman Jolley war gerade in Harpersville, und als ich davon hörte, habe ich ihn auch eingeladen. Wie viele sind das?« Ich zählte nach und sagte: »Das sind acht.«

»Tja, das wären dann alle. Es waren bloß acht. Sie waren für halb sieben eingeladen – etwas früher, als es üblich ist, aber Harper erschien morgens immer in aller Herrgottsfrühe in der Firma und nahm keine Einladung an, wenn er nicht zeitig wieder zu Hause sein konnte. Wir haben ein paar Cocktails getrunken, und das Essen wurde meiner Erinnerung nach so gegen sieben serviert. Nach dem Essen haben wir im Wohnzimmer einen Likör getrunken und geplaudert. Sie müssen so gegen halb zehn angerufen haben. Da machte sich die Gesellschaft gerade zum Aufbruch fertig. Harper hatte bereits gesagt, daß er nach Hause wollte, und da Janet mit ihm gekommen war, puderte sie sich oben eben noch die Nase.«

»Sie sagen, Janet ist mit ihrem Vater gekommen? Und wo war Jolley? Was war mit ihm? Ich würde doch meinen, daß Janet mit ihm gefahren sein müßte.«

»Ja richtig«, sagte Mead mit nachdenklicher Miene. »Wie war das gleich? Ich weiß noch genau, daß Janet mit ihrem Vater gekommen ist und sich zum Aufbruch fertiggemacht hat, als er sagte, daß er gehen wolle. Moment. Janet ist mit ihrem Vater gekommen. Jolley hatte sich eins von ihren Autos geliehen und war an dem Tag schon früher in die Stadt gefahren. Von dort aus ist er dann zu uns gestoßen. Er kam ein bißchen später als die anderen. Ich meine, es war die Rede von einem Besuch, den er vor der Rückfahrt nach Harpersville noch in der Stadt erledigen wollte.«

»Wenn Harper also mit Janet gekommen ist, dann wahrscheinlich in der großen Limousine. Was ist mit Miles? Hat er sie gefahren, oder ist Janet gefahren?«

»Sie meinen Miles, den Chauffeur? Ja, ich glaube, er hat sie gefahren. Als ich nach dem Gespräch mit Ihnen aufgelegt habe, kamen die Gäste gerade nach und nach in die Halle, um ihre Mäntel zu holen. Sie haben mich das schon an dem Abend gefragt, als Sie mich aus Harpersville angerufen haben, und da habe ich Ihnen gesagt, ich hätte keine Veranlassung gehabt, irgend etwas zu verheimlichen, und ihnen deshalb erzählt, daß es mein Juniorpartner gewesen sei, der sich das Auto leihen wollte, um nach Harpersville zu fahren.«

Mehr war nicht zu erfahren. Ich hatte auf etwas gehofft, was mir weiterhelfen konnte, aber wenn etwas dabei war, blieb es mir verborgen. In der Nacht zuvor war ich eine Zeitlang davon überzeugt gewesen, kurz davor zu sein, das Gesamtmuster der Sache zu erkennen, aber jedesmal, wenn ich ein Teilchen fand, schien es eine andere Farbe und die falsche Form zu haben, und mittlerweile war ich schlechter dran als je zuvor.

Als Ruth aus dem Speisezimmer kam, wirkte sie erschöpft. Ich entschuldigte mich bei Mr. James Mead und ging zu ihr in die Halle. Sie schenkte mir ein Lächeln, aber ihre Unterlippe zitterte, und ich sah, daß sie den Tränen nahe war.

»Bringen Sie mich nach Hause, Gil«, sagte sie und drückte mir die Hand. »Ich bin mit den Kräften so ziemlich am Ende. Die sagen, es gäbe nichts Neues von Tim, und ich weiß einfach nicht mehr, was ich tun soll. Ich habe die Gewalttätigkeit und diese ganzen unbegreiflichen Ereignisse gründlich satt.«

Das Telefon gellte durchs Haus wie eine Feuersirene. Der Sheriff riß die Speisezimmertür auf, erspähte den Apparat auf der Konsole in der vorderen Halle und schnappte sich den Hörer. Wir lauschten alle wie gebannt. Mir sank das Herz in die Hose, als ich sein zufriedenes Gesicht sah. Kurz darauf legte er den Hörer auf und strahlte uns beinahe an. »Sie haben Tim McClure geschnappt«, sagte er. »Und nicht nur das: Sie haben eine Pistole gefunden, die bei den McClures versteckt war, und ich wette zehn zu eins, daß es die ist, mit der Harper erledigt wurde.« Wir standen regungslos da. Man merkte, daß er noch etwas in petto hatte und daß das der Knüller war. Er ließ uns eine ganze Weile glotzen und sagte dann: »Es ist Tims Pistole. Ich denke, der Fall ist so gut wie abgeschlossen.«

Mein erster Gedanke galt Ruth. Sie hatte schon vor diesem Anruf mitgenommen genug gewirkt, und wenn sie jemals einen gebraucht hatte, der ihr half, den Kopf hochzuhalten, dann jetzt. Mich hätte es keineswegs gewundert, wenn sie in Tränen ausgebrochen oder in Ohnmacht gefallen wäre, aber als man das Material ausgesucht hat, aus dem Ruth McClure gemacht worden ist, hat man sich offensichtlich für reinste schottische Wolle ohne Beimischung billiger Ersatzstoffe entschieden. Anstatt schlappzumachen, kam ihr Kopf hoch, und in ihren Augen lag ein Blitzen, das wundervoll war.

»Ihr seid ein Haufen Idioten«, sagte sie wütend, »und zwar allesamt.« Sie wandte sich an mich. »Die sind alle gegen Tim. Ich bin für ihn. Ich gehe jetzt gleich ins Gefängnis und rede mit ihm. Wenn Sie meinen, daß das Schiff sinkt, können Sie es verlassen wie alle anderen Ratten.«

»Seien Sie nicht albern«, sagte ich, so milde ich konnte. »Ich bin zwar eine Ratte, aber das Schiff sinkt nicht, und bis es das tut, bleibe ich auf jeden Fall an Bord.«

Ich nahm ihren Arm, lotste sie hinaus und die Eingangstreppe hinunter zur Auffahrt, und dann dämmerte mir, daß ich mit dem Taxi gekommen war und die Polizei Ruth hergebracht hatte und wir demzufolge ohne fahrbaren Untersatz waren. Ich war nicht in der Stimmung, mir von irgendwem auf den Kopf spucken zu lassen, deshalb stakste ich wieder ins Haus und verlangte gebieterisch die Schlüssel von einem der Polizeiwagen. Glauben Sie's oder nicht, ich bekam sie.

Wir waren schon auf halbem Wege in die Stadt, ehe einer von uns etwas sagte. Ich sah Ruth aus dem Augenwinkel an, und die Ereignisse begannen, ihren Tribut zu fordern. Ihre Unterlippe zitterte wieder, und in dem mir zugewandten Auge hing eine riesige Träne, die drauf und dran war, ihr ganzes Make-up zu ruinieren. Ich reichte ihr mein Taschentuch, und sie schneuzte sich laut und ausgiebig. Als sie es mir zurückgab, sagte sie mit stockender Stimme: »Das mit der Ra-Ra-Ratte hab' ich nicht so gemeint. Ich weiß auch nicht, was in mich gefahren ist. Wenn ich Sie nicht hätte, wäre ich aufgeschmissen.«

»Schon gut«, sagte ich munter. »Ich denke an eine andere Ratte, und ich glaube, die bin ich. Ich denke an den Kinderreim, wo die Ratte am Seil zu nagen beginnt, das Seil den Fleischer zu hängen beginnt, der Fleischer den Ochsen zu schlachten beginnt, das Wasser das Feuer löscht und so weiter, bis der Jockel den Hafer schneidet und nach Hause kommt.«

Es war zu erkennen, daß sie ihre Gedanken von etwas anderem losriß und auf das richtete, was ich gerade gesagt hatte, und man sah förmlich, wie die Rädchen sich drehten, während sie die Linsen auf einen Punkt fixierte. Ich ließ sie ein Weilchen grübeln. Schließlich sagte sie:

»Sie meinen, es gibt eine Kette von Ereignissen, die alle zusammenhängen, und Sie sind kurz davor, die einzelnen Glieder zu erkennen?«

»Ob ich kurz davor bin, weiß ich nicht, aber ich glaube, die meisten liegen direkt vor mir auf dem Tisch. Ich weiß nicht, welches genau auf welches folgt, und ich habe das schreckliche Gefühl, daß ein oder zwei der wichtigsten Glieder irgendwo auf dem Meeresgrund liegen, aber wir werden sie schon finden, und wenn ich mir einen Taucherhelm aufsetzen und selber runtergehen muß. Als erstes müssen Sie mir einen Gefallen tun und Ihren Besuch bei Tim so lange aufschieben, bis Sie mir etwas geholt haben, was ich brauche.«

»Hat das nicht Zeit?«

»Nein, aber keine Sorge, das dauert keine Minute. Okay?«

»Wenn Sie meinen.«

Ich wendete an der nächsten Ecke, wir fuhren zurück und hielten vor Ruths Haus. Ich stellte nicht einmal den Motor ab. Ich sagte: »Ich glaube, ich habe im Wohnzimmer ein Bild von Ihrem Vater gesehen. Seien Sie so lieb, und holen Sie mir das rasch. Ich fahre Sie dann gleich zu Tim.«

Sie hatte nicht den leisesten Schimmer, was ich damit anfangen wollte, aber sie stieg aus und lief ins Haus. Keine Minute später war sie wieder da, und wir fuhren los.

»Es ist die Ungewißheit, die mir so zu schaffen macht, Gil. Ich kapiere überhaupt nichts. Ich weiß nur, daß Tim nie im Leben Mr. Harper umgebracht hat. Er ist nicht der Typ, der einen Menschen in den Hinterkopf schießen würde. Wahrscheinlich würde er überhaupt nicht schießen. Er hat die Kraft eines Dampfhammers, und wenn er überhaupt so etwas tun wollte, würde er einen einfach beim Genick packen und es in kleine Stückchen brechen, ohne sich groß anzustrengen. Können Sie mir nicht wenigstens so viel sagen, daß ich es schaffe, nicht durchzudrehen?«

»Ich würde ja, Ruth, aber ich bin mir nicht sicher, ob ich selbst soviel weiß. Ich weiß, daß hier zwei Ereignisketten ablaufen. Ob sie getrennt oder zusammen ablaufen – oder ob nur eine ausschlaggebend ist –, weiß ich genausowenig wie Sie. Außerdem habe ich beide noch nicht komplett rekonstruiert, und die, die ich für die wichtigere halte, ist fürchterlich verheddert, und dann gibt es da noch einige offensichtlich äußerst wichtige Dinge, die ich nicht weiß und weder begreifen noch ausknobeln kann.«

»Wenn Sie laut dächten, könnte ich Ihnen vielleicht helfen.«

»Meinen Sie, Sie halten das aus?«

»Können Sie nach allem, was ich schon aushalten mußte, daran zweifeln?«

»Nein, wahrscheinlich nicht. Na schön, aber sagen Sie nicht, ich hätte Sie nicht gewarnt. Fertig?«

»Nur zu.«

»Auf einiges sind Sie sicher schon von selbst gekommen. Es besteht wohl kein Zweifel daran, daß Tim der Sohn von William Jasper Harper ist, und ich könnte mir gut vorstellen, daß seine Mutter Miss Katie war. Es wurde irgendeine Abmachung getroffen, und Ihr Vater und Ihre Mutter haben Tim adoptiert. Vielleicht hat es auch keine Abmachung gegeben. Jedenfalls scheint sicher zu sein, daß sowohl Ihr Vater als auch Miss Katie über viele Jahre hinweg von William Jasper Harpers Geld gelebt haben, wahrscheinlich seit Tims Adoption im Mai 1915.«

Ich weiß nicht, wieviel von alldem für Ruth McClure neu war, einiges davon war jedenfalls ein fürchterlicher Schock. Als ich sie ansah, tat es mir leid, daß ich so schnell damit herausgeplatzt war. Aus ihrem Gesicht war alle Farbe gewichen, und ihre Fäuste waren so fest geballt, daß die Knöchel weiß hervortraten. Ich fuhr rechts ran und stellte den Motor ab.

»Es tut mir leid«, sagte ich reumütig, »ich hätte nicht so direkt sein dürfen. Sie sehen schlecht aus. Geht's wieder?«

Mit sichtlicher Mühe riß sich Ruth zusammen und sah mich entschlossen an. »Es geht schon wieder«, sagte sie mit einer leisen, gezwungen klingenden Stimme. »Die häßlichen Folgerungen, die sich daraus ergeben, waren alle auf einmal einfach zuviel für mich, das ist alles. Es hilft nichts, wenn ich Augen und Ohren verschließe. Ich will alles wissen. Fahren Sie fort.«

»Ich halte das nicht für klug. Verschieben wir es auf ein andermal. Ich glaube, ein Schluck Whisky täte Ihnen gut. Sie haben eine Menge durchgemacht, und es ist ein Wunder, daß Sie sich nach alledem noch auf den Beinen halten können.«

»Nein, seien Sie ganz offen zu mir. Es geht schon wieder. Sie brauchen sich nicht um mich zu sorgen.«

»Na gut, wenn Sie meinen. Aber denken Sie dran, ich bin auf Ihrer Seite, und wenn ich sage, was ich für eine Tatsache halte, dann heißt das nicht, daß ich alle unschönen Folgerungen glaube, die sich möglicherweise aufdrängen. Die Sache muß geklärt und die Lösung muß gefunden werden, und wie Sie sagen, schaffen wir das nicht, wenn wir Augen und Ohren verschließen und uns etwas vormachen. Offensichtlich hat Miss Katie weder von ihrem Garten noch von ihren Hühnern gelebt. Wahrscheinlich hat sie nicht mal genug Eier für ihr eigenes Frühstück gehabt. Sie hat sie im Lebensmittelgeschäft gekauft, und was sie nicht Ihnen und Tim geschenkt hat, hat sie angeblich Harper verkauft. Aber das haut nicht hin, denn sie hat sie als Landeier bezeichnet, was sie nicht waren, und sie für weniger verkauft, als sie selbst dafür bezahlt hat. Man braucht keine Registrierkasse zu sein, um zu wissen, daß sich so nichts verdienen läßt. Nicht mal Harper hat mir weismachen wollen, daß sie vom Gewinn lebt, und er hat mir selbst erzählt, daß er ihr alle paar Tage oder Wochen aus reiner Nächstenliebe etwas zugesteckt hätte, aber auch das glaube ich nicht. Sie und Tim wissen, daß Sie nicht von 35 Dollar die Woche schicke Schulen besucht, sich gut angezogen und einen eigenen Wagen gefahren haben. Das Konto Ihres Vaters ist ein 35-Dollar-die-Woche-Konto, aber jeder Posten, der wirklich von Interesse wäre, taucht nicht darin auf. Harper bietet an, Ihre Aktien zu einem absurden Preis zu kaufen, was schon eigenartig genug ist, aber er knüpft eine Bedingung daran, die zum Himmel stinkt. Warum sollte er den Nachlaß Ihres Vaters ordnen und sämtliche Unterlagen, die man finden kann, übernehmen wollen, wenn die Unterlagen nicht irgendwie eine Verbindung zu ihm herstellen? Wir können so loyal sein, wie wir wollen, aber wir dürfen uns nichts vormachen.«

»Sie glauben also, mein Vater wäre über die Sache gestolpert und hätte eine Möglichkeit gefunden, daran zu verdienen? Um es ganz brutal zu sagen, Sie denken an Erpressung.« Ihre Stimme war tonlos und nüchtern wie eine Stimme, die aus einem dicken, kalten Klumpen mitten im Körper kommt.

»Das wäre eine Erklärung. Es gibt vielleicht noch andere. Ich behaupte nicht, daß ich das für die richtige Lösung halte.«

»Aber befürchten tun Sie's schon.«

»Ich weiß nicht. Man soll eben nicht daherreden, solange man noch wie ein Blinder im dunkeln herumtappt.«

»Und es bedeutet außerdem, daß Tim ein – nun ja – uneheliches Kind ist.«

»Da bin ich mir sicher. Aber denken Sie dran, Tim ist Tim, ganz gleich, wer sein Vater und seine Mutter gewesen sein mögen, und ganz gleich, was passiert sein mag. Es ist schon eine verrückte Welt, die die Sünden der Eltern an den Kindern vergilt.

Mir persönlich ist es – genauso wie Ihnen – völlig egal, wer Tim ist oder woher er stammt. Er ist da, und er ist in meinen Augen hundertprozentig in Ordnung, und davon lasse ich mich nicht abbringen. Was wir Gesellschaft nennen, und dazu gehören wir alle, ist ein Haufen Trottel. Was immer Sie sonst noch über William Jasper Harper denken, vergessen Sie nie, daß er, aus welchem Grund auch immer, mehr als 30 Jahre lang auf seine Art für sein Fleisch und Blut gesorgt und sich – vermutlich aus verdrehtem Schamgefühl oder Gerechtigkeitssinn oder Anstandsgefühl oder sonst was – bemüht hat, das menschliche Produkt seines jugendlichen Leichtsinns zu schützen.«

»Aber die Geschichte hat eine entscheidende Schwäche.«

»Ja, ich weiß. Sie wissen, daß Ihr Vater keine krummen Sachen gemacht hat. Ich habe ihn nicht gekannt, aber ich kenne Sie besser, als Sie denken, und Sie haben recht. Irgendwas stimmt da nicht, und wir müssen rauskriegen, was. Jedenfalls müssen wir von der Annahme ausgehen, daß etwas nicht stimmt. Irgendwie habe ich das Gefühl, daß man die ganze Sache so zu einfach sieht. Entweder zu einfach oder völlig schief. Es erklärt überhaupt nichts. Es erklärt nicht, warum William Jasper Harper umgelegt wurde. Er war die Gans, und der Vorrat an goldenen Eiern war vermutlich unerschöpflich.«

»Ja, das stimmt. Aber der Sheriff und der Polizeichef werden das nicht so sehen. Sie werden annehmen, daß Tim die Teile schließlich von allein gefunden und das Puzzle zusammengesetzt hat. Sie werden annehmen, daß er den Kopf verloren und Harper umgebracht hat, aus der verrückten Vorstellung heraus, er könnte dadurch seine Herkunft vertuschen. Sie werden annehmen, daß er geflüchtet ist und hinter Miss Katie her war, nachdem er im Gefängnis Zeit gehabt hatte, über alles nachzudenken, und zu dem gleichen Schluß gekommen war wie Sie. Es wird alles nach Schema F laufen. Das geht ganz leicht. Ich würde keinen alten Hut darauf wetten, daß sie nicht beweisen, daß es Tims Revolver war. Die ganze Sache wird einfach und schlüssig ausgehen.«

»Genau das habe ich mir auch schon überlegt. Eben deshalb müssen wir uns ja beeilen. Wenn es nicht Tim war, dann läuft der Täter frei herum, und nach allem, was wir wissen, gibt es vielleicht eine Fortsetzung der Geschichte. Wir kennen nicht mal ihre Handlung und die Figuren darin. Wir müssen uns beeilen.«

»Was jetzt?«

»Es ist 20 vor 10. Das Gericht öffnet um zehn. Sie gehen rein und sagen Tim, er soll die Ohren steifhalten. Wir treffen uns dann vor dem Gericht und lassen Sie umgehend als Testamentsvollstreckerin Ihres Vaters bestätigen. Wir müssen etwas ganz Bestimmtes herausfinden, und wir erreichen gar nichts, wenn wir nicht mit amtlichen Befugnissen ausgestattet sind.«

Sie sagte kein Wort, sondern griff nach dem Zündschlüssel und drehte ihn. Ich fuhr sie zum Gefängnis, setzte sie ab und parkte dann vor dem Gerichtsgebäude.

Kapitel 17

Die Filiale der Telefongesellschaft lag genau gegenüber. Ich wechselte einen Fünfdollarschein in eine Handvoll Kleingeld, ging in eine Zelle und ließ mich mit dem Büro von Yoland & Jolley in Louisville verbinden. Als ich eine Minute später die Stimme von Miss Judson erkannte, sagte ich: »Hier spricht der Polizeichef von Harpersville.«

»Wie bitte?«

»Harpersville, Harpersville, haben Sie's jetzt mitgekriegt?«

»Ja, ich hab's mitgekriegt, Harpersville. Wer, sagten Sie, sind Sie?«

»Ich sagte, ich bin der Polizeichef.«

»Ah ja, ich verstehe. Mit wem möchten Sie sprechen?«

»Sie reichen mir. Es ist wichtig, daß ich umgehend Mr. Jolley erreiche. Wie ich gehört habe, ist er verreist. Wo kann ich ihn erreichen?«

»Könnten Sie mir ungefähr sagen, worüber Sie mit ihm sprechen wollen? Vielleicht kann Ihnen jemand anders im Büro Auskunft geben.«

»Lady, wenn ich mit jemand anders reden wollte, würde ich es sagen. Ich möchte mich mit Mr. Hillman Jolley in Verbindung setzen. Wo ist er? Ist das ein Geheimnis?«

»Natürlich nicht«, sagte sie hastig, »ich wollte Ihnen nur weiterhelfen. Einen Moment, bitte.«

Ich wußte, daß dieses ›Einen-Moment-Getue‹ reine Masche war, aber ich konnte nichts dagegen tun, und so blieb ich am Apparat und wartete. Ich konnte Absätze klacken und eine Tür auf- und zugehen hören. Kurz darauf ging wieder eine Tür auf und zu, dann sagte Miss Judson: »Mr. Jolley war gestern in Overton. Einer der Buchhalter hat heute mit Mr. Yoland gesprochen und berichtet, Mr. Jolley hätte von ... von dieser Sache in Harpersville erfahren und im Hotel hinterlassen, daß er mit dem Nachtzug hinfahre. Ist Mr. Jolley denn nicht in Harpersville?«

»Wenn er's wäre, würde ich dann anrufen? Was hatte er in Overton zu tun? Ich werde selbst dort anrufen und zusehen, was ich herausfinden kann.«

»Tja, ich nehme an, das geht schon in Ordnung. Er ist hingefahren, um mit dem Jahresabschluß des Overton Christian College anzufangen.«

»Warum haben Sie das nicht gleich gesagt?« sagte ich und legte auf.

Ich wartete etwa 30 Sekunden und ließ mich dann mit dem Geschäftsführer des Overton Christian College verbinden. Ja, Mr. Hillman Jolley sei dagewesen. Nein, er sei nicht mit den Buchhaltern gekommen. Die seien schon vor ein paar Tagen gekommen, um mit der Kleinarbeit anzufangen. Mr. Jolley sei am späten Vormittag gekommen. Er sei zum Lunch geblieben und habe mit ihm, dem Geschäftsführer, zusammen gegessen. Ja, nach dem Lunch sei er noch eine Weile geblieben und habe dann gemeint, er habe noch einen Termin mit einem anderen Klienten. Den Buchhaltern habe er gesagt, er sei im Palace Hotel zu erreichen. Nein, den Namen des anderen Klienten wisse er nicht.

Ich legte auf und rief beim Bahnhof an. Overton lag an der Hauptstrecke von Louisville über die City und weiter über Harpersville. Von Louisville waren es etwa 160 Kilometer. Es gab einen Zug, der gegen zehn Uhr morgens in Louisville abfuhr und gegen halb eins in Overton war. Es gab noch einen Nachtzug, der um 22 Uhr 10 in Louisville abfuhr und um 0 Uhr 42 in Overton war. Ja, das sei der Zug, der um 7 Uhr 38 morgens in Harpersville ankomme.

Ich weiß nicht, ob es das war, was ich erwartet hatte. Nahm man es für bare Münze, sah es so aus, als wäre Hillman Jolley sauber.

Ich ging auf die andere Straßenseite, wo Ruth bei dem Polizeiwagen auf mich wartete. Es war zehn Uhr. Im Gericht war nicht viel los. Ruth legte das Testament ihres Vaters vor, das sie nicht nur zur Testamentsvollstreckerin bestimmte, sondern auch auf Bürgschaften und Sicherheiten verzichtete, so daß wir binnen 15 Minuten fertig waren. Ich bat den Urkundsbeamten um zwei zusätzliche beglaubigte Abschriften des Nachlaßverwalterzeugnisses, die wir zehn Minuten später auch bekamen. Es war 10 Uhr 25, als wir über die Straße zur Farmers & Traders Bank gingen.

Ich sagte: »Wir machen das bloß, weil es einfach ist. Ergebnisse wird es keine bringen. Ich glaube, Ihr Vater hatte irgendwo ein Bankschließfach, aber ich glaube nicht, daß es auf seinen Namen lief, und in Harpersville wäre er mit einem falschen Namen nicht durchgekommen. Trotzdem wäre es dumm anzufangen, auf den Busch zu klopfen, ehe man vor seiner eigenen Haustür nachgesehen hat.«

Ich hatte recht. Die Farmers & Traders Bank hatte kein Schließfach auf den Namen John McClure. Alle in der Bank kannten ihn, wie sie alle anderen in der Stadt kannten, und ein Irrtum war ausgeschlossen. Von dort gingen wir zur Citizens Bank & Trust Company, und von da zur First National Bank of Harpersville, beide Male mit dem gleichen Ergebnis.

»Tja, das wär's«, sagte Ruth. »Die Welt ist groß, wo gehen wir jetzt hin?«

»Zuerst bringen wir den Polizeiwagen zum Präsidium und geben die Schlüssel ab. Der Polizeichef täte nichts lieber, als mich wegen versuchten Diebstahls von öffentlichem Eigentum hochzunehmen. Vorher können wir noch bei Ihnen vorbeifahren und Ihr Auto holen. Meins steht immer noch in der Auffahrt von Harpers, das hatte ich heute morgen völlig vergessen. Sie holen mich beim Polizeirevier ab, dann fahren wir in die City.«

»Warum ausgerechnet dorthin?«

»Warum nicht? Versetzen Sie sich an die Stelle Ihres Vaters. In eine Kleinstadt würde er nicht gehen, weil das Risiko, nach einer Weile erkannt zu werden, zu groß wäre. Die Stadt ist nur 40 Kilometer entfernt und so groß, daß es keinen kümmert, wer aus dem Umland hereinkommt. Wenn er weiter weg ginge, käme er bei Bedarf nicht bequem an das Schließfach heran.«

Um 11 Uhr 15 stellten wir das Auto in einer Garage in der Innenstadt ab.

Auf der Herfahrt war mir eingefallen, daß wir beide nicht gefrühstückt hatten, und so suchten wir uns ein Restaurant, und ich bestand darauf, daß wir ungeachtet der eigenartigen Tageszeit vor dem Essen einen Cocktail tranken. Es dauerte lange, bis das Essen kam, und der Cocktail tat gut. Während wir warteten, bat ich um das Telefonbuch und schrieb mir die Namen und Adressen sämtlicher Banken heraus. Ich kannte die Stadt wie meine Westentasche, wollte aber nicht das Risiko eingehen, eine zu übersehen.

»Wir werden wahrscheinlich jede einzelne abklappern müssen«, sagte ich. »Ich weiß partout nicht, ob ich zu einer der größten ginge, weil ich mir überlegen würde, daß ihre Größe und Hektik Anonymität böten, oder ob ich zu einer kleineren ginge, weil ich mir überlegen würde, daß es dort weniger wahrscheinlich wäre, zufällig jemanden aus Harpersville zu treffen, was peinlich sein könnte.«

Ruth sah sich die Liste an, die ziemlich lang war. Sie sagte: »Wir beeilen uns besser. Denken Sie dran, daß die Banken um zwei schließen, und wenn die Lösung hier zu finden ist, dann will ich nicht bis morgen darauf warten.«

Wir aßen hastig und starteten unsere Runde. Mit dem Nachlaßverwalterzeugnis als Bestätigung hatten wir keine Probleme, unser Interesse glaubhaft zu begründen, und die Prozedur war überall die gleiche. Die erste Frage war immer, ob es ein Schließfach unter dem Namen John McClure gab? Falls nein – erkannten die Angestellten im Tresorraum sein Bild und brachten es mit einem anderen Namen in Verbindung? Es war zum Verrücktwerden, weil wir zu einer Zeit unterwegs waren, wo einer oder mehrere der Angestellten im Tresorraum Mittagspause machten. Wir konnten nicht auf alle warten, deshalb notierte ich mir sorgfältig die Namen der Leute, die wir nicht antrafen, und wir zogen weiter. Es war acht Minuten vor zwei, ehe überhaupt ein Lichtblick am Horizont erschien. Der Kassierer der Haymarket State Bank & Trust Company meinte, das Bild zu erkennen. In beträchtlicher Aufregung folgten wir ihm in den Tresorraum, wo sich ein alter Knabe mit schlaff herabhängendem Schnurrbart, der schon 40 Jahre hier arbeitete, die Brille zurechtrückte, das Bild betrachtete und sagte: »Ja, das ist John McCall. Kommt alle acht bis zehn Tage. Schon seit Jahren.«

Ich sagte: »Sein richtiger Name war McClure. Fragen Sie mich nicht, warum. Er ist vor etwa zwei Wochen gestorben, und das ist seine Tochter, die auch seine Testamentsvollstreckerin ist. Ich bin ihr Anwalt. Rufen Sie Mead, Opdyke, Smallwood, Garrison & Henry an, und prüfen Sie es nach, wenn Sie wollen. Die Nummer ist Main 8247.«

Sie nahmen das Nachlaßverwalterzeugnis, studierten es und gingen unter Gemurmel zusammen weg. Als sie wiederkamen, sagte der Kassierer: »Verstehen Sie mich recht, Mr. Henry, wir zweifeln nicht an Ihren Worten oder so etwas, aber wir brauchen doch mehr als das hier. Wir sind überzeugt, daß Miss McClure Testamentsvollstreckerin von John McClure ist, wie es hier steht, aber wir müssen eindeutig nachweisen, daß John H. McClure John McCall war, ehe wir Sie an das Schließfach lassen können. Wenn uns ein Irrtum unterliefe, kämen wir in Teufels Küche.«

Ich trommelte mit den Fingern auf der Schreibtischplatte. Es war nicht auszuhalten, so nahe dran und doch so weit weg zu sein.

»Hören Sie«, sagte ich zu Ruth, »es ist mir zwar unangenehm, aber mir fällt keine bessere Möglichkeit ein. Das Bild Ihres Vaters war am Tag nach seinem Unfall in der *Harpersville Gazette;* ich überlege, ob wir möglicherweise hier in der City eine Ausgabe auftreiben könnten.«

»Zeitungen haben Archive«, meinte sie.

Ich nahm den Hörer ab, rief die Redaktion des *Inquirer* an und fragte, ob ihr Archiv alte Ausgaben der *Harpersville Gazette* hätte. Eine muffflige Frau sagte, sie bewahrten alte Ausgaben der Provinzzeitungen eine Weile auf und würden sie dann wegwerfen. Vielleicht hätte sie die *Harpersville Gazette* von vor zwei Wochen noch, vielleicht auch nicht. Wir könnten gerne herkommen und nachsehen, sie selbst hätte allerdings anderes zu tun und für so etwas keine Zeit. Ich sagte Ruth, wo die Redaktion des *Inquirer* lag, und sie meinte, sie würde hinfahren und schauen, was sie finden könne. Unterdessen erfuhr ich, daß das Schließfach die Nummer 1087 hatte, und durfte durchs Gitter sehen und es betrachten. Dann fiel mir ein, daß ich ja gar nicht den Schlüssel hatte, und das warf ein neues Problem auf.

»Selbstverständlich brauchen Sie den Schlüssel«, sagte der Kassierer ziemlich herablassend. »Man braucht zwei. Wir haben einen Hauptschlüssel, der in das obere Schlüsselloch paßt, und den anderen hat der Schließfachbenutzer. Wenn nicht beide gleichzeitig hineingesteckt und herumgedreht werden, geht das Schließfach nicht auf.«

»Verlieren denn die Leute nicht manchmal Schlüssel? Ich schon. Ich verliere ungefähr einen pro Tag. Das kann jedem passieren. Was machen Sie dann?«

»Selbstverständlich haben wir keine Benutzernachschlüssel, Mr. Henry. Davon wird jeweils nur einer angefertigt. Wenn wir Nachschlüssel hätten, würden wir tausendmal im Jahr von Leuten verklagt, die Zeter und Mordio schreien würden, wir hätten ihre Schließfächer durchschnüffelt und ihre sämtlichen Wertsachen gestohlen. Wenn der Schlüssel verlorengeht, müssen wir den Schlosser kommen und das Schließfach aufbohren lassen. Dafür wird eine Einheitsgebühr von drei Dollar erhoben, für die es auch einen neuen Schlüssel gibt.«

Ich sagte: »Dann holen Sie den Schlosser. Sie werden von unserer Geschichte überzeugt sein, sobald Miss McClure mit dem Zeitungsartikel zurückkommt und Sie sehen, daß wir die Wahrheit sagen.«

Der Kassierer und der Aufseher des Tresorraums zogen sich erneut zur Beratung zurück und sahen dann auf die Uhr. »Ich fürchte, Sie müssen morgen wiederkommen, Mr. Henry. Bankbestimmungen, Sie verstehen. Wir stehen Schließfachbenutzern gern auch außerhalb der Öffnungszeiten zur Verfügung, aber es würde einige Zeit dauern, bis der Schlosser hier ist, und selbst dann – immer vorausgesetzt, Ihre Geschichte läßt sich belegen, woran ich nicht zweifle – dürfen Sie das Schließfach eines Verstorbenen nur in Anwesenheit eines Vertreters der Staatlichen Finanzverwaltung öffnen. Wir können es nicht ändern.«

Er hatte vollkommen recht, und ich gab mir im Geist einen Tritt. Andererseits hätte ich auch gar nicht anders handeln können, denn ich hatte ja nicht gewußt, ob wir Glück haben würden oder nicht, und hätte schlecht den ganzen Tag mit einem Schlosser und einem Finanzbeamten durch die Gegend kutschieren können. Ich ging ans Telefon und rief das Büro des örtlichen Vertreters der Staatlichen Finanzverwaltung an, aber der Mann war außer Haus und würde erst morgen früh wieder im Büro sein. Man konnte mir nicht sagen, wo er zu erreichen war.

Es war zum Wahnsinnigwerden. Selbst wenn ich ihn erreichen könnte, müßten erst noch die Bankleute überzeugt und ein Mann gerufen werden, um das Schließfach aufzubohren, und es war bereits halb drei. Und wenn ich an das Schließfach herankäme, gab es keine Garantie, daß ich etwas Nützliches finden würde. Angenommen, es enthielte jede Menge Belege über von William Jasper Harper erhaltenes Geld? Na wenn schon, das wußte ich bereits. Ich wütete herum und verfluchte mein Pech, als um Viertel vor drei ein Anruf von Ruth kam, die sagte, daß der *Inquirer* die betreffende Ausgabe der *Harpersville Gazette* nicht mehr habe. Sie müßte in Harpersville eine besorgen. Ich legte niedergeschmettert auf, griff nach meinem Hut und wollte gerade gehen, als der Kassierer fragte, ob er für morgen einen Termin machen könne. Ich sagte ja. Wenn er den Schlosser und den Finanzbeamten um neun Uhr da hätte, kämen Ruth und ich dann wieder und brächten all das Zeug mit, das wir brauchten. Derweil hatte sich Hängeschnurrbart mit dem uniformierten Wächter unterhalten und geriet dabei ziemlich aus dem Häuschen. Er kam zu mir und sagte: »Der Wächter hat mich gerade daran erinnert, daß heute schon mal jemand wegen dem Schließfach gefragt hat. Hatte den Schlüssel und alles. Hat gesagt, John McCall wäre krank, und es wäre dringend. Ich war zu der Zeit nicht da. Der Wächter hat ihn an Miss Crenshaw verwiesen, und Miss Crenshaw hat gesagt, er bräuchte eine Vollmacht, ehe wir ihn dranlassen könnten. Er war ziemlich ungeduldig und verärgert, hat aber schließlich gesagt, na gut, er würde sich eine Vollmacht besorgen, wenn es sein müßte, aber Mr. McCall würde das nicht gefallen.«

»Haben Sie gesagt ›Er‹?« fragte ich. »Es war ein Mann?«

»Ich selber hab' ihn nicht gesehen, aber das hat der Wächter gesagt.«

Ich redete mit dem Wächter, und es war tatsächlich ein Mann gewesen, den der Wächter jedoch ebensowenig beschreiben konnte, wie ich den Gouverneur von Maine beschreiben könnte. Er konnte sich nicht erinnern, ob er groß oder klein, dick oder dünn, blond oder brünett war. Ich gab ihnen meinen Namen, die Nummer meiner früheren Arbeitsstelle und die Nummer der McClures in Harpersville und sagte ihnen, sie sollten die Polizei rufen und mich so rasch wie möglich telefonisch benachrichtigen, falls der Mann noch einmal auftauchte. Ich versprach ihnen, einen Haftbefehl zu erwirken, und garantierte, sie aus Schwierigkeiten herauszuhalten. Ich verwies sie erneut an die Kanzlei Mead, Opdyke, Smallwood, Garrison & Henry, weil wir eine der renommiertesten Anwaltsfirmen der Stadt waren. Ich sah keinen Grund, ihnen zu erzählen, daß ich nicht mehr dort beschäftigt war.

Ich ging hinaus und wartete auf Ruth; dann fiel mir ein, daß ich mir irgendwo eine Schreibmaschine besorgen, zwei schlichte Testamente aufsetzen und schleunigst nach Harpersville zurückfahren mußte.

Daß wir nicht an das Schließfach herangekommen waren, regte Ruth genauso auf wie mich. Wir waren beide mehr und mehr davon überzeugt, daß wir irgendwo in dem Schließfach irgendein

Papier oder Dokument finden würden, das uns zumindest ein gutes Stück durch das Labyrinth, in dem wir uns befanden, führen würde. Wir waren beide so enttäuscht, daß wir kaum ein Wort sagten, während ich zu dem Parkplatz fuhr, der der Kanzlei am nächsten lag.

Ich muß zugeben, daß ich mich auf dem Weg durch den Korridor ziemlich mies fühlte, als ich wie schon tausendmal zuvor den Firmennamen an der Tür betrachtete. Ich kann nicht sagen, daß ich meinen Entschluß zu kündigen bereute oder gar daran dachte, einen Rückzieher zu machen, aber ich hatte hier viele schöne Tage erlebt, und die Aussicht, von hier wegzugehen, stürzte mich in tiefste Depression. Ruth nahm im Vorzimmer Platz, während ich hineinging und die eingegangene Post durchblätterte. Myrtle holte ihren Stenoblock, und in 15 Minuten erledigte ich alles so zügig wie möglich, größtenteils durch Aktennotizen, in denen ich ein anderes Mitglied der Firma darum bat, die Sache zu übernehmen. Als ich fertig war, lehnte ich mich zurück, und Myrtle sah mich mit einem derart langen Gesicht an, daß ich wußte, daß sie von der Kündigung gehört hatte. Da ich mir nicht zutraute, unbefangen darüber zu reden, grinste ich sie wenig überzeugend an, und sie schaffte es, mit einer Grimasse zurückzugrinsen, wie man sie etwa dem Chirurgen zuliebe aufsetzt, kurz bevor er sich daranmacht, einem den Arm zu amputieren.

Ich sagte ihr, ich müsse zwei Testamente aufsetzen, die so vertraulich seien, daß ich sie nicht einmal mir selber diktieren könne, und so gingen wir ins Hauptbüro, und sie suchte mir ein paar Kanzleibögen heraus und ließ dabei vielleicht sogar das eine oder andere verstohlene Schniefen hören. Zweifelsohne bekam sie eine Erkältung oder so was, und ich ging stillschweigend darüber hinweg.

Ich habe keine große Übung im Schreibmaschineschreiben und hackte langsam und sorgfältig zwei Testamente herunter, um die Tippfehler zu vermeiden, die meine Arbeit üblicherweise auszeichnen. Da das mein erster Job war, bei dem ich ausschließlich alleine arbeitete, und da ich alles dafür zu berechnen gedachte, was unter den gegebenen Umständen vertretbar war, achtete ich darauf, mich von vornherein von meiner besten Seite zu zeigen. Als ich fertig war, war es kurz vor vier, und meine beiden Testamente ähnelten sich wie ein Ei dem anderen. Ich hatte sie mit einzeiligem Abstand geschrieben, damit die Unterschriften und alles andere jeweils auf einem Blatt standen – und es gab keine Tippfehler oder gar Fettflecken. Ich wusch mir die Hände, faltete beide sorgfältig, tat sie in getrennte Umschläge und steckte sie ein.

Beim Hinausgehen zwinkerte ich Myrtle zu, und so ersparten wir es uns, über die Situation zu sprechen. Draußen in der Halle sagte ich zu Ruth: »Ich weiß, es ist schon spät, aber ich denke, Mrs. Harper kann noch ein paar Minuten warten. Während Sie beim *Inquirer* waren, ist mir etwas eingefallen. Es ist ein Schuß ins Blaue, aber wo wir schon mal hier sind, will ich meinem Gefühl folgen und sehen, wohin mich das bringt.«

»Kann ich Ihnen dabei helfen?«

»Wahrscheinlich schaffe ich es allein in 15 Minuten, aber mit Ihnen können wir es vielleicht auf zehn reduzieren. Wir gehen bei der Redaktion vorbei, wühlen ein paar alte Ausgaben von August 1909 heraus und suchen nach einem Brand. Ich nehme an, es muß um die Zeit hier oder woanders gebrannt haben, und wir können genausogut hier suchen, weil wir eh nicht wissen, wo sonst.«

»Ein Brand? Was für ein Brand?«

»Wahrscheinlich ein Wohnhaus. Vielleicht eine Pension oder ein Hotel, aber das glaube ich nicht. Ein Brand, bei dem eine Frau schwere Verbrennungen erlitten hat. Übrigens wollte ich Sie schon die ganze Zeit fragen: Kennen Sie eine Miss Phoebe Murdoch oder eine Mrs. Sowieso, die mal Miss Phoebe Murdoch war?«

»Sie meinen in Harpersville?«

Ich nickte.

»In Harpersville habe ich den Namen noch nie gehört. Ich wüßte nicht mal, wie man das schreibt. Das heißt aber nicht, daß es dort niemanden gibt, der so heißt – vielleicht arbeitet sie in der Fabrik oder so was, aber den Namen habe ich jedenfalls noch nie gehört. Was hat das mit unserer Sache zu tun?«

»Wenn wir nach diesem Brand suchen, suchen wir gleichzeitig nach dem Namen Murdoch. Könnte sein, daß der Name Phoebe in dem Artikel auftaucht, aber sie ist nicht diejenige, die die Verbrennungen erlitten hat. Wenn wir auf der richtigen Spur sind und meine Ahnung mich nicht trügt, dann werden wir wahrscheinlich feststellen, daß entweder am 7. August oder kurze Zeit früher oder später eine Catherine Murdoch praktisch verkohlt ist, und wenn ich nicht ganz danebenliege, dann war es Catherine Murdoch, die gestern nacht in Harpersville ermordet wurde.«

Ich merkte Ruth an, daß ihr 321 Fragen auf der Zunge lagen, aber da parkten wir schon vor der Redaktion, und sie behielt sie für sich.

Meine Ahnung hatte mich nicht getrogen. Es war eine recht groß aufgemachte Geschichte im *Inquirer* vom 6. August 1909. In einem Haus in der Murray Street, damals offenbar eine recht hübsche Wohngegend, war ein Gasboiler explodiert. Der Brand wurde von Phoebe Murdoch gemeldet, als sie vom Einkaufen zurückkam. Ihre Schwester, Catherine Murdoch, Lehrerin, 28 Jahre alt, hatte durch die Explosion das Bewußtsein verloren und wurde in einer tollkühnen Aktion der Feuerwehr mit schweren Brandverletzungen gerettet. Nach Auffassung der Ärzte im städtischen Krankenhaus schwebe sie noch in Lebensgefahr. Fotos und nähere Einzelheiten gab es auf Seite sieben, aber das war das Wesentliche.

Die Ausgabe vom 7. August 1909 brachte eine kurze, unauffällig unten auf Seite zwei plazierte Meldung. Auf Drängen ihrer Schwester Phoebe war Catherine Murdoch trotz ihres kritischen Zustandes in Begleitung eines Arztes und einer Schwester mit dem Nachtzug in eine Spezialklinik in Louisville überführt worden.

Bloß um sicherzugehen, daß uns nichts entging, studierten wir sämtliche Ausgaben des *Inquirer* der folgenden zwei Wochen, aber es stand nichts mehr über den Fall darin.

Kapitel 18

Als wir das Gebäude verließen, fiel mir noch etwas ein, und anstatt die Straße nach Harpersville zu nehmen, fuhr ich um den Block und hielt vor dem Büro von Killion, Wintersmith & Black. Börsenmakler sind um diese Tageszeit normalerweise nicht in ihren Büros, da sie nach Börsenschluß in New York so rasch wie möglich nach Hause gehen, aber mein Freund George Black saß in seinem Kabuff, und das war ziemliches Glück. Er sagte: »Grüß dich, Gil. Was hast du für gute Neuigkeiten?«

»Die wären nicht zitierfähig.«

»Setz dich. Was hast du auf dem Herzen?«

»Informationen.«

»Was für Informationen?«

»Harper Products Company.«

George nahm die Füße vom Schreibtisch und ging eine Akte holen. Ehe er sie aufschlug, sagte er: »Heute auf 18 runter. Die Nachricht vom Tod des Alten hat sich an der Börse nicht besonders günstig ausgewirkt.«

»Anfang der Woche lag der Kurs bei 23. Fünf Punkte über Nacht sind ein ganz schöner Einbruch, oder?«

»Eigentlich nicht, wenn man's bedenkt. Der alte William Jasper Harper galt als ziemliche Kanone und hat nie irgendwas delegiert, was er selbst machen konnte. Der Rest des Managements wird nicht so hoch angesehen. Außerdem ist die Aktie schon seit ein paar Jahren ein Rätsel. Dividende halbiert, Profite nicht besonders. Und natürlich hat die Nachricht von der letzten Vorstandssitzung sie innerhalb einer Woche nochmal um sechs bis acht Punkte gedrückt.«

»Was für eine Nachricht war das?«

»Harper selbst. Hat gesagt, er hätte eine Menge Anfragen von Aktionären bekommen, wie es denn liefe. Die Aktionäre seien loyal und hätten in einer schwierigen Zeit durchgehalten, und die

Börsennotierungen gäben den eigentlichen Wert nicht wieder. In Wirklichkeit sei die Aktie heute genausoviel wert wie früher, und die Zukunft sähe glänzend aus. Er hat angekündigt, daß er den Kurs selbst durch Käufe im Freiverkehr stützen würde, ehe er ihn noch weiter absacken ließe. Das verrückteste Geschwafel, das ich je gehört habe. Vielleicht hat er's ja gut gemeint, aber was würdest du machen, wenn du so eine Ankündigung hörst?«

Ich überdachte die Sache eine Weile. »Ich glaube nicht, daß mir das besonders gefiele. Der Hinweis auf den weiteren Kursverfall würde mir auch nicht schmecken. Ich denke, ich würde in aller Stille abstoßen und mich mit meinen Verlusten abfinden, ehe sie noch schlimmer werden.«

»Genau wie viele andere. Hört sich an wie das Pfeifen im Dunkeln. Und zwei Wochen später wird Harper umgepustet, und da er der einzige war, der die Sache bremsen konnte, setzt so etwas wie Panik ein. Es würde mich nicht wundern, wenn der Kurs morgen nochmal fünf Punkte runtergeht.«

Ich sagte: »Jeder weiß, daß ihr seine Makler wart. Hat er je eine allgemeine Kauforder plaziert?«

»Ich darf nicht über Kundenangelegenheiten reden.«

»Ich weiß, aber es ist wichtig. Ob du's glaubst oder nicht, ich arbeite an dem großen Mordfall Harper und komme nicht recht weiter. Ich werde keiner Menschenseele was sagen.«

»Na gut, wenn das so ist – es ist zwar trotzdem nicht korrekt, aber ich vertraue dir. Er hat allgemeine Order gegeben, bei 20 zu kaufen, falls der Kurs so weit runtergeht. Ohne Mengenbegrenzung. Er ist erst nach seinem Tod auf 20 runtergegangen, und natürlich führen wir keine Orders für Tote aus.«

Es gab noch einiges, was ich wissen wollte, und ich glaubte zwar, daß George Black mir eventuell die Antworten beschaffen konnte, wollte ihn andererseits aber nicht auf die falsche Art angehen und saß deshalb eine Weile schweigend da und überlegte. Schließlich sagte ich: »George, im Knast von Harpersville sitzt ein großer, gutaussehender Kerl, der in den nächsten 24 Stunden wegen Mordes an William Jasper Harper angeklagt wird, wenn ich bis dahin nicht irgendwas ausgrabe. Die werden in weniger Zeit, als du zum Frühstücken brauchst, eine Sondersitzung des Bezirksgerichts anberaumen, ihm den Prozeß machen und ihn kreuzigen. Ich glaube nicht, daß er's war. Ich weiß, daß er's nicht war. Aber die Polizei und der Sheriff glauben, er war's, und es sieht ziemlich übel für ihn aus. Das ist die Lage. Du hast mir bereits etwas gesagt, was du mir nicht sagen wolltest, und ich weiß das zu schätzen. Ich würde dich nicht bitten, noch weiter zu gehen, wenn die Sache weniger ernst wäre. Aber die Chips liegen alle auf dem Tisch, die Einsätze sind gemacht, und es liegt an mir, anzusagen oder zu passen. Die Zeit ist knapp, und ich weiß nicht, an wen ich mich sonst wenden kann. Ich möchte, daß du ein paar verdeckte Karten anguckst und mir einen Tip gibst.«

Es gefiel ihm nicht. Es gefiel ihm ganz und gar nicht. Er stand auf, ging ans Fenster, steckte die Hände in die Hüfttaschen und schaute hinaus. Ich ging zu ihm hinüber und stellte mich neben ihn. Ich sagte: »Das da draußen ist mein Auto. Das Mädchen ist seine Schwester.«

Er rührte sich eine ganze Weile nicht. »Woher weißt du, daß ich dir die Informationen beschaffen kann?«

»Vielleicht kannst du's gar nicht. Möglicherweise hast du einige Antworten hier. Vielleicht auch nicht. Vielleicht hast du keine Möglichkeit, die Antworten zu beschaffen. Dann kann man's nicht ändern. Ich möchte nur, daß du es versuchst.«

»Was willst du wissen?«

»Ich will wissen, wer Orders für größere Pakete von Harper-Aktien plaziert hat. Natürlich nicht jeden. Ich gebe dir die Namen.«

»Wie soll ich so was rauskriegen?«

»Das ist dein Problem. Du mußt irgendwelche Freundschaften ausnutzen. Ihr habt mit den meisten Maklerfirmen in der Stadt Geschäfte gemacht, wahrscheinlich mit allen. Ihr schneidet euch vielleicht gegenseitig die Kehle durch, aber ihr wißt, wem ihr vertrauen könnt und wem nicht. Sag ihnen, daß ich die Informationen benutze, wenn ich muß, aber ich werde die Quelle nicht preisgeben und sie so schützen, daß niemand darauf kommt.«

»Du verlangst eine ganze Menge. Und wenn ich mich weigern muß?«

»Damit befassen wir uns, wenn es dazu kommt. Falls überhaupt.«

Wieder trat langes Schweigen ein. Die Zeit stand nicht still, aber ich wußte, daß ich die Sache nicht beschleunigen konnte. Er drehte sich langsam um, blinzelte mir zu und sagte: »Wann willst du's wissen?«

»Sofort. Am liebsten hätte ich es schon gestern gewußt.«

»Gib mir die Namen. Sofort kann ich's nicht rausfinden, weil die meisten Büros geschlossen sind, aber ich weiß, wer in jedem Laden den Handel erledigt. Ich hänge mich ans Telefon und sehe zu, was ich machen kann. Möglicherweise dauert's bis morgen mittag. Mann, ich hoffe, du weißt das zu schätzen, denn eine Hand wäscht die andere, und es ist nicht abzusehen, was mich das auf lange Sicht kosten wird.«

»Prima. Gib mir Bescheid, sowie du was erfährst. Um Einzelheiten brauchst du dich nicht groß zu kümmern. Sag mir jeweils einfach nur, ob ja oder nein. Ich werde es nicht vergessen, und ich habe ein Gedächtnis wie ein Elefant.« Ich ging zum Schreibtisch hinüber, fand einen Notizblock und schrieb die Namen von Janet, Mrs. Harper, Mead, Jolley, Miss Knight und Miles darauf. Dann dachte ich einen Moment nach und fügte bloß zur Sicherheit die Namen von Tim und Ruth McClure hinzu. Ich sagte ihm, ich sei bei den Harpers oder den McClures zu erreichen, und falls er mich dort nicht erwische, solle er es beim Sheriff oder beim Polizeichef probieren, denn es war durchaus denkbar, daß ich ihnen auf Schritt und Tritt nachstiefeln würde.

Auf der Rückfahrt nach Harpersville dachte ich gründlich nach, und je mehr ich denke, desto langsamer fahre ich. Es war Viertel vor sechs, als wir ankamen. Ich rief bei Harpers an und bekam Miss Knight an den Apparat. Mrs. Harper war den ganzen Nachmittag völlig aus dem Häuschen gewesen, weil ich nicht aufgetaucht war, aber ihre Ungeduld hatte sie schließlich ermüdet, und sie schlief jetzt. Ich sah keinen Grund, sie aufzuwecken, damit sie ein Testament unterschrieb, das jederzeit unterschrieben werden konnte, und sagte deshalb, ich würde mir etwas zu essen besorgen, vielleicht Tim besuchen und so gegen sieben da sein. Auf den Straßen wurde gerade die Spätausgabe der Stadtzeitung verhökert, und wir kauften eine. Und tatsächlich, für Montag war eine besonders zusammengesetzte Anklagejury einberufen worden, und die gerichtliche Voruntersuchung zum Tode von Harper war auf morgen früh um zehn Uhr angesetzt. Der Bezirksrichter wurde mit den Worten zitiert, er werde, falls die Anklagejury die Anklageerhebung für Recht befinde, eine Sondersitzung des Bezirksgerichts anberaumen, damit das Verfahren rasch abgewickelt werden könne. Der Staatsanwalt hatte den Tag damit zugebracht, das Beweismaterial durchzugehen und ein paar Zeugen zu befragen, und gab sich, was seine Prognosen anlangte, ziemlich selbstgefällig. Es war hinreichend deutlich, daß sie Tim ans Leder wollten und keine Zeit dabei vergeudeten.

Zu dem Revolver gab es eine gesonderte Notiz. Ballistikexperten aus der City hatten ihre Bilder von Vergleichsgeschossen gemacht, und es stand eindeutig fest, daß Tims Revolver die Mordwaffe war. Der Sheriff und der Polizeichef hatten es recht gut verstanden, der Presse einen Maulkorb anzulegen, was konkrete Fakten anging, aber jemand hatte ein altes Foto des Harperschen Hauses ausgegraben, und die Zeitung brachte das, was sie zu dem Fall hatte. Ruth biß die Zähne zusammen, las alles, was es gab, und schien direkt vor meinen Augen zusammenzuschrumpfen.

»Hören Sie«, sagte ich, »die haben einen Typ namens Holbert darauf angesetzt, der Möglichkeit eines späteren Testaments nachzugehen. Kennen Sie den?«

»Ja, so wie ich fast jeden in der Stadt kenne. Er ist jung und recht anständig. Ich bin früher in den Semesterferien ein paarmal mit ihm ausgegangen.«

»Meinen Sie, er würde mit Ihnen reden?«

»Wahrscheinlich so oft, wie er könnte.«

Ich fuhr zur Polizeistation, wo wir Holbert ohne Schwierigkeiten auftreiben konnten. Die Reporter waren gerade dagewesen, und der Polizeichef hatte eine Erklärung zu dem Thema abgegeben, so daß es keine Veranlassung gab, uns nichts zu sagen. Holbert hatte sich mit einem jungen Anwalt in der Stadt in Verbindung gesetzt, der als Frischling in Frank Gregorys Kanzlei angefangen hatte, und mit seiner Hilfe war es ganz einfach gewesen, dessen Akten und Unterlagen aufzuspüren. Sämtliche Akten, die sich auf Harper und die Harper Products Company bezogen, waren Harper persönlich ausgehändigt worden und hatten sich im Untergeschoß des Bürogebäudes der Firma befunden. Es gab nicht die geringste Spur von einem Testament und auch keinen Briefwechsel über ein Testament. Der junge Anwalt hatte von 1933 bis zu Gregorys Tod bei Gregory gearbeitet und war sich absolut sicher, daß in dieser Zeit kein Testament aufgesetzt worden war. Er meinte sogar, sich an ein Gespräch im Jahre 1937 zu erinnern, bei dem Gregory Harper auf dessen Testament angesprochen und Harper entgegnet habe, das sei schon lange erledigt, ohne sich weiter dazu zu äußern.

Mich beschlich ein Gefühl der Niedergeschlagenheit. Ohne jeden Grund war ich mir sicher gewesen, daß das Testament von 1915 nicht William Jasper Harpers Letzter Wille war, und hatte darüber spekuliert, was wohl in dem späteren Testament stehen würde, wenn wir es fänden. Diese neue Information schien eindeutig genug zu sein, und anstatt mir zu helfen, machte sie mich verwirrter denn je zuvor.

Offen gestanden, ich war entmutigt. Seit zwei, drei Tagen rannte ich jetzt durch die Gegend, steckte meine Nase in anderer Leute Angelegenheiten und jagte jedem Phantom nach, das ich nur finden konnte, und wenn es ein Gesamtbild gab, war ich ihm offensichtlich nicht näher als zu Beginn. Im Grunde genommen war ich weiter denn je davon entfernt. Wenn es Erpressung war, warum sollte dann jemand den Dukatenesel umbringen? Wenn es keine Erpressung war, was war es dann?

Vor 26 Jahren war ein Kind adoptiert und keine 24 Stunden später war ein Testament errichtet worden, aber in dem Testament war weder das Kind noch sonst jemand bedacht, außer Mrs. Harper, aber warum sollte sie 'nen Haufen Kohle wollen? Sie stand selbst schon mit einem Bein im Grab, hatte alles, was sie brauchte, und konnte kaum noch krauchen. Offensichtlich hatte William Jasper Harper etwas mit Tims Adoption durch die McClures zu tun, aber falls er vertuschen wollte, daß Tim sein Sohn war, was für eine Abmachung konnte dann getroffen worden sein, die nicht letztlich auf ein ansehnliches Vermächtnis aus dem Nachlaß hinauslief? Und wo war Phoebe Murdoch? Was hatte Miss Katie gesehen, daß man ihr die Kehle aufgeschlitzt hatte? Warum wollte Jolley Janet heiraten, nachdem er herausgefunden hatte, daß sie vorläufig nichts vom Vermögen ihres Vaters kriegen würde, und bevor ihm oder sonst jemandem Mrs. Harpers Absichten bekannt gewesen sein konnten? Und wie paßte Jolley eigentlich in das ganze Spiel? Er war an dem Tag, als es passierte, in Overton gewesen, und der Zug, mit dem er angekommen war, fuhr zudem erst nach Mitternacht in Overton ab. Wer hatte eine Kugel in den Reifen meines Autos gejagt, und warum?

Ich weiß nicht, wie lange ich so herumstand, aber irgendwann merkte ich, daß Ruth und Holbert mich verständnislos anstarrten, und ich merkte außerdem, daß ich heftig die Stirn runzelte und meine Augen ins Leere blickten.

Plötzlich durchzuckte mich ein Gedanke, bei dem mir die Knie weich und der Mund trocken wurden. Das gesamte Harpersche Vermögen, das allgemein auf zehn bis 15 Millionen Dollar geschätzt wurde, gehörte jetzt Mrs. Harper. Es hieß allgemein, sie besäße selbst ein paar 100 000 – und sie hatte ganz bestimmt schon ein Testament. Ich hatte so intensiv über die beiden Testamente nachgedacht, die ich für sie aufsetzte, daß ich diese völlig naheliegende Tatsache total übersehen hatte. Wenn jemand nach Mrs. Harpers bestehendem Testament erbberechtigt war, wäre es nicht der schlechteste Plan, zuerst Harper umzubringen, vorausgesetzt, der Inhalt seines Testaments war bekannt. Das hieße, daß Mrs. Harper seit gestern abend neun Uhr in Gefahr war und als nächste auf der Liste stand. Ich verfluchte mich als senilen Trottel. Ich konnte meinen Mund kaum dazu bringen, die nächste Frage zu stellen, schaffte es dann aber doch und sogar mit einer gewissen Beiläufigkeit. »Was ist mit Mrs. Harper? Haben Sie bei Ihrer Suche eine Spur von ihrem Testament gefunden?«

»Klar«, sagte Holbert, »war gleich das erste, was ich gefunden habe, da, wo seins auch war. Wir hatten ein ziemliches Palaver darüber, ob wir das Recht hätten, es aufzumachen, aber wir haben Mrs. Harper gefragt, und die hat gesagt, nur zu.«

Ich sagte: »Nun weiter?« und hielt den Atem an.

»Nichts Weltbewegendes«, sagte Holbert. »Genau wie seins. Der ganze Krempel an ihren geliebten Mann William Jasper Harper. Sogar die Formulierung war gleich.«

»Und das Datum?«

»Genau das gleiche. Irgendwann 1915. War in den gleichen Umschlag gesteckt und mit der gleichen Sorte Wachs versiegelt.«

Ich sagte: »Das ist der beknackteste Fall der Welt. Gehen wir. Ich brauche cirka einen halben Liter Whisky und das größte Steak, das je auf vier Beinen ging.«

Ruth mochte nicht an Essen denken, ehe sie nicht Tim besucht hatte, also sagte ich, sie solle hineingehen und ihn besuchen, ich würde inzwischen Whisky besorgen und sie dann abholen. Ich fand einen Schnapsladen, kaufte einen halben Liter Bourbon und nahm zwei kräftige Schlucke aus der Flasche.

Ehe ich Ruth abholen ging, fiel mir etwas derart Naheliegendes ein, daß mir schleierhaft war, wieso ich nicht schon früher darauf gekommen war. Ich fuhr zur Filiale der Telefongesellschaft, ging hinein, legte zwei Scheine auf den Tresen und bat die Kassiererin, sie mir zu wechseln. Das gleiche hatte ich schon heute morgen getan, und der alte Drachen erinnerte sich daran. Sie stellte das Kaugummikauen ein, sah mich mit saurem Gesicht an und sagte: »Ist es für ein Telefongespräch?«

»Nein«, sagte ich und starrte sie kalt an. »Ich mache meine Hausaufgaben. Der Lehrer will wissen, wieviel Wechselgeld ich für zwei Eindollarnoten bekommen kann, und ich möchte eine Eins kriegen, damit mein Daddy mit mir in den Zirkus geht. Wenn Ihnen das nicht paßt, können Sie auch sagen, ich bin hergekommen, um mir einen Bart wachsen zu lassen.«

Der Blick, den sie mir zuwarf, hätte einen Hochofen angeblasen. Sie riß die Schublade mit dem Wechselgeld auf, knallte ein Häufchen Kleingeld auf den Tresen und murmelte leise etwas, das sich stark nach einer Bemerkung über ›widerliche kleine Kröten‹ anhörte. Ich betrachtete das Wechselgeld auf dem Tresen und sagte: »So komme ich nie in den Zirkus.«

Ohne mich auch nur anzusehen, warf sie praktisch einen weiteren Vierteldollar nach mir, was die zwei Dollar voll machte, und ich ging in eine Zelle und meldete ein Gespräch mit dem Leiter des Flughafens von Louisville an. Ich weiß auch nicht, warum ich die Kassiererin ärgern mußte, aber ich war erschöpft und gereizt, und wenn es etwas gibt, was ich hasse, dann sind es Leute, die dumme Sprüche ablassen müssen, wenn man sie um etwas bittet, wofür sie bezahlt werden.

Ich konnte hören, wie sich zwei, drei Telefonistinnen quer durch Kentucky vortasteten. Schließlich bekamen sie alles zu ihrer wechselseitigen Zufriedenheit geregelt, und nach einer Weile hörte ich ein Telefon klingeln, und am anderen Ende der Leitung meldete sich eine Stimme.

»Hallo«, sagte ich. »Hier spricht der Polizeichef von Harpersville, Kentucky. Mitgekriegt?«

»Ich hab' schließlich Ohren, oder?«

»Ich denke schon.«

»Okay, wir können gern drüber streiten, wenn Sie wollen. Sie zahlen das Gespräch, nicht ich.«

»Na gut, geschenkt«, sagte ich in möglichst versöhnlichem Tonfall. »Nichts für ungut, aber es ist dienstlich, und es ist wichtig. Sie führen doch Buch über alle abfliegenden Flugzeuge, oder?«

»Ja.«

»Gut, ich arbeite hier unten am Mordfall Harper – Sie wissen schon –, William Jasper Harper. Seien Sie so freundlich, und sehen Sie in Ihren Unterlagen nach, ob gestern irgendwelche gecharterten Flugzeuge von Louisville abgeflogen sind.«

»Kein Problem. Sie wollen nur die gecharterten Flugzeuge?«

»Ja, nur die gecharterten. Die Linienflüge können Sie weglassen.«

»Bleiben Sie dran. Das kann ich Ihnen auch ohne nachzusehen sagen, es gab eins, aber ich schätze, Sie wollen die Einzelheiten.«

Ich klammerte mich förmlich an den Apparat und zitterte praktisch vor Erregung. Jolley war in Overton gewesen und heute morgen mit dem Zug angekommen, aber das ließe sich durchaus mit einem Flug vereinbaren. Er hätte ein Flugzeug chartern und in Overton lange genug Zwischenstation machen können, um im College zu erscheinen, sich im Hotel anzumelden und einen angeblichen Geschäftstermin wahrzunehmen. Ein Flugzeug hätte ihn in die Stadt oder sogar nach Harpersville bringen können, und er hätte massenhaft Zeit gehabt, seine schmutzige Arbeit zu erledigen, nach Overton zurückzufliegen und in den Zug zu steigen. Oder er hätte in die Stadt fahren und dort in den Zug steigen können. Meine Hand schwitzte so stark, daß ich kaum den Hörer halten konnte. Kurz darauf konnte ich den Mann auf dem Flughafen ›The Music Goes Round and Round‹ summen hören, dann sagte er: »Hallo.«

»Okay, schießen Sie los.«

»Gestern nachmittag gab's einen Charterflug von hier zu Ihnen runter. Bursche namens Henry. Kann die Klaue nicht lesen, könnte aber Wilbur oder Gilbert oder so was heißen. Der Gepäckträger sagt, es war ein komischer kleiner Knilch, der ausgesehen hat, als hätte er gegen Two-Ton Tony Galento geboxt. Gestartet gegen –«

»Ganz prima«, antwortete ich hastig. »Sie haben mir sehr geholfen.« Ich legte abrupt auf, stand da und fühlte mich wie ein alter Mann. Meine Stimmung erreichte einen neuen Tiefpunkt. Als ich hinausging, warf mir die Kassiererin einen aggressiven Blick zu. An der Wand hing ein Spiegel, und ich konnte sehen, wie sie hinter meinem Rücken ein verächtliches Schnauben andeutete. Ich fühlte mich so mies, daß es mir völlig egal war. Ich nahm noch einen Schluck aus der Flasche und hoffte, daß ich nicht aus den Socken kippte. In den letzten drei Tagen hatte ich mehr Whisky geschluckt als in den vorangegangenen drei Monaten, und mir kam der Gedanke, daß ich, wenn ich fortfuhr, Mordfälle zu untersuchen, wahrscheinlich wie einer dieser Privatschnüffler in Krimis werden würde, die sich das Zeug öfter zu Gemüte führen, als sie atmen. Der Alkohol hatte keine große Wirkung, aber er entspannte mich ein bißchen, und mir fiel ein, wie wenig ich heute morgen gegessen hatte und wie lange das schon her war. Außerdem fühlte ich mich schläfrig, und ich glaube, ich hätte mich hinters Steuer klemmen und vor dem Polizeipräsidium drei Tage am Stück schlafen können, wenn in diesem Moment nicht Ruth herausgekommen und eingestiegen wäre.

Sie hatte länger gebraucht, als ich gedacht hatte, und es war schon Viertel vor sieben. Ich hatte Miss Knight versprochen, um sieben mit Mrs. Harpers Testament da zu sein, und da es meine erste selbständige Arbeit war, kam ich widerstrebend zu dem Schluß, daß das Essen warten mußte. Ruth schien es so oder so egal zu sein, und sie war ungefähr so mitteilsam wie eine Taubstumme, die die Zeichensprache nicht beherrscht. Die ganze Fahrt zu Harpers über starrte sie stur geradeaus, und ich verschonte sie mit Konversation, unter anderem, weil meine Augenlider so schwer waren, daß ich alle Mühe hatte, nicht von der Straße abzukommen.

Als wir die Eingangstreppe hinauf in die Halle gingen, klingelte das Telefon. Mead kam aus dem Speisezimmer und nahm ab. Ich blieb stehen und beobachtete ihn, weil mir bewußt war, daß der Anruf für mich sein könnte.

Das war er auch. Mead lauschte mit komischem Gesichtsausdruck in den Hörer, blickte dann auf und sah mich. Er hielt mir den Hörer hin. »Für Sie. Es ist George Black. Woher weiß er, daß Sie hier sind?«

»Ich habe den Anruf erwartet. Hab' ihm gesagt, er soll es bei den McClures und dann hier probieren.«

Es gefiel mir nicht recht, wie sich alles entwickelte. James Mead kannte George Black genausogut wie ich, und ich konnte sehen, daß er sich fragte, was da eigentlich vor sich ging. George Blacks Stimme kam aus dem Hörer. »Gil?«

»Am Apparat.«

»Fertig?«

»Schieß los.«

»Ich hab' was für dich. Du willst nicht wissen, wo ich's her habe, oder?«

»Doch, erzähl mir alles. Ich werde keine Namen nennen, wenn ich nicht muß.«

»Also, ich hab's bei Joe Fulton von Carpenter & Shearer probiert. Es war ein Mordsaufwand, ihn im Country Club an die Strippe zu kriegen. Totale Fehlanzeige. Bis auf die Harpers kennt er keinen von den Leuten auf deiner Liste und hat nie mit ihnen Geschäfte gemacht. Hab's bei Bill Anderson von Dobson & Company probiert und ein bißchen mehr Glück gehabt. Einer von deinen Leuten hat Anfang der Woche eine Order durchgegeben. Sie sollen auf dem Freimarkt kaufen, was zu kriegen ist, und zwar bis auf Widerruf. Was meinst du, wer's war?«

»Ich habe keine Zeit zum Raten. Nun sag's um Himmels willen schon.«

»Jim Mead.«

Ich blickte auf, und Mead stand nach wie vor keine zwei Meter weit weg, und seine Ohren machten alles außer Shimmy tanzen. Ich konnte nicht sagen, ob er etwas hören konnte oder nicht. Als ich seinen Blick auffing, sah er weg, dann wieder her, wandte sich abrupt ab und ging ins Speisezimmer. Ich sagte: »Danke, George. Mach weiter. Bleib dran, und ruf mich immer an, sobald du was Neues hast. Wenn ich längere Zeit nicht zu erreichen bin, rufe ich selber an.«

»Okay. Ich hoffe, du vergißt das nicht. Frag mich das nächste Mal was Leichteres.«

Kapitel 19

Ich klopfte an die Tür von Mrs. Harpers Zimmer, und Miss Knight machte auf; sie sah gouvernantenhaft und züchtig aus wie immer. Sobald Mrs. Harper mich sah, zappelte sie auf ihrem Rollstuhl herum, und ich konnte sehen, daß sie sich in eine Mordswut auf mich hineinzusteigern versuchte.

Ich hob die Hand und sagte: »Geschenkt. Das ist nicht gut für den Blutdruck, und von zuviel kriegen Sie Gallensteine.«

Ich lächelte, und nach kurzem Zögern lächelte sie etwas widerstrebend zurück. »Irgendwas an Ihnen mag ich, aber ich weiß nicht, was. Sie sehen merkwürdig aus, Sie haben eine seltsame Art, Dinge anzupacken, und wenn Sie weg sind, frage ich mich, warum ich Ihnen vertraue.«

»Jedenfalls vertrauen Sie mir. Alles andere ist unwesentlich.«

»Ja, ich vertraue Ihnen, dabei rupfen Sie mich vielleicht wie eine Weihnachtsgans.«

Ich sagte: »Das ist durchaus drin.«

Ich setzte mich in denselben Stuhl bei der Tür zum Arbeitszimmer, stand gleich wieder auf, ging durch die Terrassentür hinaus und vergewisserte mich, daß nicht schon wieder jemand lauschte. Als ich zurückkam, musterte mich Mrs. Harper. Sie sagte: »Sie sehen hundemüde aus.«

»Ich glaube, ich bin von Tsetsefliegen gebissen worden. Ich könnte im Stehen schlafen.«

»Ich will die Sache mit den Testamenten hinter mich bringen. Danach können Sie sich auf meine Rechnung ein Hotelzimmer nehmen und bis März schlafen, wenn Sie wollen.«

Miss Knight saß völlig unbeteiligt neben ihr, aber ich glaubte nicht, daß sie mit den Gedanken woanders war. Ich zog die beiden Umschläge hervor, sah in einen hinein, steckte ihn weg und reichte ihr den anderen. »Miles soll ja wohl der andere Zeuge sein. Während Sie es lesen, kann Miss Knight ihn holen, und sobald die beiden da sind, können wir unterschreiben.«

Auf eine Handbewegung von Mrs. Harper hin ging Miss Knight hinaus und schloß die Tür hinter sich. Mrs. Harper holte ihre Brille hervor, und ich verfolgte mit angehaltenem Atem, wie sie es langsam las. Die Haut um ihre Augen kräuselte sich vor Konzentration. Als sie fertig war, fixierte sie mich lange Zeit eingehend. Ich wich ihrem Blick nicht aus.

»Sie glauben, daß ich nicht mehr sehr lange lebe, nicht wahr?« fragte sie ruhig.

»Keineswegs. Ich möchte nur, daß Sie vorsichtig sind.«

»Zeigen Sie mir jetzt das andere Testament.«

Ich zog es hervor, reichte es ihr, und sie fuhr beim Durchlesen mit dem Finger die Zeilen entlang. Dann blickte sie mich wieder an, und mir war so, als sähe ich ein leichtes Zwinkern. Sie faltete das zweite Testament, steckte es in den Umschlag zurück und reichte es mir.

»Glauben Sie, es steht so schlimm?«

»Ich weiß nicht. Ich halte es jedenfalls für wichtig, Sie nicht?«

»Wissen Sie etwas, oder raten Sie bloß?«

»Im Moment rate ich noch. Aber ich werde es bald wissen.«

Sie bedachte mich erneut mit einem ihrer langen, zittrigen Seufzer und blickte auf ihre im Schoß verschränkten Hände. »Falls Sie mein Vertrauen mißbrauchen, komme ich zurück und verfolge Sie bis ins Grab.«

In diesem Augenblick kam Miss Knight mit ausdrucksloser Miene wieder, gefolgt von Miles, der die Tür schloß. Ich holte meinen Füller hervor und reichte ihn Mrs. Harper. Miss Knight gab ihr eine dicke Zeitschrift, die sie sich auf die Knie legte. Ich hielt das Testament mit der Hand glatt, und sie unterschrieb in wunderschöner Spencerschrift mit Alice Holt Harper.

Ich sagte: »Jetzt setzen Sie hier oben das Datum ein. Dort ist auch noch eine Lücke für den Wochentag. Wir haben Donnerstag, 19 Uhr 30, plus oder minus eine Minute.«

Als sie fertig war, winkte ich Miss Knight und Miles heran und sagte: »Mrs. Harper, erkennen Sie das in Gegenwart dieser Zeugen als Ihre letztwillige Verfügung an?«

»Ja.«

Ich drehte das Testament mit einer knappen Handbewegung um und hielt Miss Knight den Füller hin. Sie zögerte so lange, daß ich zu ihr aufschaute. Ihr Gesicht verriet einen merkwürdigen Konflikt, den sie gerade in dem Moment löste, als ich ihren Blick auffing. Es war ihr unangenehm, daß ich es mitbekommen hatte, und sie biß sich ärgerlich auf die Lippe. Etwas unwirsch nahm sie mir den Füller aus der Hand, unterschrieb mit Genevieve Knight und wandte sich ab.

»Verzeihung, Miss Knight«, sagte ich, weil sie uns den Rücken zuwandte, »Sie müssen herkommen und zusehen, wie der andere Zeuge unterschreibt. So verlangt es das Gesetz. Die Zeugen unterschreiben in Gegenwart des Testators und in Gegenwart des jeweils anderen. Das heißt, Sie müssen dabei zusehen.«

Sie kam zurück und sah teilnahmslos zu, wie Miles mit kühnem, eckigem Gekrakel unterschrieb.

Als die Tinte trocken war, faltete Mrs. Harper selbst das Testament, steckte es in den Umschlag und klebte ihn zu. Ich schlug vor, sie solle ihren Namen quer über die zugeklebte Klappe schreiben, und sie tat es. Ich steckte den Umschlag in die Tasche.

Miles hielt sich so steif und gerade, daß ich mich fragte, bei wem er Eindruck schinden wollte. Er hatte entfernte Ähnlichkeit mit einer Salzsäule. Er sagte: »Brauchen Sie mich noch, Madam?«

Mrs. Harper sah mich an, und ich sagte: »Das war alles. Janet ist versorgt. Da sie zur Testamentsvollstreckerin ernannt wurde, sollte man sie jetzt vielleicht holen und ihr Bescheid sagen.«

Miles ging mit ziemlich abgezirkelten Schritten hinaus. Mrs. Harper sah Miss Knight an, machte eine Kopfbewegung zur Tür hin, und Miss Knight ging Janet holen.

Ich sah Mrs. Harper an, und sie sagte: »Sie wollten sie aus dem Zimmer haben. Was jetzt?«

»Man sollte das Ding hier irgendwo in einen Safe legen. Ich habe keine große Lust, es mit mir herumzutragen. Wo ist der Safe?«

»Im Arbeitszimmer.«

»Kennen Sie die Kombination?«

»Früher ja. Nun, ich denke schon.«

»Schön, gehen wir. Sie können es eigenhändig hineinlegen und das Ding verschließen. Ich will nicht mal wissen, wie es funktioniert.«

»Das werden Sie schon machen müssen. Ich bin seit Jahren nicht mehr so weit gegangen.«

»Nun machen Sie mal halblang. Sie haben ein schwaches Herz, keine schwachen Beine. Es wird Ihnen guttun.«

Sie versuchte, mich so lange anzustarren, bis ich kuschte, aber ich ließ mich nicht einschüchtern. Mir fiel ein, daß die Terrassentür des Arbeitszimmers von innen verriegelt war, deshalb ging ich durch den Flur zur Arbeitszimmertür. Für die Polizei lag der Fall so sonnenklar, daß nicht einmal eine Wache in der Halle postiert war, obwohl ich im Speisezimmer Stimmen hören konnte und jemand vor der Eingangstür herumschlurfte.

Im Arbeitszimmer hing der abgestandene, muffige Geruch eines Raums, der seit einer Weile fest verschlossen ist. Ich machte die Tür hinter mir zu, ging zur Terrassentür hinüber, öffnete sie und kehrte dann über die Terrasse in Mrs. Harpers Zimmer zurück.

An ihrem Gang gab es nicht das Geringste auszusetzen. Ich reichte ihr den Arm, geleitete sie zum Arbeitszimmer und sah aus einigem Abstand zu, wie sie ein Wandpaneel zur Seite schob, sich an einem Zahlenschloß zu schaffen machte, den Safe öffnete und das Testament hineinlegte. Als sie den Safe verschlossen und das Paneel zurückgeschoben hatte, gingen wir wieder in ihr Zimmer. Miss Knight war noch nicht zurück.

Draußen in der Halle klingelte das Telefon, und als ich Anstalten machte, hinauszugehen und mich darum zu kümmern, sagte Mrs. Harper: »Sie können hier abnehmen.« Auf einer Konsole neben dem großen Himmelbett stand ein Apparat. Es war wieder George Black.

»Was Neues?« fragte ich.

»Klar doch. Na, wie findest du mich?«

»Prima. Laß hören.«

»Den Knaben bei Farjean, Tully & Andrews konnte ich nicht erreichen. Er macht Urlaub und kommt erst in zwei Wochen wieder. Seinen Vertreter kenne ich nicht. Damit bleibt nur noch Holcraft, Munday & Company. Baker Trask ist unser Mann dort. Er hatte Zahnweh gekriegt und seinen Zahnarzt vom Essen weg in sein Büro geholt, um sich behandeln zu lassen. Es war ein Heidenaufstand, aber ich hab' ihn an die Strippe gekriegt. Ich glaube, ich lasse mich zehn Tage lang lieber nicht bei ihm blicken.«

»Sehr interessant. Du hast es wirklich schwer, aber was bringt mir das?«

»Dazu komme ich gleich. Immer mit der Ruhe. Mal sehen, hier hab' ich deine Liste. Von deinen McClures hat er nie gehört. Hat einen Klienten namens Miles, aber der ist stellvertretender Vorstandsvorsitzender der Transit Corporation, und den meinst du ja wohl nicht. Hat sowieso keine Harper-Aktien geordert. Erinnert sich an keine Miss Knight, meint aber, er könnte sich nicht unbedingt an sämtliche Kundennamen erinnern. Ist sich jedenfalls sicher, daß sie keine großen Geschäfte macht, wer sie auch ist. Nichts über Mead, aber über den hab' ich dir ja schon Informationen geliefert. Mrs. Harper kennt er nicht. Alles mitgekriegt?«

»Was, zum Teufel? Bis jetzt hast du ja noch gar nichts gesagt.«

»Wollte bloß zuerst den Routinekram erledigen. Damit bleiben Janet und dein Mr. Jolley. Jolley kauft seit mehreren Monaten immer mal wieder Harper-Aktien, in letzter Zeit hat sich aber nichts getan. Ich habe aus Trask rausgequetscht, daß er ziemlich kräftig auf Einschuß gekauft hat, und wo das Papier so schnell runtergeht, müssen sie seine Aktien vielleicht zur Deckung auf dem freien Markt verkaufen. Janet Harper hat letzten Samstag einen Dauerauftrag plaziert. Willst du noch mehr wissen?«

»Nein, das reicht. Vielen Dank. Den Knaben, der Urlaub macht, schenken wir uns. Ich tu dir irgendwann einen Gefallen.«

»Okay, Alter. Bleib sauber.«

Er legte auf. Ehe ich die Verbindung unterbrach, hörte ich etwas, das wie ein leises Klicken klang. Ich legte den Hörer auf die Gabel.

»Hübsches kleines Gerät haben Sie da«, sagte ich zu Mrs. Harper. »Sind die übers ganze Haus verteilt?«

»Vier oder fünf Apparate. Man kann sie fast überall einstöpseln, aber wir lassen sie meistens, wo sie sind. Es gibt den hier, einen im Arbeitszimmer und einen in der Halle, wo die meisten Anrufe entgegengenommen werden. Dann gibt es oben noch einen, einen im Anrichteraum und einen in der Dienstbotenwohnung, den man an- und abschalten kann.«

»Nehmen Sie Ihre Anrufe selbst entgegen, oder geht zuerst ein Lakai dran, um festzustellen, für wen es ist?«

»Normalerweise nehmen wir die Anrufe selbst entgegen. Wer gerade am nächsten dran ist. Wenn es mehr als zwei-, dreimal klingelt, geht einer der Dienstboten im Anrichteraum dran. Wenn wir alle außer Haus sind, schalten wir vorher um, dann können die Dienstboten in ihrer Wohnung abnehmen.«

Ich hätte zu gern gewußt, wer mein Gespräch mit George Black mitgehört hatte, aber es schien wenig Aussicht zu bestehen, das herauszufinden. Ich mußte mich dringendst irgendwo hinsetzen und die letzten Informationsbröckchen dem Haufen scheinbar zusammenhanglosen Materials einverleiben, den ich zusammengekratzt hatte, aber in diesem Moment klopfte es an der Tür, und Miss Knight kam mit Janet im Schlepptau hereingerauscht. Janets Gesicht war rot angelaufen, und ihre Augen sprühten Funken. Obwohl ihr Gesicht ein wenig an ein Pferd erinnerte, war sie fast schön, aber sie war auch stinkwütend, und ich hoffte, ihre Wut galt nicht mir.

Sie sagte zu Mrs. Harper: »Du wolltest mich sprechen.« Sie beherrschte sich mühsam.

»Es ist nicht besonders wichtig«, sagte Mrs. Harper, der das keineswegs entging. »Ich wollte dir nur sagen, daß ich ein neues Testament unterzeichnet habe und daß du versorgt bist. Das Testament liegt im Safe im Arbeitszimmer.«

»Danke. Ist das alles?« In Janets Stimme und Verhalten lag ein Anflug von Ungeduld.

Ihre Mutter sagte ziemlich barsch: »Verzeihung. Ich habe wohl gestört. Du siehst aus, als platzt dir gleich der Kragen. Komm wieder, wenn der Sturm sich gelegt hat, dann können wir darüber reden.«

Ich wußte nicht recht, ob Janet etwas sagen wollte oder nicht, und einen Moment lang wußte sie es wohl selbst nicht recht. Sie drehte sich um, als wollte sie hinausgehen, überlegte es sich dann anders und platzte heraus: »Der Sturm hat sich schon gelegt. Vielleicht habe ich mich in Hillman getäuscht. Gib nichts mehr von unseren Plänen bekannt. Ich bezweifle stark, daß sie verwirklicht werden.«

Sie hatte sich zwar ein bißchen, aber noch nicht richtig beruhigt. Sie sah aus, als ginge sie gleich an die Decke, stürmte hinaus und knallte die Tür hinter sich zu.

Bestimmt eine geschlagene Minute lang herrschte Schweigen, dann sagte Mrs. Harper: »Schöner Tag heute, nicht?«

»Sehr schön«, pflichtete ich bei. »Es ist leicht bewölkt, aber ich bezweifle stark, daß es vor morgen früh regnen wird.«

»Haben wir alles?«

»Alles bis auf eine kleine Nebensächlichkeit, die wir freilich nicht übersehen sollten.«

»Ach ja, das Honorar.«
»Richtig.«
»Ich habe ja schon gesagt, daß ich nicht darum feilschen werde. Sagen Sie mir, wieviel, und damit hat es sich.«
»Na gut. 1 000 Dollar.«
Ihr Gesichtsausdruck änderte sich nicht, wie es meiner getan hätte, wenn jemand 1 000 Dollar von mir verlangt hätte, aber sie ließ sich nicht für dumm verkaufen und bedachte mich mit einem ihrer kühlen Blicke.
»Billig sind Sie nicht gerade, wie?«
»Nicht besonders. Sie können auch 2 000 draus machen, wenn Sie wollen.«
»Schon gut. Ich hab' Sie beim ersten Mal verstanden. Wie lange haben Sie dafür gebraucht?«
»Vielleicht eine Stunde. Vielleicht mehr, vielleicht weniger. Was soll ich Ihnen berechnen? 50 Cent und einen Getränkebon?«
Ihre Augen zwinkerten wieder. »Sie sind in Ordnung«, sagte sie. »Ich denke, ich werde Sie irgendwann wieder beschäftigen. Aber stecken Sie sich um Himmels willen einen Zahn in das Loch in Ihrem Gesicht. Geben Sie mir mein Scheckheft, Knight.«
»Hören Sie«, sagte ich, »was die Sache mit dem Scheck angeht – ich nehme lieber 50 Dollar in bar.«
»Mehr, glauben Sie, sind meine Schecks nicht wert?«
»Doch, aber ich nehme trotzdem lieber 50 Dollar in bar.«
»Kommt nicht in Frage. Sie kriegen einen Scheck. Ich weiß, was Sie im Schilde führen, und ich glaube, ich weiß Sie lieber auf meiner Seite.«
Als ich den Scheck in der Tasche hatte, ging ich ins Speisezimmer und schnappte mir den Sheriff.
»Hören Sie«, sagte ich, »Mrs. Harper ist eine Menge Kohle wert. Ich möchte, daß Sie einen Mann auf der Terrasse und einen Mann an ihrer Tür postieren, und zwar die ganze Nacht. Sagen Sie ihnen, sie sollen dort schlafen.«
»Ich schmeiße den Laden hier«, sagte der Sheriff frostig. »Ich denk' mir die Befehle aus, und ich erteile sie auch. Verziehen Sie sich, Sie Paragraphenhengst. Ich finde immer noch, Sie gehören in den Knast, und es kann jeden Moment passieren, daß ich Sie einbuchte.«
Ich zuckte die Achseln. »Okay, aber sagen Sie nicht, ich hätte Sie nicht gewarnt. Mrs. Harper ist in Gefahr. Die Sache ist noch

nicht ausgestanden. Denken Sie sich meinetwegen die Befehle aus, und erteilen Sie sie, aber falls ihr irgendwas passiert, wird es furchtbar komisch aussehen, wenn ich den Zeitungen stecke, ich hätte Ihnen einen Tip gegeben, und Sie hätten den Oberschlauen markiert.«

»Was verschweigen Sie?« brüllte er mich geradezu an. »Sie haben mich vor nichts gewarnt.«

»Na schön, dann warne ich Sie jetzt. Das Morden ist noch nicht vorbei. Es steht noch jemand auf der Liste, und ich vermute, es ist Mrs. Harper. Ich weiß auch nicht mehr als Sie, aber eins sage ich Ihnen: Wenn ihr irgendwas passiert, werde ich den Zeitungen gegenüber auspacken, und dann sitzen Sie im dicksten Schlamassel, den Sie je erlebt haben.«

Irgendwie schaffte ich es. Er muffelte herum, kratzte sich am Kopf und sagte schließlich grollend: »Ich weiß zwar nicht, warum ich auf blöde kleine Knilche höre, aber mir soll keiner nachsagen, ich wäre nicht bereit, Vorsichtsmaßnahmen zu ergreifen. Okay. Ich teile Duncan und Parker für die Nacht ein, und wenn nichts passieren sollte, dürfen die beiden Sie morgen auseinandernehmen.«

Ich fand Ruth zusammengerollt und tief schlafend in einem der großen Sessel im Wohnzimmer. Zum ersten Mal seit zwei oder drei Tagen war ihr Gesicht ruhig und entspannt. Ich mochte sie nur ungern wecken, aber ich fand, sie gehörte in ihr eigenes Bett; deshalb schüttelte ich sie sanft an der Schulter. Im Nu waren ihre Augen weit aufgerissen und bekamen wieder den verschreckten, bangen Ausdruck.

»Hören Sie, Mädchen«, sagte ich, »fahren Sie nach Hause, legen Sie sich in ein heißes Bad, und gehen Sie dann ins Bett.«

»Und Sie?«

»Ich habe noch einiges zu tun. Soll ich Sie nach Hause fahren, oder nehmen Sie die Schlüssel und fahren selbst? Zu müde?«

»Nein, es geht schon.«

Auf dem Weg zum Auto sagte ich: »Übrigens, was ich mich schon die ganze Zeit frage, wie sind Sie eigentlich auf mich gekommen?«

»Wollen Sie das wirklich wissen?«

»Deswegen habe ich gefragt.«

»Und Sie werden nicht sauer sein?«

»Sollte ich?«

»Das könnte schon sein. Offen gestanden dachte ich, daß Mr. Mead etwas mit dem Vorschlag zu tun haben könnte, den Mr. Harper mir wegen der Aktien gemacht hat, und ich dachte, ich würde es am ehesten herausfinden, wenn ich jemanden aus seiner Kanzlei engagiere. Außerdem wüßten Sie bestimmt, daß Mr. Mead Harper und seine Firma vertritt, und würden ihn um Erlaubnis fragen. Falls Sie also abgelehnt hätten, hätte ich Bescheid gewußt. Sie waren der letzte Name an der Tür, und ich dachte, ich könnte Sie leichter ausfragen als einen von den anderen. Mr. Jolley hat mir gesagt, wo Ihr Büro ist.«

Ich blieb wie angewurzelt stehen und faßte sie, vielleicht etwas gröber als nötig, am Arm. »Wer hat Ihnen das gesagt?«

»Mr. Jolley. Mr. Hillman Jolley. Sie wissen schon – Janet.«

»Was hatte der denn damit zu tun?«

»Hab' ich Ihnen das nicht gesagt? Ich bin an dem Vormittag mit ihm in die Stadt gefahren. Er war sehr interessiert.«

Ich erinnerte mich, was der Mann im Keller des Krankenhauses gesagt hatte, und es war das einzige, was mir im Moment einfiel. Ich sagte: »Ach, du liebes bißchen!«

Nachdem Ruth losgefahren war, ging ich ins Haus zurück. Janet kam gerade mit immer noch ziemlich saurem Gesicht die Treppe herunter.

Ich ging zum Fuß der Treppe hinüber, lehnte mich ans Geländer und sagte: »Hallo, Schätzchen.«

Sie sagte: »Wie kommen Sie dazu, so etwas zu sagen? Ich weiß nicht recht, ob mir das gefällt oder nicht.«

»Ich bin einsam und hungrig und schläfrig. Ich werde Sie nicht bitten, mit mir zu schlafen, aber Sie würden wahrscheinlich gern mit mir essen, vielleicht auch trinken und sich so einiges von der Seele reden.«

»Ich bin weder hungrig noch durstig, noch einsam. Verschwinden Sie.«

»Es könnte«, sagte ich, »Sie aber interessieren, mit mir zu reden. Ich bin ein schlaues Kerlchen, und Sie würden mich mögen, wenn Sie mich nur kennen würden. Wir können eins von Ihren Autos nehmen, wenn Sie möchten, und ich lasse Sie bezahlen, wenn Ihnen dann wohler ist.«

»Ihr Angebot klingt sehr verlockend, aber ich lehne trotzdem ab, wenn es Ihnen nichts ausmacht.«

»Aber es macht mir etwas aus. Ich will speziell mit Ihnen reden, aber andererseits ist es auch ziemlich egal, ob ich hier herumtöne oder ob wir irgendwo hinfahren, wo wir nebenher vielleicht noch ein bißchen knutschen könnten.«

So langsam kapierte sie, und ihre ganze Körperhaltung verriet Unschlüssigkeit. Nach einer Weile sagte sie abrupt: »Ich hole meinen Hut«, und ging wieder nach oben.

Sie wollte genausowenig ihren Hut holen, wie ich meinen holen wollte, nämlich überhaupt nicht. Sie ging nach oben, um ihre Kräfte zu sammeln. Als sie wiederkam, hatte sie sich offensichtlich entschlossen, nett zu sein, denn sie schaffte es, mir ein ziemlich freundliches Lächeln zu schenken und hakte sich um einiges vertraulicher, als ich erwartet hatte, bei mir ein. Sie drückte irgendwo einen Knopf und gab, als der Butler erschien, Weisung, daß Miles den Packard Roadster vorfahren solle.

Während wir auf der Eingangstreppe warteten, schob sie mir einen Zehner und zwei Fünfer zu. Falls sie dachte, ich käme mir schäbig vor, täuschte sie sich. Ich steckte es ein, ohne ein Wort darüber zu verlieren. Janet betrachtete mich mit einem seltsamen Blick und lachte dann. Es war das erste Mal, daß sie in meiner Gegenwart je gelacht hatte, und es war ein ziemlich sympathisches Lachen. Sie sagte: »So einer wie Sie ist mir noch nie im Leben begegnet. Sind Sie immer so oder nur donnerstags?«

Das Lachen war ansteckend, und ich vergaß darüber fast, wie hungrig und müde ich war. In diesem Augenblick bog der große schwarze Roadster um die Ecke, Miles stieg aus und hielt die Tür auf. Janet sagte: »Danke, das ist alles. Mr. Henry fährt. Wohin fahren wir überhaupt?«

»Ich weiß nicht. Am liebsten irgendwohin, wo sie einen im Auto bedienen, jedenfalls mit Drinks. Ich bezweifle, ob es auf der Welt ein Lokal gibt, wo sie einem die Sorte Essen zum Auto bringen, die mir vorschwebt, aber wenn Sie meinen, es gibt eins, probieren wir's damit.«

Sie überlegte einen Moment. »Haben Sie was gegen pure Drinks?«

»Überhaupt nicht.«

»Prima. So sparen wir Zeit. Ich hole was von drinnen, dann müssen wir nicht durch die Stadt fahren. Wir können gleich die Straße zu Sheely's Tavern nehmen. Es sei denn, Sie wollen was Ausgefallenes.«

Ich sagte nein. Ich dachte an das Steak, die Pommes frites und den Kaffee, die ich unberührt in meinem Zimmer im CVJM hatte stehenlassen. Während sie weg war, stand Miles so still wie eine Flasche Bier; sein Gesicht war ausdruckslos, und seine Augen starrten ins Leere. Er gab sich nicht steif oder formell, bloß unauffällig. Jede Wette, wenn seine Ohren an Fühlern gehangen hätten, dann hätten sie sich bei meiner Unterhaltung mit Janet direkt über meiner Schulter befunden – und gewackelt.

Miles half Janet auf den Beifahrersitz, kam ums Auto herum und beförderte mich hinters Steuer, als verstaue er einen Koffer. Seine Augenbrauen fragten, ob das alles sei, und meine sagten ja. Wir rauschten aus der Einfahrt, bogen nach links ab, von der Stadt weg, und die Scheinwerfer schnitten eine Scheibe Nacht aus der Straße. Wir fuhren vielleicht sieben Kilometer, und Janet sagte kein Wort. Sie war so angespannt wie eine bis zum Anschlag aufgezogene Uhrfeder.

Als ich neben der Straße ein ebenes Stück Erde sah, das von einem halben Dutzend riesiger Bäume überschattet wurde, schaltete ich die Zündung aus und ließ den Wagen unter den Zweigen ausrollen. Ich machte die Scheinwerfer aus, ohne Janet auch nur anzusehen. Dann verschränkte ich die Arme auf dem Lenkrad, legte das Kinn darauf und wartete.

Kurz darauf sagte sie: »Und nun?«

Ich sagte: »Sie sind angespannt wie eine Bogensehne. Werden Sie locker, sonst schmeckt Ihnen das Essen nicht.«

Sie stieß einen langen Seufzer aus. »Ist das ein Wunder?«

»Nein, aber es tut Ihnen nicht gut. Holen Sie den Whisky raus.«

Sie nahm einen Schluck, aber er war nicht groß genug, und ich ließ sie noch einen nehmen. Sie würgte den zweiten runter, schauderte und sagte: »Puh!« Ich tat das gleiche. Es war guter Whisky, aber wir hatten nichts zum Nachspülen. Meine Haare standen etwas aufrechter.

Janet rutschte tiefer in den Sitz und legte den Kopf zurück. Ich rückte zu ihr hinüber und küßte sie. Es war ein ziemlich langer Kuß, und sie nahm ihn hin, ohne mir irgendwas davon zurückzugeben. Ich rückte wieder hinters Lenkrad.

Janet sagte: »Magst du mich?«

Ich sagte: »Ja.«

»Was magst du an mir? 15 Millionen Dollar?«

»Wenn, dann wäre das reine Einbildung. Du hast keine 15 Millionen Dollar.«

»Ich weiß, aber die Familie schon. Außerdem – ein bißchen habe ich auch selbst. Es hat keinen Sinn, drumherum zu reden. Wer mich heiratet, braucht nicht von Käsebrot zu leben.«

Ich sagte: »Du wirst deine Erwartungen ein bißchen runterschrauben müssen. Dein Vater hatte vielleicht soviel Geld. Er hat alles deiner Mutter hinterlassen. Wenn sich die Staats- und die Bundesregierung ihre Scheibe abgeschnitten haben, bleibt ihr vielleicht noch die Hälfte, aber ich bezweifle es. Sagen wir, sie hinterläßt es bei ihrem Tod dir. Die Steuern verschlingen nochmal einen großen Brocken – wahrscheinlich die Hälfte von dem, was noch da ist. Du mußt dich vielleicht mit bloßen vier Millionen durchschlagen.«

Sie sagte nichts.

Ich wartete ein Weilchen und sagte dann: »Und das wirft eine Frage auf. Dein Vater war schließlich nicht blöd. Er hat sich mit solchen Sachen ausgekannt. Warum, meinst du, hat er das Vermögen über deine Mutter vererbt, so daß das Finanzamt zweimal zulangen kann, anstatt es gleich dir zu vererben und deiner Mutter eine Rente auf Lebenszeit oder dergleichen auszusetzen, damit sie versorgt ist? Bei ihrem Alter und in ihrem Zustand steht schließlich nicht zu erwarten, daß sie genügend Gewinn daraus zieht, um den Steuerunterschied zu rechtfertigen.«

Sie sagte immer noch nichts.

Ich wartete ein klein bißchen länger. »Und noch etwas. Ich frage mich, warum Miss Janet Harper nach all den Jahren plötzlich eine Order plaziert, massenhaft Aktien der Harper Products Company zu kaufen.«

Das traf einen wunden Punkt. Ihren Gesichtsausdruck konnte ich nicht erkennen, aber sie wand sich ein bißchen auf dem Sitz neben mir. »Du steckst voller Fragen, wie?«

»Zwangsläufig. Ich kriege keine Antworten.«

»Was weißt du?«

»Nicht genug.«

»Hast du mich deshalb hierher gebracht?«

»Zum Teil. Ich dachte außerdem, es wäre schön, dich zu küssen und rauszufinden, was für ein Mädchen du bist.«

»Schön, das hast du getan, und die Fragen hast du auch gestellt. Sollen wir jetzt zu Sheely's gehen oder nach Hause fahren?«

Sie beugte sich vor und drehte den Zündschlüssel.
Ich sagte: »Sauer?«
»Ein bißchen.«
»Hungrig?«
»Ein bißchen.«
»Gut, dann fahren wir zu Sheely's. Ich habe kein anständiges Essen mehr gekriegt, soweit ich zurückdenken kann. Außerdem ist es mir lieber, du regst dich ab, ehe ich dich allein lasse. Ich hab' dich recht gern, auch falls sich rausstellt, daß du nicht mehr als vier oder fünf Millionen Dollar hast. Vielleicht wollen wir ja demnächst heiraten, und wenn wir jetzt im Streit auseinandergehen, wird das ein furchtbares Kuddelmuddel.«

Wieder überraschte sie mich mit diesem Lachen. Es war kein sarkastisches Lachen. Sie legte mir in einer impulsiven Geste die Hand auf den Ärmel. »Wirklich, Mr. Gilmore Henry«, sagte sie kichernd, »du bist der verrückteste Kerl, der mir je begegnet ist, aber du bist so total verrückt, daß ich dir einfach nicht böse sein kann. Ich war fest entschlossen, dich abblitzen zu lassen, aber jetzt trinke ich noch einen mit dir, wenn du nichts dagegen hast, und wenn du mich nochmal küssen möchtest, können wir uns wieder vertragen und in Ruhe essen. Allmählich zweifle ich ernsthaft, ob du einen Funken Verstand im Schädel hast, und zum ersten Mal in meinem Leben frage ich mich, ob es auf der Welt einen Mann gibt, der nicht an mein Geld denkt.«

Sie hatte sich mir zugewandt. Ich nahm ihr Gesicht in beide Hände und sagte: »Schätzchen, zweifle nie auch nur einen Moment daran, daß ich an dein Geld denke. Ich denke daran, seit ich weiß, daß es soviel auf der Welt gibt. Wenn du nur einen Nickel und einen Parkschein hättest, würde ich meine Zeit nicht mit dir verschwenden. Ich glaube, wenn wir verheiratet sind, hätte ich gern ein kleines Girokonto ganz für mich allein. Kein dickes. Vielleicht 50 oder 60 Riesen – für Wochenenden und so.«

Ich küßte sie noch einmal. Diesmal war es nicht so einseitig wie vorher. Es war gar nicht übel. Dann nahmen wir jeder noch einen Schluck aus der Flasche, und ich fuhr zu Sheely's. Das Restaurant lag etwa einen Kilometer abseits des Highway an einer Landstraße. Es war ein ehemaliges Farmhaus. Im Erdgeschoß hatte man zwei, drei Zwischenwände herausgerissen, so daß es einen großen Raum mit vielen Tischen und ein paar kleine Hinterzimmer gab, Nischen an den Wänden des großen Raums, nicht sehr viel Licht und eine kleine Tanzfläche. Statt einer Band dudelte eine riesige, üppig verzierte Musikbox. Für ein Lokal 15 Kilometer außerhalb einer Kleinstadt war das Publikum gar nicht schlecht. Wir suchten uns eine Nische und bestellten die zwei größten Steaks des Hauses mit sämtlichen Beilagen, an die ich seit etwa drei Tagen dachte. Ich spürte den Whisky, und er tat gut. Janet legte die Ellbogen auf den Tisch, stützte das Kinn in die Hände und wirkte mit sich und der Welt ziemlich zufrieden.

Ich zog einen eselsohrigen Briefumschlag und einen Stift aus der Tasche. »Alsdann, Miss Geldsack«, sagte ich und setzte den Stift an, »ich denke, ich würde gern eine kurze Liste des materiellen Vermögens machen, das ich nach der Hochzeit mit dir teilen werde. Wir können mit dem Packard Roadster anfangen. Der kann auf deinen Namen weiterlaufen. Das LaSalle-Coupé würde sich, finde ich, sehr hübsch für meinen persönlichen Gebrauch eignen, und wir könnten es auf mich überschreiben, um mir Peinlichkeiten zu ersparen. Die anderen Autos sind ein bißchen groß und schwer, und ich werde sie nicht oft fahren. Das Haus kannst du behalten, aber falls du da und dort ein paar bescheidene Wohnungen, Sommerhäuser oder Hütten besitzt, könnte ich die ein oder andere Behausung gelegentlich ganz nützlich finden. Mehr fällt mir im Moment leider nicht ein. Ich hoffe, daß nicht zuviel von deinem Vermögen in Immobilien festliegt. Die lassen sich nicht schnell genug flüssig machen.«

»Tja«, sagte sie nachdenklich, »mal sehen. Ich habe massenhaft Kleider, aber die wirst du nicht wollen. Der Schmuck ist ausschließlich feminin, ließe sich aber versetzen. Solange wir nicht bei unserer letzten Million angekommen sind, werde ich ihn behalten, wenn du nichts dagegen hast. Das ist nichts Persönliches, versteh mich recht. Bloß Sentimentalität. Und dann ist da natürlich noch der rote Eindecker. Den willst du vielleicht manchmal fliegen.«

Irgend etwas lief mir eiskalt den Rücken runter. Ich sagte: »Eindecker?« Ich war aufgeregt und hoffte, daß mir die Aufregung nicht anzumerken war. Leider war sie das wohl doch, denn ich bemerkte, daß sich Janets Gesichtsausdruck auf undefinierbare Weise änderte. Ich dachte, es wäre wohl ratsam, für ein Weilchen das Thema zu wechseln. Also stellte ich die Flasche auf den Tisch, grinste und sagte: »Willst du noch einen? Ich glaube nicht, daß es dir schaden könnte.«

Es war wohl zu offensichtlich. Janet sah mich an. »Was ist mit dem Eindecker?« fragte sie.

»Nichts. Ich vertrage das Fliegen nicht. Ich habe Angst vor großen Höhen. Die bloße Erwähnung von Flugzeugen bringt mich durcheinander.«

»Von wegen.«

»Gut, ich bin Stier. Rote Eindecker machen mich rasend.«

»Hör auf, drumherum zu reden.«

Ich spielte mit einer Gabel auf dem Tisch, ohne sie anzusehen. Außerdem nahm ich noch einen Schluck Whisky. Beim Hinunterschlucken wurde mir klar, daß ich allmählich blau wurde, aber zum Aufhören war es zu spät.

Janet sagte: »Wenn du mit den Hinhaltemanövern fertig bist, bin ich ganz Ohr.«

»Na schön«, sagte ich langsam, wünschte mir dabei, mein Verstand wäre etwas klarer, und achtete darauf, nicht zu lallen, »du willst es wissen, also sag' ich's dir. Ich habe das schreckliche Gefühl, daß ein roter Eindecker die Antwort auf alle meine Fragen sein könnte. Fliegst du ihn selbst?«

»Manchmal.«

»Und wer noch?«

»Vor Jahren ist mein Vater manchmal damit geflogen.«

»Weiter.«

»Miles kann ihn fliegen.«

»Jolley?«

»Ja. Er hat einen Pilotenschein.«

Eine ganze Menge Dinge, die bislang unmöglich erschienen waren, erschienen jetzt nicht mehr so unmöglich. Der Kellner brachte Shrimp-Cocktails, und ich bat um ein Glas Meerrettich. Ich zählte ganz langsam die Shrimps, ohne zu wissen, wieviel ich gezählt hatte, und vermied es, Janet anzusehen. Ich sagte: »Wir können aufhören, uns was vorzumachen. Es war davon die Rede, daß du mit Jolley verlobt bist, und dann hat es einen Streit gegeben. Wie steht die Sache?«

»Macht es dir was aus, wenn ich meine Angelegenheiten für mich behalte?«

»Nein, behalt sie ruhig für dich. Das ändert sowieso nichts.«

»Was willst du damit sagen?«

»Wo war das Flugzeug an dem Tag, als dein Vater umgebracht wurde?«

»Es war zur Reparatur in Louisville.«

»Jetzt ist es nicht mehr dort?«

»Nein, es steht auf dem Flugplatz in der City. Ich fahre hin und benutze es von dort aus, wenn ich Lust dazu habe, aber das kommt nicht sehr oft vor. Zwischen hier und der Stadt gibt es eine Landebahn, die wir benutzen könnten, wenn wir wollten, aber sie ist nicht besonders gut, und es gibt keinen Hangar.«

»Weißt du, wer es von Louisville hergeflogen hat?«

»Nein. Jemand vom Flugdienst, nehme ich an. Ich habe ihnen gesagt, ich würde dafür bezahlen, daß es jemand herfliegt, falls ich es nicht abholen lasse.«

Ich war mir sicher, daß dies das Ende des Tunnels war. Es paßte perfekt. Ich war so aufgeregt, daß ich innerlich zitterte, aber statt Hochstimmung oder Triumph empfand ich trotz Alkohol und allem Drumherum bloß Niedergeschlagenheit. Ich sah auf und stellte fest, daß Janet mich mit einer fast grimmigen Intensität musterte. Ich fragte mich, ob sie soviel intus hatte, wie ich glaubte, oder ob sie mir etwas vorgemacht hatte. Als ich ihren Blick auffing, sah sie weg. Dann sagte sie: »Entschuldige bitte«, glitt aus der Nische und ging hinaus.

Ich rief den Kellner und deutete auf die Tür, durch die sie hinausgegangen war. »Geht es dort zur Damentoilette?«

»Warum soll sie wohl sonst dorthin gehen?«

Das war eine gute Frage. Ich erinnerte ihn noch einmal an den Meerrettich. Ich fragte mich, wo das Telefon sein mochte, wollte aber nicht gerade in diesem Moment danach suchen, weil ich mich zuallererst einmal ausgiebig mit dem Steak befassen wollte, um nicht demnächst aus den Schuhen zu kippen, und weil ich darüber hinaus nicht wollte, daß Janet zurückkam und mich nicht vorfand.

Janet blieb länger weg, als ich erwartet hatte. Das Steak kam und sah so gut aus, daß ich kaum die Finger davon lassen konnte. Ich sah zu, wie das Ding kalt wurde, und es machte mich regelrecht krank. Endlich kam sie zurück, und sobald sie saß, sagte ich:

»Judas! Mir fehlt nichts außer Unterernährung. Ich fühle mich wie eine Hungersnot in China.«

Janets Stimmung hatte sich völlig verändert. Von Gelächter war keine Spur mehr. Die Atmosphäre war frostig, beinahe feindselig. Sie zeigte keine Neigung, ein Gespräch anzufangen, was mir völlig recht war, da das Steak und ich haarscharf auf der gleichen Wellenlänge lagen. Ich wurde vor ihr fertig und sagte:

»Jetzt muß ich mich entschuldigen. Gestattest du?«

Sie nickte. Ich ging durch dieselbe Tür hinaus, die sie benutzt hatte, und sah mich um. Als erstes sah ich eine Telefonzelle, dahinter die Damentoilette, und dann die Herrentoilette. Plötzlich mußte ich daran denken, wie lange Janet weggeblieben war, sah die Telefonzelle ziemlich scharf an und wollte auf einmal nicht mehr telefonieren. Ich wollte raus hier – und zwar schnell.

Ich ging in die Herrentoilette, spritzte mir kaltes Wasser ins Gesicht und ging dann zur Nische zurück. Janet rauchte gerade eine Zigarette. Ich griff nach der Rechnung und sagte: »Fertig?« Sie nickte, glitt aus der Nische und wartete, bis ich den Kellner zu fassen bekommen und bezahlt hatte.

Wir gingen zum Auto hinaus, und ich half ihr hinein und machte die Tür zu. Ich ging ums Auto herum zur anderen Tür und hatte schon die Hand am Griff, als ich ein Geräusch hörte und mich umdrehte. Ich war nicht schnell genug. Das letzte, woran ich mich erinnere, ist, daß ich auf die Knie sank und die Lichter des Restaurants auf höchst verwirrende Weise herumwirbelten.

Kapitel 20

Das erste, was ich fühlte, war mein Kopf, und ich hätte ihn bereitwillig für zwei kleine Köpfe eingetauscht und noch etwas draufgezahlt. Er fühlte sich etwa so groß an wie eine reife Wassermelone. Die Augen hielt ich in der Hoffnung geschlossen, daß ich gleich wieder einschlafen und die ganze Sache vergessen würde, aber jedesmal, wenn mein Herz schlug, dröhnte mir das Pochen wie ein Hammerschlag durch den Schädel.

Ich lag auf etwas sehr Hartem, und ich mußte in der gleichen Haltung schon ziemlich lange gelegen haben, weil meine Hüften schmerzten und praktisch jeder Muskel verkrampft war. Ich lag auf der rechten Seite, und mein rechter Arm hätte ebensogut an der Schulter amputiert sein können, denn ich wußte nicht, wo er war. Ich versuchte, den linken Arm zu bewegen, und stellte fest, daß er sich hinter mir befand und man die Hand an etwas gefesselt hatte. Ich brauchte eine ganze Weile, um dahinterzukommen, daß sie an die andere Hand gefesselt war. Ich hätte nie erfahren, mit wessen Hand man sie zusammengeschnürt hatte, doch als ich vorsichtig zog, spürte ich, wie sich unter mir etwas bewegte, und unter mir war nichts außer meinem rechten Arm.

Ich konnte eine Person atmen hören – es war kein gleichmäßiges, ruhiges Atmen wie von einem Schlafenden, sondern etwas Unregelmäßiges, fast Keuchendes.

Das nächste, worauf mein getrübter Verstand sich schließlich konzentrierte, war mein Mund. Er war vollgestopft mit einer riesigen, trockenen Zunge, die etwa die Größe einer Rinderzunge hatte, und ich bekam ihn nicht auf, weil mein ganzes Gesicht mit Klebeband verpflastert war. Ich fragte mich, ob ich die Augen öffnen könnte, aber es war mir eigentlich ziemlich egal.

Mich auf den Rücken zu rollen, hatte keinen Sinn, denn dann läge ich auf den Händen, und das wäre überhaupt nicht lustig. Ich lag einfach nur da und hoffte, daß ich tot war und es bloß noch nicht gemerkt hatte.

Ich muß mich wohl bewegt haben, oder mein Atemtempo hatte sich verändert, denn irgendwer kam auf einem Holzboden herangestampft und trat mich in die Magengrube. Das reichte. Ich wurde wieder bewußtlos.

Als ich das nächste Mal aufwachte, war ich klatschnaß, keuchte, wand mich mit einer Anstrengung, deren ich mich nie für fähig gehalten hätte, in sitzende Position hoch und legte den Kopf auf die Knie. Ich experimentierte mit meinen Augen, und zu meiner nicht geringen Überraschung gingen sie auf, und ich sah rohe Dielen mit Ritzen dazwischen. Jemand schlug mir kräftig gegen die Schläfe, und ich fiel beinahe wieder um. Den Schmerz spürte ich nicht, aber was es in meinem Kopf bewirkte, war eine spezielle Form der Folter, die ausschließlich den Japsen vorbehalten sein sollte. Irgendwo in mir kochte eine Wut hoch, die mich dem Wahnsinn näher brachte, als mir lieb war, und ich glaube, wenn mein Mund nicht zugeklebt gewesen wäre, hätte ich in der Hoffnung, ein Schienbein zwischen die Zähne zu kriegen, blindlings zugeschnappt. Wäre das möglich gewesen, hätte das, was ich damit angestellt hätte, einen Dobermann veranlaßt, nach Hause zu gehen und Nachhilfestunden zu nehmen.

Ich hob den Kopf, drehte mich und blickte zu Miles auf. Er wirkte grimmiger und härter denn je. Wenn es in der Hölle Rausschmeißer gibt, dann muß ihr oberster Chef Chauffeuruniform tragen. Er brauchte nicht mal Hörner und einen Schwanz, um die Illusion perfekt zu machen.

»Na also!« sagte er. »Er weilt wieder unter uns.«

Er griff nach unten und riß mir mit einem Ruck das Klebeband vom Gesicht, und wenn er mir dabei nicht die halbe Haut abzog, dann nur deshalb, weil er das ganze Gesicht mitnahm. Die Stelle, wo das Zeug an meinen Lippen geklebt hatte, brannte beim Abreißen wie Feuer, und ich spürte, wie mir das Blut übers Kinn lief. Wenn er ein bißchen näher gewesen wäre, hätte ich ihm wie ein Hai den Fuß abgebissen. Die Blutzirkulation in meinem rechten Arm begann allmählich wieder zu funktionieren, und ich preßte vor Schmerz die Kiefer zusammen, bis sie weh taten.

Miles sagte: »Wir beide werden uns jetzt mal nett unterhalten.«

Ich sagte: »Nur zu.«

Er machte eine Handbewegung, als wollte er mich wieder schlagen, und ich krümmte mich wie ein Hund. Er lachte.

»Feige, wie?«

»Vermutlich.«

»Ich hab' noch gar nicht richtig angefangen. Sing schon, aber ein bißchen plötzlich.«

»Was wollen Sie wissen?«

»Komm mir nicht mit dem Quatsch. Red schon.«

Zum ersten Mal schaute ich mich um, um festzustellen, wo ich war. Janet saß auf einem Stuhl, die Hände hinter der Rückenlehne gefesselt und Klebeband über dem Mund. Ihre Augen waren offen, und sie sah mit so etwas wie entsetzter Faszination zu. Ich stellte weiter fest, daß wir uns in einer Einzimmerhütte ohne Decke befanden, so daß die Dachbalken freilagen. Es gab zwei Fenster und zwei Türen, und draußen war es immer noch Nacht. An der zweiten Tür befand sich etwas, bei dem ich zweimal hinsehen mußte, ehe ich es glaubte. Auf dem Boden lag Hillman Jolley, ziemlich genau wie ich dagelegen hatte, nur daß ich an seinem Kopf keine Beule sah. Seine Füße waren gefesselt, seine Hände konnte ich nicht sehen, da sie sich hinter dem Rücken befanden. Auch er hatte die Augen offen, und sie glänzten wachsam.

Ich starrte Jolley an, und er starrte zurück. Ich war so überrascht, daß ich fast vergaß, wo ich war. Ich blickte zu Miles auf, und er hatte offenbar keine Schwierigkeiten, meinen Gesichtsausdruck zu deuten.

»Reingelegt, was?« sagte er kichernd. »Der alte Perry Mason höchstpersönlich. Rennt wie ein Verrückter durch die Gegend, findet alle möglichen tollen Sachen raus, macht alle möglichen schlauen Sprüche und wird die ganze Zeit reingelegt wie ein Drittkläßler. Ich wette, du glaubst noch an den Weihnachtsmann.«

Ich sagte: »Nein, nicht mehr. Ich werde reden. Was wollen Sie wissen?«

»Was war in dem Bankschließfach?«

»Keine Ahnung. Wir sind nicht drangekommen.«

»Du lügst. Raus damit, oder ich trete dir die Rippen ein.«

»Es stimmt. Sie wollten uns nicht an das Schließfach lassen. Haben behauptet, sie könnten nicht sicher sein, daß John McClure John McCall ist, und außerdem darf man sowieso nicht an das Schließfach eines Toten, ohne daß ein Finanzbeamter dabei ist. Wir haben für heute morgen einen Termin machen müssen. Wenn es noch heute morgen ist.«

Damit hatte er nicht gerechnet. Offensichtlich hörte es sich wahr genug an, denn anstatt mich wie versprochen zu treten, ging er hinüber zu einem Korbstuhl am Tisch unter dem Fenster, setzte sich und trommelte mit den Fingern auf die Platte.

Gleich darauf sagte er: »Wenn du mir Blödsinn erzählst, wird's dir leid tun.«

Das Blut an meinem Kinn trocknete, und es juckte. Die Blutzirkulation war bis zu meiner rechten Hand vorgedrungen, und sie pochte. Ich sagte:

»Ich erzähle Ihnen keinen Blödsinn.«

»Also gut, was hast du geglaubt zu finden?«

»Ich weiß nicht. Ich habe nicht die leiseste Ahnung. Es wäre mir nie eingefallen, da reinschauen zu wollen, wenn nicht jemand so hinter dem Schlüssel hergewesen wäre.«

»Du wolltest deine Nase in die Bücher der Harper Products Company stecken. Wozu?«

»Woher wissen Sie das?«

»Ich stelle die Fragen. Red weiter, sonst gibt's was an die Birne.«

»Steht was in den Büchern, was ich nicht sehen sollte?«

Er durchquerte rasch das Zimmer, stellte mir den Fuß an die Schläfe und stieß mich mit Wucht um.

»Damit du weißt, wo's langgeht, du Klugscheißer. Du glaubst wohl, du bist beim Murmelspielen im Hinterhof?«

Er packte mich am Kragen, riß mich in sitzende Haltung hoch und schlug mir auf den Mund, so daß meine Lippen wieder zu bluten anfingen. Ich sagte:

»Das war nicht nötig. Lassen Sie mir Zeit. Ich weiß ja gar nicht, worauf Sie hinauswollen.«

Er setzte sich wieder an den Tisch.

»Du warst auf irgendwas unheimlich neugierig. Ich will wissen, auf was.«

»Jemand hat mich dafür bezahlt, daß ich sie mir ansehe, da hab' ich sie mir eben angesehen. Ich habe nicht gewußt, wonach ich suche. Ich bin mit ein paar Bilanzen aus Jolleys Büro marschiert, und für mich waren sie bloß Zahlensalat. Wenn ich irgendwas gesehen habe, dann weiß ich nicht, was.«

»Du verlogener kleiner Drecksack.«

»Warum sollte ich Sie anlügen? Ich bin aus den Zahlen nicht schlau geworden. Das ist auch kein Wunder. Wenn da was war, dann sind die Banker und die Börsenmakler anscheinend auch nicht dahintergestiegen. Ich bin kein Wirtschaftsprüfer. Wie kommen Sie darauf, daß ich etwas finden könnte, was anscheinend nicht mal der Vorstand weiß, immer vorausgesetzt, da ist überhaupt was?«

Er war zwar hart, aber nicht sonderlich helle, und sein Verstand arbeitete wie ein kalter Automotor. Falls er bis zehn zählen wollte, brauchte er garantiert seine Finger dazu.

»Na gut, vielleicht stimmt das, vielleicht auch nicht. In der Zeitung stand, die hätten in Louisville nach dir gefahndet, nachdem du das Zeug geklaut hast, und du hättest eine Menge Fragen über jemand namens Murdoch gestellt. Was sollte das?«

»Das weiß ich auch nicht. Ich weiß nicht, wer sie war oder ist oder wo sie steckt. Das wollte ich ja rausfinden. Ich dachte, Sie wüßten es. Ich weiß nicht, wie Sie darauf kommen, daß ich das alles weiß. Wenn ich soviel wüßte, wie Sie glauben, wäre ich nicht hier, und Sie wären auf dem Weg zum elektrischen Stuhl.«

Das hätte ich nicht sagen sollen. Diesmal zog er einen Revolver aus einem Halfter unter der Achsel, packte ihn am Lauf, kam auf mich zu und schlug damit zu. Ich trat nicht völlig weg, tat aber so, als ob. Alles wurde rot und verschwommen, und in meinen Ohren dröhnte es. Von Janet kam ein gurgelnder Laut, und der Stuhl knarrte leicht. Aus dem Ausruf, den Miles von sich gab, schloß ich, daß sie in Ohnmacht gefallen war.

Miles stellte sich über mich, und dann kam von draußen irgendein Geräusch, denn ich merkte auch ohne hinzusehen, daß er erstarrt war und lauschte. Einen langen Moment war es ganz still im Zimmer, dann schlich er auf Zehenspitzen zur Petroleumlampe, drehte sie herunter, ging leise hinaus und machte die Tür hinter sich zu.

Ich wälzte mich herum, so daß ich mit dem Rücken an der Wand lehnte und sehen konnte, was auch immer nun passieren mochte. Janet saß mit hängendem Kopf zusammengesunken auf ihrem Stuhl. Jolleys Augen glänzten immer noch, und sein Gesicht war rot vor Anstrengung. Auf seiner Stirn stand Schweiß, und ich sah, daß er sich mit seinen Händen abmühte. Kurz darauf gab er ein Grunzen von sich, eine Hand kam nach vorn, dann die andere. Er stemmte sich hoch, lehnte sich mit dem Rücken an die Wand, rieb sich die Hände und bog die Finger, um wieder Gefühl in sie zu bekommen. Dann beugte er sich vor, band seine Füße los und schüttelte sie ein wenig aus. Er sah zu mir herüber, fing meinen Blick auf und bedeutete mir mit einer Handbewegung, still zu sein. Mit dem Klebeband auf seinem Mund hielt er sich erst gar nicht auf, sondern ging auf Zehenspitzen zum Tisch hinüber, wobei er sich außerhalb der Fensterlinie hielt. Auf dem Tisch lag ein Revolver. Er klappte ihn auf, ließ mit dem Daumen die Trommel rotieren und klickte ihn wieder zu.

Er ging auf Janet zu, blieb auf halbem Weg plötzlich stehen, lauschte einen Moment, bedeutete mir wieder, still zu sein, und schlüpfte zu der Tür hinaus, die der von Miles benutzten gegenüber lag. Ich hörte seine ersten ein, zwei Schritte, dann war es wieder still, und unterm Boden begann eine Grille ihr sinnloses Zirpen.

Ein, zwei Minuten kam kein Laut, dann hörte ich ein ganzes Stück von der Hütte weg ein Geräusch wie von Schritten auf Kies. Dann ertönten ein Ausruf und drei Schüsse, gefolgt von einem Krachen, als bräche jemand durchs Unterholz. Gleich darauf heulte der Motor eines Autos auf, Reifen quietschten, als es mit einem Ruck anfuhr, und dann war es weg.

Ich ging davon aus, daß Mr. Hillman Jolley tot war. Wahrscheinlich hatte Miles ihn im Dunkeln erschossen, ohne zu wissen, wer es war, und dann in der Annahme, daß ihm jemand gefolgt war und ihm auf die Pelle zu rücken begann, die Flucht ergriffen. Falls ja, war das eine äußerst kühne Annahme, denn da lag ich, und da saß Janet, und es tat sich rein gar nichts. Nach etwa zehn Minuten war hinlänglich klar, daß keine Hilfe im Anmarsch war, und so fing ich an, mit den Stricken herumzuexperimentieren. Miles war kein Amateur und hatte mich gründlich verschnürt. Ich arbeitete mit den Handgelenken, bis ich mir die ganze Haut abgerubbelt hatte. Der Knoten machte nicht den Eindruck, als würde er sich lösen, aber der Strick war ziemlich alt und dehnte sich gerade genug, um mir ein bißchen Hoffnung zu machen.

Janet regte sich und hob den Kopf. Sie hatte die Farbe eines dieser Weißbücher, von denen das Außenministerium ständig redet. Sie machte die Augen auf und sah mich direkt an, aber ihr Blick war verschwommen, und ich wußte, daß sie durch einen Nebel schaute.

Ich sagte: »Hallo!«

Ihre Augenlider zuckten, dann riß sie sie weit auf.

Ich sagte: »Hallo, Mädchen. Alles halb so schlimm.« Ihr Blick richtete sich auf mich wie der Hauptgeschützturm eines Schlachtschiffs. Der Nebel hob sich rasch. Als sie mich wahrnahm, kam das Entsetzen wieder, und sie machte eine ruckartige Aufstehbewegung, aber der Stuhl schwankte gefährlich, und sie hatte Glück, daß er nicht umfiel. Sie war bei vollem Bewußtsein, konnte mit dem ganzen Zeug auf ihrem Mund aber nichts anderes tun, als wie ein Spukschloß auszusehen. Sie sagte: »Mmm-mmm-mmm-mmm-m-m-m-m.« Ich sagte: »Aber, aber, so was sagt man nicht zu seinem Zukünftigen. Heb dir solche Ausdrücke für die Leute vom Finanzamt auf. Ich bin Mamis Liebling, weißt du noch?«

Ihre Wangen bekamen etwas Farbe, und allmählich sah sie besser aus. Ich zerrte noch ein bißchen an den Stricken herum, aber meine Handgelenke taten so weh, daß ich aufhörte, um das Ganze zu überdenken. Man kann nicht ewig wie ein Weihnachtspäckchen verschnürt herumliegen. Sogar für Weihnachtspäckchen ist es bis Heiligabend todlangweilig. Ich mag keine Ratten, hätte aber sogar mit einem dieser widerlichen Viecher ein hübsches Abkommen treffen können, falls ich geglaubt hätte, sie würde das Seil durchnagen, wie in dem Kinderreim, den ich Ruth gegenüber zitiert hatte, als ich noch ein relativ junger Mann war.

Es schien nur eine Möglichkeit zu geben. Meine Hände waren pummelig wie der Rest von mir, und im Gegensatz zu einem Seil gibt Fleisch nach. Es tat mir bereits an so vielen Stellen weh, daß es meiner Ansicht nach keinen großen Unterschied machte, wenn ich eine neue Front eröffnete. Mühevoll wälzte ich mich in die Zimmerecke, stemmte mich unter zahlreichen Verrenkungen an der Wand hoch und schaffte es schließlich aufzustehen. Indem ich mich wie ein lebendiger Pogostock verhielt, gelangte ich irgendwie durchs Zimmer und sank, nach Atem ringend, gegen den Tisch. Janet sah mir mit einer Mischung aus Aufmunterung und Verwirrung zu. Ich wand mich herum, so daß ich dem Tisch den Rücken zuwandte, ging leicht in die Knie und hakte den Strick unter die Ecke. Dann drehte ich mich ein wenig zur Seite und verlagerte mein Gewicht auf den Tisch, damit er nicht vom Boden abhob. Alles war bereit, aber ich ruhte noch ein Weilchen aus, um Mut zu fassen.

Wenn jemand anders einem weh tut, kann man nichts dagegen machen, aber wenn man sich selbst Schmerzen zufügt, muß man fest entschlossen sein, sonst streiken die Muskeln, wenn die Sache zur Schinderei wird. Nach einer Weile holte ich soviel Luft, wie ich nur konnte, biß die Zähne zusammen und legte alles hinein, was ich draufhatte. Ich legte jede Menge in den linken Arm und ließ den rechten so locker wie möglich, um es leichter zu machen. Er kam frei, aber so, wie er sich anfühlte, erwartete ich beinahe, meine rechte Hand abfallen und auf den Boden plumpsen zu hören. Ich hatte nicht damit gerechnet, daß es so leicht gehen würde, verlor das Gleichgewicht und fiel hin, ehe ich mich festhalten konnte.

Der Schmerz war ziemlich schlimm, und ich lag eine Minute lang bloß da und biß mir fast ein Stück aus der Zunge. Ich werde nie erfahren, ob ich wimmerte oder nicht, jedenfalls kamen mir Tränen, die heftig an den Stellen brannten, wo Miles mir das Klebeband abgerissen hatte. Meine rechte Hand war wundgescheuert und schwoll etwas an, aber ich war imstande, mit der anderen Hand an dem Knoten an meinen Füßen herumzuzerren, und er ging schließlich auf. Ein Fuß war fest eingeschlafen. Als ich mein Gewicht darauf verlagerte, knickte er um, und ich mußte schließlich auf allen vieren zu Janet hinüberkriechen. Mit meiner einsatzfähigen Hand befreite ich sie mit Mühe und legte mich dann rücklings auf den Boden, während sie ihre Füße losband. Sie zupfte vorsichtig an dem Klebeband auf ihrem Mund, und als es sich an einer Ecke löste, ließ sie sich neben mir auf alle viere nieder und sagte: »Wir verschwinden besser von hier. Schaffst du das?«

Ich sagte: »Schaffst du's denn?«

»Och, mir fehlt nichts. Mich haben sie bloß gefesselt. Es wird zwar eine Weile dauern, bis ich wieder Lust habe, mich auf ein Pferd zu setzen, aber ich bin noch lange nicht non compos mentis, oder wie immer das heißt.« Dann strich sie mir sanft übers Gesicht und sagte: »Armer Humpty Dumpty. Ich fürchte, dich werden alle Pferde und alle Lehnsmänner des Königs nicht mehr zusammensetzen. Ist es arg schlimm?«

»Als er mich das erste Mal geschlagen hat, war es arg schlimm«, antwortete ich müde. »Danach hat es so oder so keine große Rolle mehr gespielt. Ich hoffe, ich habe eine 37-Millimeter-Kanone dabei, wenn ich den Schweinehund das nächste Mal treffe, und ich denke dabei nicht an Platzpatronen. Wenn du mir ein bißchen die Knöchel massierst, kann ich, glaube ich, meine Füße bald wieder fühlen. Ich weiß jetzt, was mit dem Ausdruck ›Mit einem Bein im Grab stehen‹ gemeint ist.«

Es begann zu regnen, als wir aus der Hütte kamen, und wenn es kurz vor Tagesanbruch wirklich am dunkelsten ist, dann war es kurz vor Tagesanbruch. Ich konnte nicht erkennen, ob wir uns auf der Brooklyn Bridge oder mitten in einem Brokkolifeld befanden. Janet hielt meine Paradehand, und so standen wir da und warteten darauf, daß die Dunkelheit sich lichtete, aber alles, was passierte, war, daß wir naß wurden. Ich sagte: »Tja, es macht riesigen Spaß, mit dir Händchen zu halten, Schatz, aber mir fällt einiges ein, was ich im Moment lieber täte. Was meinst du, wo's in die Stadt geht?«

»Hörst du denn nichts?« fragte sie.

»Tut mir leid, nein. Ist das schlimm?«

»Nein, jetzt mal ernsthaft. Es klingt wie fließendes Wasser.«

Der Revolverkolben hatte mich am Ohr getroffen, und es war etwa so brauchbar wie ein abgestelltes Telefon. Ich weiß nicht, ob man ein Ohr spitzen kann oder nicht, aber eine Menge guter Schriftsteller behaupten, man kann, und so spitzte ich das andere nach besten Kräften. Alles, was ich hören konnte, war das Anschwellen meiner Hand, und es klang wie *The Lost Chord.* Janet war da wohl besser dran, denn sie ging los und zog mich hinter sich her.

Das Gelände fiel ziemlich steil ab, und der Untergrund bestand aus Fels und losem Gestein. Ich stolperte hinter ihr her, und wir stießen mit ein paar Bäumen und sonstigen Gegenständen zusammen. Es gab zwar einen Pfad, aber wir hatten so unsere Probleme, auf ihm zu bleiben, und von Zeit zu Zeit mußte einer von uns zu Boden, um danach zu tasten. Bald darauf hörte ich das Geräusch, von dem sie gesprochen hatte. Es war das Plätschern eines Bergbachs, und es war nicht weit weg. Wir erreichten ihn schließlich, und das Wasser war trotz der Jahreszeit recht kühl. Ich fand eine tiefe Stelle, kniete mich auf einen Felsen daneben und verschwand mit dem Kopf vollständig unter Wasser. Es fühlte sich herrlich an. Als ich mich aufrichtete, stieß mein Fuß gegen etwas Metallisches, und als ich es gefunden hatte, hatte ich einen Revolver in der Hand. Janet war damit beschäftigt, sich Wasser ins Gesicht zu spritzen, und ich sagte ihr nichts davon. Ich klappte das Ding auf und tastete die Kammern ab. Sie waren geladen. Offenbar war das der Revolver, den Jolley mitgenommen hatte. Falls ja, lag seine Leiche wahrscheinlich ganz in der Nähe, aber das konnte überall sein, und ich sah keinen Sinn darin, nach ihr zu suchen. Abgesehen von dem fließenden Wasser hatten wir keinerlei Geräusch gehört, und wir hörten auch jetzt keins.

»Gehen wir«, sagte Janet. »Ich fühle mich besser. Außerdem habe ich eine ungefähre Vorstellung, wo wir sind. Das Vorgebirge liegt östlich von Harpersville, und nur dort gibt es solche Bäche. Normalerweise führt von da irgendein Weg in die Täler hinunter. Sehen wir nach.«

Es als ›sehen‹ zu bezeichnen, war bloß so eine Redewendung. Es war genaugenommen ein Tasten, und nach dieser Erfahrung würde ich mich künftig lieber durch das Innere eines auf Hochtouren laufenden Betonmischers tasten. Zwischen all den Felsblöcken, Bäumen, Kletterpflanzen und Dornensträuchern war es alles andere als lustig. Als ich schließlich auf die ausgefahrene Bergstraße hinausstolperte, war mir nach Singen zumute. Janet war irgendwo 20 Meter weit weg, und wir verständigten uns durch Zurufe, während sie zu mir herübertappte. Vor Angst, die Straße zu verlieren und nie mehr wiederzufinden, wagte ich mich nicht zu rühren.

Als sie bei mir ankam, sagte sie: »Ich wußte nicht mehr, wo du bist, und dann mußte ich an Schlangen denken und habe Angst gekriegt und mich einsam gefühlt.« Sie fand meine Schulter, legte den Kopf darauf und weinte, und ich hatte das leise Gefühl, daß es weniger die Angst als die Einsamkeit war. Ich gab ihr mein Taschentuch, sie schneuzte sich die Nase, und dann stolperten wir noch etwa einen Kilometer die Bergstraße hinunter. Als wir auf den State Highway stießen, war die Morgendämmerung immer noch nicht angebrochen.

Kapitel 21

Wir hatten ungefähr so viele Chancen, eine Mitfahrgelegenheit zu bekommen, wie zwei räudige Spitze mit Würmern. Claudette Colbert hätte wie in *It Happened One Night* ihr Kleid hochziehen und ihre Beine zeigen können, und dennoch hätte sie in den ersten 20 Minuten kein Auto gestoppt, denn es gab keins. Dann kam ein Auto mit Michigan-Nummernschild, dessen Fahrer abbremste, aber als er mich im Scheinwerferlicht genauer sah, trat er das Gaspedal durch und schoß vorbei wie eine Rakete. Eine alte Dame warf einen Blick durchs Rückfenster auf mich und kreischte. Ich muß ausgesehen haben wie etwas aus dem Zoo, war aber zu sauer, um mir darüber Gedanken zu machen.

Es regnete unaufhörlich, und das Wasser ließ sich durch meine Kleidung nicht im geringsten aufhalten. Es lief mir über die Haut und in die Schuhe. Etwa fünf Minuten später kam ein Model-T-Tourenwagen mit Vorhängen – Baujahr vermutlich 1922 –, und hielt. Auf dem Rücksitz standen massenhaft Körbe mit Gemüse, aber ich hätte garantiert noch einen Sitzplatz gefunden, wenn man mir die Chance gegeben hätte. Der Fahrer, ein Farmer im Overall, schien durchaus gewillt, uns mitzunehmen, aber seine Frau war ein hakennasiger alter Drachen, und angesichts des Gemüses und ihrer neuen Schonbezüge, die sie gerade erst eigenhändig genäht hatte, hatten wir keine Chance. Der Fahrer zog ein entschuldigendes Gesicht und machte den Mund auf, als wollte er Einwände erheben, aber sie warf ihm die Art von Blick zu, die einem solche Frauen zuwerfen können, und er schloß den Mund so schnell, daß es fast plopp machte.

Beim nächsten Mal hatten wir mehr Glück, oder auch weniger, je nachdem, wie man es sieht. Ein alter Lastwagen keuchte heran und kam 20 Meter weiter quietschend zum Stehen. In der Fahrerkabine saßen zwei Männer. Die Ladefläche war eines dieser badewannenähnlichen Dinger und schon seit Al Smiths Niederlage gegen Hoover zum Teertransport benutzt worden. Wir konnten es uns nicht leisten, wählerisch zu sein, und so stieg Janet in die Fahrerkabine und durchnäßte einen der Männer gründlich, ehe er ausweichen konnte. Man könnte vermutlich sagen, daß die Teerwanne leer war, aber selbst eine leere Teerwanne enthält mehr Teer, als man seinen Kindern zum Spielen geben würde. Ich stellte mich direkt hinter die Fahrerkabine und faßte nach Möglichkeit nichts an, aber als ich mich das erstemal zu bewegen versuchte, wußte ich, daß meine Schuhe für immer hierbleiben würden. Auf meinen Zuruf schnorrte Janet von einem der Männer eine Zigarette, zündete sie an und reichte sie mir heraus. Ich wölbte die Hände darum und schaffte ein paar Züge, ehe sie naß wurde und mir zerbröselte.

Harpersville war ungefähr 20 Kilometer entfernt, aber wir brauchten dennoch 30 Minuten. Janet brachte sie dazu, uns bei ihr zu Hause abzusetzen. Ich mußte meine Schuhe aufschnüren und zurücklassen, und als ich herauszukraxeln begann, dachte ich für einen Moment, ich müßte auch meine Hose zurücklassen. Ich hatte Visionen von einer beidseitigen Lungenentzündung mit den scheußlichsten Komplikationen. Janet dankte den Männern ohne sonderliche Begeisterung.

Überall im Haus brannte Licht, und massenhaft offiziell aussehende Autos verstopften die Auffahrt. Ich zog die Socken aus und ging übers Gras, weil es so bequemer war. Das Haus war zweistöckig, und das Dach, das im besten traditionellen Landhausstil mal hierhin, mal dahin verlief, wurde an zwei, drei Stellen von Erkerfenstern aufgelockert. In einem davon brannte Licht, und jemand bewegte sich hin und her. Ich deutete darauf und sagte:

»Wer könnte da oben sein?«

Janet sah hinauf und sagte:

»Das ist Miss Knights Zimmer. Sie ist die meiste Zeit mit Mutter zusammen, aber offiziell ist das ihr Zimmer, und es steht ihr frei, sich da oben aufzuhalten, wenn sie nicht gebraucht wird.«

»Na prima. Sie scheint jetzt da zu sein, und eine Besprechung zwischen uns beiden ist schon lange überfällig.« Dann fügte ich, ohne Janet anzusehen, hinzu: »Du hast wohl schon gemerkt, daß irgendwas los ist.«

Sie sagte: »Ja, und ich habe eine Heidenangst. Es geht wohl um Mutter.« Sie verfiel in Laufschritt, und ich trabte hinter ihr her, wobei ich fast bei jedem Schritt auf spitze Gegenstände trat. An der Tür stand ein Wachposten, gehüllt in einen riesigen schwarzen Regenmantel. Er sah ein wenig elend aus. Janet rannte die Treppe hoch, machte eine Bewegung zu den geparkten Autos hin und fragte ängstlich: »Was soll das alles? Was ist passiert? Ist etwas mit Mutter?«

Der Wachposten geriet völlig aus dem Häuschen, als er sie sah. Er riß die Eingangstür auf, steckte den Kopf hinein und brüllte:

»Joe! Joe! Sag dem Chief, daß Miss Harper und der kleine Dicke aufgetaucht sind. Beeilung!« Dann drehte er sich um. »Der ganze Aufwand ist wegen Ihnen. Wir kriegen einen Anruf von Sheely's, draußen wär' irgendein Krawall im Gange, und da steht Ihr Auto mit Blut auf dem Trittbrett an der Fahrerseite, und Sie sind verschütt. Der Chief springt im Nachthemd aus dem Bett, und alles, was Beine hat, düst auf der Suche nach Ihnen in der Landschaft und in der Stadt rum. Und zu allem Überfluß kriegt Mrs. Harper vor ungefähr einer Stunde auch noch einen Anfall. Davor ist Mr. Jolley mit dem Arm in der Schlinge und kochendem Motor aufgekreuzt, und er kennt sich hier in der Gegend nicht aus und hat keine Ahnung, wo er herkommt, also rast ein Haufen Streifenwagen los . . .«

Eine Tür wurde aufgerissen, und der Polizeichef rannte durch die Halle und packte Janet, als hätte er Angst, sie würde davonfliegen.

»Miss Janet!« sagte er deutlich erleichtert, »dem Himmel sei Dank! Sind Sie in Ordnung?«

»Mir fehlt nichts, aber was ist mit meiner Mutter? Mr. Dudley sagt, sie hat einen Anfall gehabt. Ich sehe das Auto des Arztes. Was sagt er?«

»Er sagt, es ist ziemlich schlimm. Er war furchtbar schwer zu erreichen und behandelt sie, seit er hier ist. Will mich nicht reinlassen, hat aber ausrichten lassen, daß es arg schlecht aussieht.«

»Ich gehe rein«, sagte Janet abrupt und ließ ihn stehen. Sie ging zu Mrs. Harpers Zimmer hinüber und trat ohne anzuklopfen ein.

Der Chief betrachtete mich und pfiff schrill durch die Zähne. »Mein lieber Mann!« sagte er. »Was ist denn mit Ihnen passiert?«

»Ich hab' noch nicht Inventur gemacht. Wo ist Jolley?«

Der Chief deutete mit dem Daumen Richtung Speisezimmer. »Da drin, Fragen beantworten. Behauptet, jemand hätte ihm eine Decke über den Kopf geworfen, so wie bei Ruth McClure, und ihn irgendwo in die Pampa verschleppt. Dann wären sie eine Weile herumgegurkt und schließlich in irgendeine hügelige Gegend gefahren, und wie sich rausstellt, war's Miles, und Sie und Miss Janet waren auch da. Behauptet, er hätte sich befreit und sich mit Miles im Dunkeln eine Ballerei geliefert, ihn aber wahrscheinlich verfehlt. Dann ist er zufällig auf ein Auto gestoßen, das auf der Straße stand, und hat gedacht, er holt besser Hilfe. Scheint irgendwo gestürzt zu sein und hat sich an einem Felsen den Arm verstaucht, er trägt ihn nämlich in einer Schlinge und sagt, es tut teuflisch weh. Wir sind in ein paar Minuten mit ihm fertig. Bleiben Sie in der Nähe. Sie sind gleich als nächster dran.«

Ich setzte mich im Wohnzimmer in einen schicken Sessel und ruinierte ihn. Sobald der Chief die Speisezimmertür hinter sich zugemacht hatte, ging ich ins Dachgeschoß hinauf und klopfte an Miss Knights Tür. Bevor ich klopfte, konnte ich sie hin- und hergehen hören, danach aber wurde es totenstill im Zimmer, und niemand forderte mich zum Eintreten auf. Ich drehte den Knauf, es war nicht abgeschlossen, und so stieß ich die Tür auf und trat ein. Miss Knight hatte sich flach an die Wand neben der Tür gepreßt, hielt einen Zinnleuchter in der Hand und erkannte mich gerade noch rechtzeitig, um mir nicht den Schädel einzuschlagen.

»Ach, Sie sind's«, sagte sie. Sie wirkte zu Tode verängstigt.

Ich sagte: »Ja, ich bin's. Wen haben Sie denn erwartet?«

»Ich weiß nicht. Das ist ja das Problem.«

Ich sah mich im Zimmer um. Auf dem Bett waren zwei Koffer, und überall lagen Kleider in ordentlichen Stapeln, die zum Teil auch schon verpackt waren. Ich deutete mit dem Kopf darauf und sagte:

»Bißchen Urlaub machen?«

»Für immer. In diesem Haus passiert einfach zuviel. Ich habe Angst.«

»Wovon denn zuviel?«

»Zuviel Mord. Zuerst Mr. Harper und jetzt Mrs. . .« Sie schlug sich den Handrücken vor den Mund und beendete den Satz nicht.

»Was soll das heißen? Die sagen, es war ein Herzanfall.«

»Das sagen die.«

»Was sagen Sie denn?«

»Ich sage gar nichts. Ich weiß nichts.«

»Waren Sie dabei?«

»Ja. Es war einfach ein Herzanfall, genau wie alle sagen. Wenn Sie nichts dagegen haben, würde ich gern weiterpacken. Ich möchte den ersten Zug aus der Stadt erwischen, ganz gleich in welche Richtung.«

»Wieso haben Sie gesagt, es war Mord?«

»Das habe ich nicht gesagt. Wie könnte es denn Mord sein? Sie ist doch gar nicht tot, oder? Wenn niemand tot ist, kann es auch kein Mord sein.«

Sie ging zum Bett hinüber, nahm ein paar Sachen aus dem Koffer, legte ein paar Sachen hinein, nahm sie wieder heraus und legte die anderen zurück. Ihre Finger zitterten, und sie war sich nicht bewußt, was sie da überhaupt machte.

Ich sagte: »Wer war noch dabei, als es passierte?«

»Niemand. Niemand außer mir. Sie hat dieses Medikament genommen, und kurz darauf hatte sie einen Herzanfall. So etwas konnte jederzeit passieren. Sie kann das völlig unerwartet bekommen, ob morgens, mittags oder abends, sogar im Schlaf.«

»Was für ein Medikament?«

»Ein ganz normales Medikament. Sie nimmt es, wenn sie eine schlechte Nacht hat und nicht gut schläft.«

»Tabletten aus einer Schachtel?«

»Nein, es ist eine Flüssigkeit. Sie nimmt sie mit warmer Milch.«

»Und wo kommt die Milch her? Die hat sie doch nicht bei sich im Zimmer, oder?«

»Was spielt das denn für eine Rolle? Was hat die Milch damit zu tun? Ich habe Ihnen doch gesagt, sie hatte einen Herzanfall.«

»Ich weiß. Wo, sagten Sie, kommt die Milch her?«

Sie gab lange keine Antwort, dann sagte sie plötzlich:

»Wer sind Sie?«

»Das gleiche könnte ich Sie fragen.«

»Was meinen Sie damit?«

»Genau das, was ich gesagt habe, Miss Phoebe Murdoch.«

Die Farbe wich aus ihrem Gesicht wie Wasser, das aus einer Badewanne abläuft. Sie nahm eine Art marmorne Blässe an, gab ein merkwürdiges Japsen von sich und tastete blindlings herum, bis ihre Hand an das Fußende des Bettes stieß. Einen Moment lang stand sie schwankend da, dann setzte sie sich neben den Koffer und sagte mit ganz leiser, schwacher Stimme: »Was haben Sie gesagt?«

»Soll ich es wiederholen?«

Sie schüttelte benommen den Kopf, rappelte sich mühsam auf, ging zur Tür hinüber, machte sie zu, drehte den Schlüssel herum und lehnte sich dagegen, als wäre sie erschöpft. Sie sah mich an, und so etwas wie Verzweiflung lag in ihrem Blick, dann ging sie zur Kommode hinüber, zog eine kleine Schublade auf und drehte sich mit einer 22er Automatik, die sie mit beiden Händen hielt, zu mir um. Sie sagte:

»Ich glaube, ich bringe Sie um.«

Es gefiel mir nicht, wie sie das sagte. Mir gefiel auch nicht, was sie sagte. Verglichen mit mir waren die Sphinx und die Pyramiden bewegliche Objekte. Ich sagte:

»Sie brauchen mich nicht umzubringen. Ich bin der einzige hier, der ein bißchen Grips hat, und ich bin so blöd, daß man mich aus der Anwaltskammer ausschließen sollte. Was haben Sie davon, wenn Sie mich umbringen?«

»Wer weiß noch über mich Bescheid?«

»Nur Sie und ich. Wenn Sie mich umbringen, wird es jeder erfahren. Ich glaube, Sie verdanken Ihr Leben der Tatsache, daß ein oder vielleicht zwei ganz bestimmte Leute es nicht wissen. Denken Sie doch mal nach.«

In diesem Moment wußte ich, daß sie mich nicht erschießen würde. Der einzige Zeitpunkt, wo sie es hätte tun können, war der, als sie verängstigt und der Gedanke noch neu war. Jetzt war sie gefährlich nahe daran, zu einem Häufchen Elend auf dem Boden zusammenzuklappen, aber die Anstrengung, sich auf meine Worte zu konzentrieren, hielt sie aufrecht.

»Worüber soll ich nachdenken?«

»Denken wir über den 8. Mai 1915 nach. Wahrscheinlich in Louisville. Sie waren da, Ihre Schwester Catherine war da, außerdem William Jasper Harper, Alice Harper und John McClure. Vielleicht war Johns Frau auch da. Sonst noch jemand?«

»Nein, das waren alle.«

»Denken Sie weiter nach. Gehen wir sie mal durch. Ruth McClure ist vor ein paar Jahren gestorben, wahrscheinlich eines vollkommen natürlichen Todes. John McClure ist vor zwei, drei Wochen gestorben. Daran war überhaupt nichts natürlich. Dann kommt William Jasper Harper, und in derselben Nacht Miss Katie. Und jetzt ist Mrs. Harper etwas passiert. Wer bleibt da noch?«

»Ich weiß. Ich.«

Ich konnte sie kaum verstehen. Das letzte Wort hatte sie geflüstert. Ich wußte, warum sie mich mit hoch erhobenem Zinnleuchter erwartet hatte.

Ich sagte: »Wurde es schriftlich vereinbart?«

Sie nickte.

»Dann ist das das Problem. Es handelt sich um einen Außenseiter, der es vermutet haben muß. Er konnte nicht wissen, ob es schriftlich vereinbart worden war oder nicht, und er wußte nicht, wie er es herausfinden sollte. Er hat zweimal das Haus der McClures durchsucht und dann erfolglos versucht, an ein Schließfach in der Stadt heranzukommen. Am Anfang dachte er wohl, er hätte einen guten Plan, aber als der nicht so reibungslos funktionierte, ist er in Panik geraten und hat geglaubt, er könnte jeden auf dieser Welt umbringen. Da hat er gar nicht mal so unrecht gehabt. Wer hatte das Dokument?«

»John McClure.«

»Dann ist es wahrscheinlich doch in dem Schließfach. Das kommt davon, wenn man nicht weiß, was man tut, und dann durchdreht. Mörder sind nicht so schlau. Ich wette, der hier hat noch nicht mal von Phoebe Murdoch gehört und gar nicht gewußt, daß Catherine Miss Katie war. Ich wette, er weiß es immer noch nicht. Ich wette, er hatte gar nicht vor, Miss Katie etwas anzutun, aber ihm blieb nichts anderes übrig, weil er erwischt worden war.«

»Sie scheinen eine Menge zu wissen. Wer ist es?«

»Ich glaube, ich weiß es, aber ich habe zu lange gebraucht, um es herauszufinden, selbst als ich schon alle Teile zusammenhatte. Sinnlos, sich jetzt darüber den Kopf zu zerbrechen. Dazu ist es zu spät. Sie bleiben hier oben, halten Ihre Tür verschlossen und gehen nicht einmal ins Badezimmer. Machen Sie niemandem auf. Verstanden?«

Der Revolver, den ich in den Hügeln aufgelesen hatte, steckte in meinem Hosenbund. Ich dachte daran, ihn gegen die kleine 22er Automatik einzutauschen, ließ es aber sein, denn ich überlegte mir, daß ich keine Spielzeugpistole wollte, falls ich je in die Situation geriete, eine Waffe zu brauchen. Phoebe Murdoch ließ mich hinaus und schloß die Tür hinter mir ab.

Kapitel 22

Ich ging die Treppe zum zweiten Stock etwa halb hinunter und setzte mich auf die Stufen, um alles zu überdenken. Jetzt, wo ich alle Fäden in den Händen hielt und bereit war, sie zu verknoten, fühlte ich mich plötzlich so müde und erschöpft, daß ich dem Umfallen nahe war. Mehrere Tage war ich nach besten Kräften durch die Gegend gestolpert, doch anstatt wegen des unmittelbar bevorstehenden Erfolges stolz oder froh zu sein, ärgerte ich mich wahnsinnig darüber, wie lange ich gebraucht hatte, zumal ich die Wahrheit nicht rechtzeitig genug erfahren hatte, um zu verhindern, daß der Mörder seinen Plan verwirklichen konnte. Nun blieb mir nur noch, den Schuldigen der Früchte des Gemetzels zu berauben. Obwohl der Mörder das, was kommen mochte, mehr als verdient hatte, konnte ich der nahen Zukunft nicht mit der leisesten Freude oder Zufriedenheit entgegensehen. Die ganze Sache war mir so widerwärtig, daß ich einen Moment lang tatsächlich mit dem Gedanken spielte, den ganzen Krempel einfach hinzuschmeißen. Die Tage, wo ich ein Leben wie andere Menschen geführt hatte, zu hinlänglich festen Arbeitszeiten einem sinnvollen, friedlichen Beruf nachgegangen war und auf mehr oder weniger normale Weise gegessen, getrunken und geschlafen hatte, glichen in meiner Erinnerung eher Träumen aus der frühen Kindheit als Gegebenheiten von vor einer Woche. Wenn ich den Kopf an die Wand neben mir gelehnt hätte, hätte ich wohl bis zum Jüngsten Gericht schlafen können.

Ich blieb nur so lange sitzen, bis ich mir sicher war, daß die ganze Geschichte schlüssig erschien und aufging und daß das Kapitel, das ich las, das letzte Kapitel des Buches war. Dann stand ich auf, streckte meinen schmerzenden Körper und ging ins Erdgeschoß hinunter. Ich wußte nicht genau, was auf mich zukam, aber meine Handflächen waren schweißnaß, und mein Magen hatte sich zu einem nervösen Knoten zusammengezogen. Ich ging ins Speisezimmer, ohne anzuklopfen. Der Sheriff und der Chief waren beide da. Von irgendwoher war James Mead aufgetaucht und wirkte trotz der frühen Stunde fesch, weltmännisch und gepflegt. Hillman Jolley war anscheinend zur Genüge befragt worden und saß, den rechten Arm in einer Schlinge, auf einem Stuhl neben der Tür. Janet Harper saß am Fenster und sah mit ihrem feuchten Haar, das ihr wirr ums Gesicht hing, und den Tränenspuren auf ihren schmutzigen Wangen völlig fertig aus.

Ich ging zum Tisch und setzte mich den Polizisten gegenüber auf den Stuhl, der in den letzten Tagen als Zeugenstand verwendet worden war. Ich meinte: »Sie sagten, Sie wollten mich befragen.«

Der Chief räusperte sich und konsultierte irgendwelche Notizen, die er sich in einem kleinen schwarzen Buch gemacht hatte. »Miss Harper sagt, Sie wollten draußen bei Sheely's Tavern ins Auto steigen, und jemand hätte Ihnen von hinten eins übergezogen.«

»Richtig.«

»Wer?«

»Das habe ich nicht gesehen. Ich denke, es war Miles. Ist er aufgetaucht?«

»Nein. Offenbar hat er sich mit Jolley einen Schußwechsel geliefert und es dann mit der Angst gekriegt. Jolley hat das Auto genommen und Hilfe geholt, und Miss Harper sagt, Miles ist nicht zur Hütte zurückgekommen, also streunt er wohl zu Fuß irgendwo oben in den Hügeln rum. Stimmt das?«

»Ich denke schon.«

»Miss Harper hat den Mann auch nicht gesehen. Sie sagt, es war dunkel, und sie hat einen dumpfen Schlag gehört und gedacht, Sie wären gestolpert und hingefallen. Sie ist hinters Lenkrad gerutscht, um nachzusehen, was passiert ist, und auf der anderen Seite hat jemand die Tür aufgemacht, sie gepackt und ihr die Hand auf den Mund gelegt, ehe sie auch nur schreien konnte. Dann ist sie gefesselt, geknebelt und auf den Rücksitz gelegt worden, irgendwas – wahrscheinlich Sie – ist neben sie auf den Boden geworfen worden, und dann ist dieser Vogel zur Hütte hochgefahren. Den Rest kennen Sie ja wohl. Wenn es Miles war, woher hat er dann gewußt, daß Sie bei Sheely's waren?«

Ich sagte: »Er stand direkt neben mir, als Janet und ich darüber gesprochen haben, wohin wir fahren.« Ich mußte daran denken, wie lange Janet vom Tisch weggeblieben war, und daran, daß sich das Telefon in der Nähe der Damentoilette befunden hatte, aber ich sah Janet nicht an.

Der Chief musterte mich mit einem abschätzigen Blick und wirkte ein bißchen grimmiger und feindseliger, als es mir gerechtfertigt erschien. Als er weiterredete, verstand ich seinen Gesichtsausdruck. Er sagte: »Mal angenommen, es war Miles. Er könnte mit jemand zusammengearbeitet haben.«

»Das stimmt«, gab ich zu. »Mit wem, zum Beispiel?«

»Darüber könnten Sie mal nachdenken.«

»Ich denke nach. Wer schwebt Ihnen denn vor?«

»Sie.«

Ich sagte: »Tja, Sie haben völlig recht, daß Sie an mich denken. Es zeigt, daß Sie nicht voreingenommen sind. Vermutlich haben Sie auch schon ausgeknobelt, warum ich mit Miles zusammengearbeitet und warum ich so einen fiesen Typen angeheuert habe, damit er mich auseinandernimmt. Fragen Sie Miss Harper.«

»Sie hat uns davon erzählt. Sehr schlau. Könnte ein Täuschungsmanöver gewesen sein, um uns abzulenken.«

»Und habe ich mich in Miss Katies Hintergarten gelegt und mir selbst mit einem Schraubenschlüssel die Birne weichgeklopft, oder habe ich dafür auch Miles angeheuert?«

»Das können Sie sich selbst aussuchen. Es läuft auf das gleiche raus. Wir wissen, daß Sie ungefähr zu der Zeit zu Miss Katie gegangen sind, in der jemand sie aufgeschlitzt hat, und wir wissen, daß Sie in ihrem Hintergarten waren, aber wir kennen niemanden, der sonst noch dort war. Wir haben Ihren Herflug von Louisville mit dem Charterflugzeug überprüft und festgestellt, daß Sie rechtzeitig in der City waren, um hierher zu kommen und auch Harper zu erledigen.«

»Sie scheinen ja prima zurechtzukommen. Was ist mit John McClure? Das war ja wohl ein paar Wochen, bevor ich zum ersten Mal nach Harpersville gekommen bin.«

»Das behaupten Sie. Und das ist noch nicht alles. Sie behaupten, jemand hätte den Reifen an Ihrem Auto zerschossen. Das fällt mir erst jetzt ein. Das behaupten Sie. Das gleiche gilt für Mr. John McClure – ein Haufen Gerede. Keine Beweise. Sie haben einen Unfall, und Sie kriegen ein paarmal was auf den Kopf, aber wer ist derjenige, der das jeweils behauptet? Sie. Hübsche Schrammen und blaue Flecken und Beulen überall, aber soweit ich es mitbekomme, haben Sie nie ernsthaft was abgekriegt.«

Ich sagte: »Wer hat sich das alles ausgedacht? Sagen Sie bloß nicht, Sie sind von allein draufgekommen. Und daß der Sheriff auf diese Idee gekommen ist, glaube ich auch nicht.«

Der Sheriff fiel mir ins Wort: »Wechseln Sie nicht das Thema. Wer sich das überlegt hat, spielt keine Rolle. Lassen Sie mal ein paar Antworten hören.«

Eine Tür öffnete und schloß sich, dann waren in der Halle Schritte zu hören. Die Speisezimmertür ging auf, und ein grauhaariger Mann sagte mit leiser Stimme: »Miss Harper.«

Janet riß den Kopf hoch und sah ihn an. Er sagte: »Es tut mir leid. Mrs. Harper ist eben verstorben. Ich konnte nichts mehr tun.«

Janet hatte es offensichtlich erwartet. Sie stand auf, sah sich mit einem leeren Blick um, nickte dann, setzte sich wieder und sah aus dem Fenster. Dann legte sie den Arm auf die Fensterbank und vergrub das Gesicht darin. Bis auf lange, bebende Schluchzer, die fast unhörbar waren, war es völlig still im Zimmer.

Der Doktor ging zu ihr hinüber und tätschelte sie unbeholfen. Ich hätte selbst gern etwas dergleichen getan, aber das mußte warten. Ich hatte jetzt andere Sachen im Kopf. Ich wandte mich an James Mead und sagte:

»So wie Sie aussehen, sind Sie nicht auf einen Notruf hin aus dem Bett gesprungen und hierher gerast.«

Er schnippte sich ein Ascheflöckchen von der Hose und sagte verbindlich: »Nein, das bin ich tatsächlich nicht. Ich habe praktisch die ganze Nacht damit verbracht, mit dem Staatsanwalt das Beweismaterial durchzugehen und zu besprechen, um mich auf die gerichtliche Voruntersuchung und das Verfahren vor der Anklagejury vorzubereiten. Dann gab es diesen ganzen Wirbel um Ihr und Janets Verschwinden, und da bin ich natürlich hergekommen, um festzustellen, ob ich irgendwie behilflich sein könnte.«

»Dann waren Sie schon vor dem Herzanfall hier.«

»Aber ja, etwa anderthalb bis zwei Stunden vorher. Ich konnte nicht viel tun, aber ich habe von Zeit zu Zeit mit dem Chief und dem Sheriff Rücksprache gehalten, wenn es etwas Neues gab, und mich mit ihnen beraten, welche Schritte eingeleitet werden sollten.«

»Sie sagen von Zeit zu Zeit. Dann waren Sie nicht ständig mit ihnen zusammen.«

»Nein, ich war unruhig. Ich bin ein-, zweimal im Haus rumgewandert.«

»Hat Mrs. Harper eine ruhige Nacht verbracht?«

»Ich würde sagen nein. Die Schwester ist mehrmals rausgekommen und hat um Ruhe gebeten, damit sie schlafen konnte.«

»Sie waren in letzter Zeit ziemlich oft in diesem Haus, nicht wahr?«

»Ich würde sagen, ja. Doch.«

»Was passiert, wenn Mrs. Harper eine schwere Nacht hat?«

»Ich verstehe Sie nicht.«

»Sie hat doch auch vorher schon mal schlimme Nächte gehabt, wenn Sie hier waren, nicht wahr?«

»Aber ja. Das kam recht häufig vor.«

»Na gut, was hat man dann für sie getan?«

»Das kann ich im einzelnen nicht sagen. Man scheint ihr irgendwelche Medikamente gegeben zu haben, aber was für welche, weiß ich nicht.«

»Zum Beispiel etwas, was sie mit Milch eingenommen hat?«

»Wirklich, das weiß ich nicht. Möglicherweise.«

»Erinnern Sie sich an etwas dergleichen?«

»Doch, ich würde sagen, ja. Ich glaube, Janet und ich waren eines Abends zusammen, und Mrs. Harper ging es nicht so gut, und die Schwester bat Janet, etwas Milch warm zu machen, vermutlich zu diesem Zweck.«

Ich fragte mich, warum die Bullen mich so viele Fragen stellen ließen, ohne zu unterbrechen, aber als ich in die Runde blickte, verstand ich. Sie hörten offenkundig ziemlich aufmerksam zu. Sogar der Doktor musterte mich mit leichtem Stirnrunzeln, und Janet hatte sich weit genug erholt, um ein leicht erstauntes Gesicht zu machen. Ich wandte mich wieder an Mead und sagte: »Sie waren doch in Harpersville an dem Abend, als William Jasper Harper erschossen wurde.«

Seine Haltung wurde sichtlich steifer. Das Weltmännische bekam leichte Kratzer, und seine Augen öffneten sich etwas weiter. »Ja, zufällig war ich das. Warum fragen Sie eigentlich?«

Ich sagte: »In der Nacht, in der jemand einen Reifen an meinem Wagen zerschossen hat, wußten Sie, daß ich hierher kommen würde.«

Er stand auf, funkelte mich an und wandte sich den anderen zu. »Falls Sie daraus folgern wollen, daß ich in der Lage war, die entsetzlichen Dinge zu tun, die in den letzten Tagen geschehen sind, so war ich das vielleicht, vielleicht aber auch nicht. Ich kann Ihnen mit allem Nachdruck versichern, daß ich nichts damit zu tun hatte, ob ich nun hier, dort oder anderswo war. Außerdem habe ich den Behörden nichts verheimlicht, und daß Sie genau das getan haben, ist ganz offensichtlich. Ich denke, es ist nur billig zu fragen, woher Sie das Recht nehmen, die Aufmerksamkeit von sich selbst abzulenken, indem Sie mich in eine peinliche Lage zu bringen versuchen.«

Ich sah den Chief an und sagte: »Es ist mir völlig schnurz, wer die Fragen stellt. Übernehmen Sie nur, und fragen Sie ihn doch selbst.«

»Sie machen das prima. Es ist Ihre Party. Machen Sie ruhig weiter.«

»Danke. Ich glaube, das werde ich. Ich glaube, ich werde Mr. Mead fragen, ob er nicht angewiesen wurde, in einer Körperschaftsteuerangelegenheit Klage für die Harper Products Company zu erheben, und ob er sich nicht entschieden dagegen aussprach. Ich würde gern wissen, ob Mr. Harper sich in dieser Sache nicht über seinen Rat hinweggesetzt und ob er nicht kurz danach Kauforder für eine erhebliche Menge der Aktien der Gesellschaft erteilt hat. Aber anstatt diese langen Reden zu halten, wollen wir einfach festhalten, daß das geschehen ist, und Mr. Mead fragen, warum es geschehen ist.«

Mead zog eine teure Zigarre aus der Tasche, drehte sie gelassen zwischen den Fingern, holte ein Federmesser hervor, schnitt die Zigarrenspitze ab, fand ein Streichholz, zündete sie an und tat einen langen Zug. Dann blickte er auf und sagte:

»Anwaltliche Angelegenheiten zwischen mir und meinen Mandanten unterliegen nach dem Gesetz der Schweigepflicht. Ich glaube nicht, daß es mir zusteht, über vertrauliche Mitteilungen zu sprechen oder sie preiszugeben. Es überrascht mich, daß Sie das für angebracht halten, zumal Sie die entsprechenden Informationen unrechtmäßig erlangt haben.«

Es trat spannungsgeladenes Schweigen ein.

»Mr. Harper wurde ermordet. Katie Byrnes wurde ermordet. Ich glaube, John McClure wurde ermordet. Ich glaube, Mrs. Harper wurde ermordet. Irgend jemand hat mindestens einmal, wenn nicht zwei- oder dreimal versucht, das gute alte A s c h e z u A s c h e , S t a u b z u S t a u b mit mir zu veranstalten. Ich verhalte mich lieber standeswidrig, als tot zu sein, und ich gedenke nicht, in diesem Punkt Haarspalterei zu betreiben.«

»Das ist Ihr Standpunkt. Meinen haben Sie gehört. Gibt es sonst noch etwas?«

»Moment mal«, schaltete sich der Sheriff ein. »Sie haben gesagt, Mrs. Harper wurde ermordet. Was verschweigen Sie?«

»Fragen Sie den Doktor.«

Alle Köpfe drehten sich. Der Doktor runzelte sehr heftig und sehr verwirrt die Stirn. Er sagte:

»Ich fürchte, ich kann diesem Gespräch in keinerlei Hinsicht folgen. Ich war bis eben ununterbrochen bei Mrs. Harper, seit ich in dieses Haus gekommen bin. Sie – äh – ich wiederhole es nur ungern in Gegenwart von Miss Harper – aber, nun ja, sie ist tot. Niemand hat das Zimmer betreten, solange ich da war, und es gab keinerlei Anzeichen von Gewaltanwendung. Sie hatte ein chronisches Herzleiden, und die heutige Krise war im großen und ganzen genau wie frühere, bei denen ich gerufen wurde. Ich würde sagen, ihr Tod ist das Resultat natürlicher Ursachen, die seit langem bestanden. Tag und Stunde ließen sich natürlich nicht vorausahnen oder vorhersagen, aber ich muß sagen, daß er mich nicht überrascht hat. Selbstverständlich ist es in jedem Fall ein großer Schock, aber ich glaube, die Familie war sich über die Situation im klaren und kann nicht übermäßig überrascht sein.«

Ich sagte: »Bei ihrem Zustand, Herr Doktor, hätte es nicht viel gebraucht, um sie umzubringen, nicht wahr?«

»Sicherlich weniger als bei einem gesunden, kräftigen Menschen.«

»Würden Sie also sagen, daß sie nicht vergiftet wurde, oder können Sie dazu gar nichts sagen?«

Er überlegte einen Moment. »Nun, das ließe sich nur durch eine Obduktion eindeutig feststellen.«

»Sie wußten, daß sie herzkrank war. Sie hatte schon mehrere Anfälle gehabt. Als man Sie rief, fanden Sie sie in einem Zustand vor, der dem entsprach, was Sie erwarteten. Sie haben alles getan, um ihr in ihrer Not zu helfen, und niemand bezweifelt Ihre Kompetenz. Ich möchte nur folgendes wissen: Waren die Symptome, die Sie feststellten, in irgendeiner Weise unvereinbar mit einem Zustand, wie ihn etwa eins der üblichen Gifte hervorriefe?«

»Der Gedanke ist neu. Ich habe nicht darüber nachgedacht. Haben Sie einen Grund für die Annahme, daß so etwas passiert ist, oder versuchen Sie lediglich, die Möglichkeit aufzuzeigen?«

»Ich stelle eine Frage nicht in der böswilligen Absicht, alles durcheinanderzubringen. Mrs. Harper hatte eine unruhige Nacht. Die Schwester brachte ihr ein Medikament in warmer Milch, wie sie es wohl schon bei früheren Gelegenheiten getan hat. Kurz darauf wurde sie todkrank. Die Milch wird vermutlich im Kühlschrank in der Küche aufbewahrt. Für jeden, der mit den Verhältnissen vertraut war, wäre es ein leichtes gewesen, in die Küche zu gehen und etwas in die Milch zu tun. Kurz bevor die Schwester die Milch holen ging, die sie Mrs. Harper gab, wurde jemand dabei beobachtet, wie er die Küche betrat. Es ist durchaus möglich, daß diese Abfolge von Ereignissen nichts weiter bedeutet, aber angesichts der hohen Sterberate, finde ich, sollte man ihr nachgehen.«

Der Polizeichef war aufgesprungen. »Wer hat wen in die Küche gehen sehen? Sie behindern schon wieder die Ermittlungen. Jetzt reicht es mir. Sie sind festgenommen. Wieviel verschweigen Sie uns noch?«

Ich sprang auf und fixierte ihn. Ich war ganz schön sauer, und es war mir ziemlich egal, was ich sagte und wie ich es sagte. »Sie werden sich noch umgucken, wenn Sie mich festnehmen, Sie unterbelichteter Affe. Ich hab's rausgekriegt, kurz bevor ich hier reingekommen bin. Anstatt mich alles erzählen zu lassen, ziehen Sie gegen mich vom Leder, damit alle sehen, was für schlaue Sachen Sie sich ausdenken können. Sie können mich jederzeit festnehmen, wenn Sie nichts Besseres zu tun haben. Im Moment fände ich es erheblich schlauer, sämtliche Milchflaschen im Haus zu beschlagnahmen, für den Fall, daß meine Vermutungen stimmen und der Täter noch keine Gelegenheit hatte, den Beweis wegzuschütten.«

»Erzählen Sie mir nicht, was ich zu tun habe«, brüllte er heiser.

Der Sheriff sagte recht milde: »Ist vielleicht trotzdem keine schlechte Idee.«

Ich sagte: »Prima, dann mal los.«

Jolley sagte hastig: »Er steht selbst unter Verdacht, und er ist ziemlich gerissen. Lassen Sie ihn lieber nicht aus den Augen.«

»Keine Sorge«, sagte der Sheriff und zog seinen Revolver. »Ich gehe mit und achte drauf, daß er sich benimmt.«

Ich ging durch die Schwingtür in den Anrichteraum und von da aus in die Küche. Im Kühlschrank stand nur eine Flasche Milch, und sie war ungeöffnet. Ich sah den Sheriff an, und er erwiderte den Blick. Ich glaube, ich hatte ihn ziemlich stark für meine Theorie erwärmt, und er war ebenso überrascht wie ich. Wenn irgendwelche Milch vergiftet worden war, dann war sie offenbar in einer anderen Flasche gewesen, die bereits entfernt, möglicherweise ausgespült und in aller Unschuld zum Abholen vor die Tür gestellt worden war.

Ich riskierte es, dem Sheriff zuzublinzeln, ohne recht zu wissen, wie er es aufnehmen würde. Er begriff zwar nicht, nahm es aber ganz gut auf. Ich ging mit der vollen Milchflasche zur Spüle hinüber, nahm den Verschluß ab, goß etwa die Hälfte aus und sah ihn dann wieder an. Er war nicht sehr helle, hatte aber Verstand genug, um zu kapieren. Ich zog ein Taschentuch hervor, schlug die Flasche darin ein, hielt sie behutsam fest, so als würde ich darauf achten, keine Fingerabdrücke zu verwischen, und ging ihm voran Richtung Speisezimmer. Die Flasche deutlich sichtbar in beiden Händen, betrat ich es. Ich kam mir vor wie ein Schlangenbeschwörer, der den Anwesenden, die wie ein paar gründlich beschworene Schlangen wirkten, gegenübertrat.

»Tja«, sagte ich und legte dabei soviel Zufriedenheit in meine Stimme, wie ich konnte, »ich möchte zu diesem Zeitpunkt noch nicht behaupten, daß ich recht habe, aber wir können zumindest sagen, daß wir nicht auf einen Widerspruch gestoßen oder in eine Sackgasse geraten sind. Ich frage mich, ob es nicht jemanden gibt, dem sehr viel daran läge, daß diese Flasche nicht auf Fingerabdrücke untersucht wird.«

Plötzlich entstand Bewegung. Jemand brüllte: »Vorsicht, Chief, er hat eine Kanone.« Ein Schuß ertönte, und in dem geschlossenen Raum klang er wie eine Tausendkilobombe. Die Milchflasche in meiner Hand zuckte und war nicht mehr da. Wieder krachte es ohrenbetäubend, etwas erwischte mich so wuchtig an der Seite wie der Tritt eines sehr jungen und kräftigen Maultiers, und ich wirbelte herum und fiel zu Boden.

Ich versuchte, mit der rechten Hand den Revolver aus dem Hosenbund zu zerren, aber sie war so geschwollen und demoliert, daß ich nicht richtig zupacken konnte. Ich rollte mich unter den

Tisch, zog den Revolver mit der linken Hand, stützte das Handgelenk einen Moment lang am Tischbein ab und zielte auf die breiteste Stelle, die ich sehen konnte. Ich wollte kein Risiko eingehen. Diesmal galt es.

Wieder ertönte ein Schuß, und eine Kugel durchschlug die Tischplatte über meinem Kopf. Es zu erzählen, dauert lange, aber das alles spielte sich ab, noch ehe der Sheriff oder der Chief ihre Artillerie zum Einsatz bringen konnten. Meine beiden Schüsse trafen Hillman Jolley in den Solarplexus, und damit war der Abend für ihn gelaufen. Er drückte sich die Hände auf die Brust. Der Revolver, den er in der Schlinge versteckt hatte, glitt ihm aus der Hand und fiel auf den Boden. Er knickte in den Knien ein. Der Kopf sank ihm auf die Brust, und er ging zu Boden wie ein kranker Stier.

Janet kreischte. Es gab ein großes Gerenne, Stühle kippten um, und jemand trat mir gegen das Handgelenk und schleuderte meinen Revolver durchs halbe Zimmer. Der Chief warf sich auf mich, drückte mir das Knie ins Kreuz und verdrehte mir die Arme hinter dem Rücken. Mead hatte sich so schnell aus dem Zimmer verzogen, daß ich nicht wußte, wie er überhaupt die Tür aufgekriegt hatte. Nur der Sheriff schien halbwegs den Überblick zu behalten.

Von unten war der Polizeichef erheblich schwerer als von Angesicht zu Angesicht, und sein Knie hatte gewisse knochige Qualitäten, durch die er prädestiniert für eine Knopffabrik gewesen wäre, falls Knöpfe aus Knochen hergestellt werden. Da ich halb unter dem Tisch lag, quetschte er mich nicht aus einer sauberen, anständigen Oberlage platt, sondern operierte aus einem Winkel, der auf einen bislang unvermuteten, diabolischen Charakterzug hindeutete. Meine rechte Hand war entweder verstaucht oder gebrochen, denn als er sie verdrehte, verschaffte er mir eine der qualvollsten Empfindungen, die ich je zu erleben hoffe.

Der Sheriff hob meinen und Jolleys Revolver auf und sagte ziemlich milde: »Okay, ich glaube, Sie können ihn jetzt aufstehen lassen. Ich schätze, die Sache ist gegessen, und es wird Zeit, das Geschirr abzuräumen.«

Der Doktor gewann recht schnell die Fassung wieder und beugte sich über Jolley, der einen starren Blick hatte und sich offensichtlich in einem miserablen Zustand befand. Kurz darauf blickte der Doktor auf und schüttelte den Kopf.

Der Sheriff sagte: »Hat es irgendeinen Sinn, ihn woanders hinzulegen?«

»Überhaupt keinen. Wir können es ihm bequem machen, und ich kann versuchen, die Blutung zu stillen, aber ich glaube nicht, daß er es noch sehr lange macht.«

Er streckte Jolley auf dem Boden aus, zog sich das Jackett aus, rollte es zusammen und schob es ihm unter den Kopf. dann krempelte er sich die Ärmel hoch, knöpfte Jolleys Hemd auf und zerriß mit einem Ruck das Unterhemd. Er blickte zu Janet auf und sagte: »Jede Menge saubere Tücher. Servietten tun es auch, wenn Sie nichts anderes haben. Beeilung.«

Daß sie etwas zu tun bekam, war wahrscheinlich das Beste, was Janet passieren konnte. Sie sah aus wie eine Todesanzeige, aber sie stand auf und ging entschlossenen Schritts in den Anrichteraum, und ich wußte, daß sie zumindest vorläufig klarkam.

Jolley war bei Bewußtsein und bekam verschwommen mit, was in etwa vor sich ging. Als er sprach, blieben die Zähne zusammengebissen, und es bereitete ihm große Anstrengung. »Ist es aus mit mir?« In seiner Brust blubberte es, und Blut floß ihm auf die Lippen.

»Seien Sie still«, sagte der Doktor ziemlich streng, »ich tue, was ich kann.«

Der Chief stieg von mir herunter, und ich holte genügend Luft, um einen Zeppelin zu füllen.

Ich konnte spüren, wie mein Gesicht sein bläuliches, ersticktes Aussehen verlor und bis auf wenige Farbtöne an seinen Normalzustand herankam. Als ich vorsichtig meine rechte Hand betastete, stellte ich fest, daß die Finger noch funktionierten, wenn auch nicht soweit, daß ich hätte versuchen wollen, mir damit in den Zähnen zu stochern.

Ein einziger Blick auf Jolley hätte jedem verraten, daß es ihm in ein paar Minuten egal sein würde, wie die Einsätze standen und ob er Glück hatte, wenn er zu seinem Paar noch drei Karten zog. Ich kniete mich neben ihn. Er erkannte mich, aber in seinem Blick lag keine Feindseligkeit oder Bitterkeit, nur Angst und Qual und ein merkwürdiger Ausdruck, so als sähe er vielleicht etwas in einer anderen Welt und würde sich fragen, wie es ihm gefiele.

»Sie könnten uns eigentlich die Geschichte erzählen«, sagte ich mit einer Sanftheit, die mich selbst ziemlich überraschte. »Die Decks stehen unter Wasser, und es wird langsam Zeit, das Schiff zu verlassen. Sie können auf dieser Welt noch eine gute Tat tun, und Sie müssen solange aushalten, bis Sie sie getan haben. Tim McClure sitzt in der Klemme, und Sie sind derjenige, der ihm heraushelfen kann. Ich übernehme das Reden, und Sie nicken einfach mit dem Kopf, wenn ich recht habe.«

Noch die miesesten von uns können den letzten Funken Anstand aufbringen, wenn sie im Begriff stehen, die zwölf Himmels- oder sonstigen Tore zu durchschreiten. Hillman Jolley war am Ende. Er hatte die Zähne fest zusammengebissen und quetschte sich das Blut aus den Lippen, aber er verstand mich und nickte zustimmend.

Ich sagte: »Die Rohstoff- und Kostenkonten zu frisieren, war Ihre Idee, nicht?«

Er nickte.

»Sie wollten einsteigen, wenn die Aktie fiel, und wenn sie stieg, wollten Sie sich gründlich gesundstoßen. Stimmt's?«

Wieder nickte er.

Ich blickte zum Sheriff auf, der direkt neben mir stand. »Für einen Stenographen ist keine Zeit. Kriegen Sie alles mit?«

»Jedes Wort. Beeilung.«

Ich wandte mich wieder an Jolley. »Sie dachten, die Aktie hätte ihren Tiefpunkt erreicht, und sind bis über beide Ohren eingestiegen. Sie dachten, es wäre Zeit, die Entwicklung umzukehren, aber mittlerweile strengte Harper seinen Grips an und durchschaute das Spielchen allmählich. Er wollte die Aktie noch ein paar Punkte drücken, Ihr Geld war futsch, und Sie waren im Begriff, Ihre Goldmine loszuwerden. Sie dachten, Harper aus dem Weg zu räumen, würde für Sie alles vereinfachen, und haben ihm eine Kugel verpaßt, aber dadurch wurde alles noch schlimmer. Dann haben Sie in Ihrer Verzweiflung versucht, zu retten, was zu retten ist, indem Sie Ihr Blatt bei Janet überreizt haben. Soweit richtig?«

Er nickte erneut. Es ging ihm gar nicht gut. Der Sheriff flüsterte mir »Beeilung« ins Ohr, und ich fuhr fort.

»Sie dachten, wir wären Ihnen dicht auf den Fersen, und wußten nicht, wie lange wir brauchen würden, um hinter die Sache mit dem Flugzeug zu kommen. Um uns abzulenken, haben

Sie sich von Miles fesseln lassen, als er Janet und mich für die Unternehmungen von heute nacht aus dem Verkehr zog. Damit war Ihnen klar, daß Miles tiefer in der Sache drinsteckte, als gut für ihn war, und Sie haben ihn reingelegt. Er liegt tot irgendwo in den Hügeln, oder?«

Wieder nickte er, aber es war deutlich, daß er das nicht mehr oft tun würde.

»Sie wollten unbemerkt durch die Terrassentür reinkommen und einen letzten Versuch unternehmen, Harper gut zuzureden. Dabei haben Sie seinen Streit mit Tim belauscht, und diese Chance war zu gut, um sie sich entgehen zu lassen, also haben Sie ihn gleich alle gemacht. Das einzige Problem war, daß Miss Katie Sie hinter der Hecke versteckt beobachtet hatte und Sie sie flüchtig gesehen haben, ehe sie abhauen konnte. Sie sind ihr gefolgt und haben sie in die Ecke getrieben, ehe sie das Telefon erreichen konnte. Noch etwas. Mit dem Gift hatte ich recht, oder?«

Das Nicken kam, aber es kam furchtbar langsam.

»John McClure geht ebenfalls auf Ihr Konto. Ich sollte auch dran glauben, aber ich hatte Glück. Stimmt's?«

Die Art, wie Jolley zu uns aufstarrte, hatte etwas Verzweifeltes. Er wartete einen langen, schrecklichen Moment, dann sagte er mit letzter Anstrengung fast unhörbar: »Stimmt«, und damit hatte es sich für Hillman Jolley.

In der Aufregung hatte niemand die Wunde an meiner Seite bemerkt. Die Kugel hatte mich getroffen, als mein Jackett offen war, und die Blutung war kaum zu sehen gewesen, während ich neben Hillman Jolley kniete. Als ich aufstand, war eine Lache auf dem Boden, und mein rechtes Hosenbein war durchtränkt. Es lief mir in den Schuh, und als ich einen Schritt machte, hatte ich das Gefühl, ich stünde in einem Eimer voll Brei. Es tat ziemlich weh, und ich lehnte mich an den Tisch. Der Doktor starrte auf die Stelle am Boden, wo ich gekniet hatte, sah dann mich an und sagte: »Allmächtiger Gott! Lassen Sie mich mal nachsehen. Wieso haben Sie denn nichts gesagt?«

Ich fühlte mich wirklich nicht besonders. Ich fing an, in Zeitlupe niederzusinken, klammerte mich jedoch an den Tisch, als hinge mein Leben davon ab, und ging dann ohne einen Plumpser zu Boden. Ich fühlte mich wie im 13. Kapitel des Ersten Korintherbriefes, wo davon die Rede ist, daß wir Dinge durch einen Spiegel rätselhaft und nicht unmittelbar sehen. Janet sagte mit schwacher Stimme: »Du meine Güte«, setzte sich auf den Boden und bettete meinen Kopf in ihren Schoß. Falls es dem Doktor Spaß machte, anderer Leute Kleider zu zerreißen, kam er an diesem Tag voll auf seine Kosten.

Meine Lider waren sehr, sehr schwer, aber ich kriegte sie auf, sah niemand Bestimmten an und sagte: »Vorsicht, sonst blute ich Sie voll.«

»Nur zu«, sagte der Doktor. Es schien ihn fröhlicher zu stimmen, als es mich gestimmt hätte.

Mittlerweile tat es längst nicht mehr so furchtbar weh. Ich hörte den Doktor sagen: »Ziemlich tief, aber nur Fleisch, soweit ich sehen kann. Der Blutverlust ist eigentlich alles. Könnte wahrscheinlich eine Transfusion gebrauchen.« Er packte mich irgendwo im Gesicht, zwickte mich und sagte: »He, aufwachen! Sie wissen nicht zufällig, was für Blut Sie haben, oder?«

»Rotes«, antwortete ich.

Der Doktor kicherte: »Freche kleine Kröte, was? Na schön, das kriegen wir raus, sobald wir im Krankenhaus sind.«

Alles, was ich wollte, war schlafen, aber mir kam ein Gedanke, und ich grapschte danach und zog mich daran lange genug aus der Dunkelheit, um sagen zu können: »Lassen Sie Tim frei. Sagen Sie Ruth, sie soll zur Bank gehen und mir umgehend alles bringen, was sie in dem Schließfach findet.«

Dann rutschte ich eine lange, glatte Schräge hinunter in ein dunkles Loch ohne Boden. Mir war, als verlöre ich meine Hosen, und selbst in meinen Träumen brach mir vor Verlegenheit der kalte Schweiß aus. Das Loch war schwarz und kalt. An mehr erinnere ich mich nicht.

Kapitel 23

... teils bewußtlos, hat aber meistens geschlafen, wenn Sie mich fragen. Abgesehen von dem Loch in seiner Seite und einem Dutzend blauer Flecken, Prellungen und Schrammen ist er kerngesund. Er wird aufwachen, wenn er genügend Hunger kriegt.« Ich ließ die Augen zu. Es roch eindeutig nach Krankenhaus. Bis auf eine stark schmerzende Stelle an meiner rechten Seite und ein Leeregefühl, wo Steak und Kartoffeln sein sollten, ging es mir gut. Der Gedanke an Steak und Kartoffeln machte mich ein bißchen schwindlig. Ich hörte eine Tür zugehen und riskierte einen kurzen Blick, um festzustellen, was vor sich ging.

Das Zimmer war voller Blumen. Riesengroße und winzigkleine mit Wolken von Farnkraut oder wie das Zeug heißt. Janet saß in einem Schaukelstuhl am Fenster und rauchte eine Zigarette. Ruth saß mit einem aufgeschlagenen Buch auf den Knien auf einem Holzstuhl, aber das Buch lag verkehrt herum, deshalb glaubte ich nicht, daß ihr viel daran lag. Die kurvenreiche kleine Schwester, die ich schon kannte, war damit beschäftigt, Blumen aus den Vasen zu nehmen, die Stengel zu kürzen und sie wieder zurückzustellen. Keine der drei sah zu mir hin, und ich genoß es, sie zu beobachten. Mein Rücken war so müde, wie er es wird, wenn man zu lange im Bett gelegen hat, aber ich wußte nicht, ob ich mich ohne Hilfe bewegen durfte oder nicht. Ich gierte nach einem Steak – sehr groß und sehr dick, mit Pilzen, Soße, dazu vielleicht ofenwarme Brötchen, Pommes frites und Kopfsalat mit Roquefort. Nach einer Weile sagte ich: »Entweder ist das der Himmel oder ein Harem. Was, ist mir egal. Könnte ich eine Zigarette haben?«

Es gab ein großes Getue und Gemache, aber ich erinnere mich nicht an alles, was gesagt wurde. Janet versuchte, mir eine Zigarette zu besorgen, aber sie zitterte am ganzen Leib, und das Päckchen fiel auf den Boden. Schließlich bekam ich eine, Ruth zündete sie an, und die Schwester pustete das Streichholz aus, damit es ihr nicht zwei oder drei Finger verbrannte. Dann raschelte die gestärkte Kluft der Schwester, ihre gummibesohlten Schuhe tappten auf den Flur hinaus, und kurz darauf wehte wie die erste Frühlingsbrise der Doktor herein.

»Na«, sagte er herzlich, »Sie leben ja wie Gott in Frankreich. Wie geht's?«

»Wenn Sie die Frauen hier rausschaffen und mir helfen, meine Hose anzuziehen, geht's mir gleich viel besser. Dann besorgen Sie sich einen Bleistift und Papier und fangen an, so etwa die Hälfte von dem aufzuschreiben, was ich essen will, und dann rufen Sie ein Restaurant an und lassen die Leute heimlich rein. Sagen Sie mir nicht, ich darf nichts essen, sonst kriege ich einen Rückfall.«

»Alles, was Sie wollen. Eine Zeitlang haben Sie ein bißchen Fieber gehabt, aber Sie haben eine Konstitution, um die Sie ein Bär beneiden würde, und wenn Ihre Seite ein bißchen besser verheilt ist, lassen wir Sie hier raus. Das mit den Hosen können Sie vergessen. Sie werden noch ein Weilchen bei uns bleiben, und ich traue Ihnen nicht.«

Janet hielt mit beiden Händen eine meiner Hände und schaute so verklärt drein wie ein Mädchen bei ihrem ersten Rendezvous. »Wie fühlst du dich?« fragte sie.

»Hungrig.«

»Liebst du mich?«

»Hier vor allen Leuten?«

»Ich liebe dich.«

Ich sah mich im Zimmer um. Die anderen waren immer noch da, und ich sagte: »Wenn sich dein Fieber legt, wirst du drüber wegkommen. Welchen Wochentag haben wir?«

»Lenk nicht vom Thema ab«, sagte sie.

»Verdammt, Frau, das kommt so plötzlich. Hetz mich nicht. Ich bin in diesen Dingen von mädchenhafter Schamhaftigkeit, und außerdem sollte man das nicht mit leerem Magen diskutieren.«

»Du kannst ein eigenes Bankkonto mit 50000 oder 100000 Dollar für Wochenenden und Kleinigkeiten haben, genau wie du gesagt hast.«

Ich sah sie an und sagte: »Du hast eine sehr melodische Stimme, wenn du solche Sachen sagst. Außerdem bist du sonderbar anziehend. Du siehst aus, als hättest du zwei, drei Tage nicht geschlafen, und ich rechne schließlich damit, noch eine ganze

Weile weiterzuleben. Gib mir einen Kuß, und dann lauf und sieh zu, daß du etwas Schlaf bekommst.«

Sie tätschelte mir die Hand und sagte: »Prima. Ich kümmere mich selbst um das Essen.«

Ich glaube, sie war froh, daß sie etwas zu tun hatte. Sie holte ihre Handtasche, fand einen Stift und ein Stück Papier, schrieb alles auf, was ich haben wollte, und fügte wahrscheinlich noch ein paar eigene Einfälle hinzu. Als sie gegangen war, sah ich Ruth an. »Ist Tim aus dem Gefängnis raus?«

»Ja, sie haben ihn gleich rausgelassen. Der Sheriff und der Polizeichef haben alle paar Stunden angerufen. Sie verstehen es immer noch nicht ganz, die Presse sitzt ihnen im Nacken, und sie wissen nicht, was sie sagen sollen. Sie warten draußen.«

»Okay, holen Sie sie rein.«

Der Chief war leicht verlegen, und sein Verhalten hatte sich total geändert. Er zog sich einen Stuhl heran und sagte: »Hallo, Sportsfreund. Wie geht's denn so?«

Der Sheriff stand hinter ihm und musterte mich eingehend.

»Dem fehlt nichts. Kommen wir zur Sache. Die Reporter glauben allmählich, wir tappen bei dem Fall völlig im dunkeln, und ich will nicht, daß sie rausfinden, wie recht sie haben.«

»Das meiste wissen Sie ja schon von Jolley«, sagte ich. »Es gibt nicht viel zu erzählen. Er hat sich '38 als Wirtschaftsprüfer von der Harper Products Company engagieren lassen. Er war ehrgeizig und gierig und konnte es nicht abwarten. Er wollte schnell reich werden. Die Firma hatte sich durch die Wirtschaftskrise gewurstelt, sich aber nur langsam erholt, und die Aktie wurde nach wie vor zu einem ziemlich niedrigen Kurs gehandelt. Die Geschäfte liefen gut, und der Profit von '38 hätte den Kurs mit Sicherheit hochgetrieben. Er war nicht auf den Mund gefallen und ein gerissener Hund, und er schaffte es, den alten Harper zu überzeugen, daß das Buchungssystem völlig falsch war, und als er es umgestellt hatte, sah ein gutes Geschäftsjahr ziemlich mies aus. Das war ganz in seinem Sinne. Die Aktie fiel noch um ein paar Punkte. Jolley sorgte dafür, daß die richtigen Gerüchte sich dort verbreiteten, wo sie die größte Wirkung hatten, und die Aktie fiel noch ein bißchen weiter. Er redete Harper ein, es sei das einzig Richtige, mit den verfügbaren Barreserven so viele Schulden wie möglich abzutragen, so daß die Liquidität ständig schwach war und es so aussah, als ob die Banken nicht mehr mitspielen würden. Er verkürzte die Abschreibungsdauer, und das beschnitt die Gewinne noch mehr.«

»Wie wollte er auf die Art Geld verdienen?« fragte der Sheriff.

»Gar nicht. Er wollte mit dieser Methode den Kurs drücken und sämtliche Aktien aufkaufen, die er kriegen konnte. Er wußte, daß die Behörden seine Kosten- und Abschreibungsansätze nicht akzeptieren würden, und wollte – wenn die Leute von der Steuer damit begannen, sich über die Steuererklärungen herzumachen – aussteigen und sie die Gewinne auf ihre Art ermitteln lassen. Sobald das bekannt würde, würde jeder wissen, daß die Firma so etwas wie eine Goldgrube ist, worauf die Aktie auf ihren marktgerechten Kurs steigen und er einen Riesenreibach machen würde. Zu diesem Zeitpunkt wäre es ihm egal gewesen, ob er weiterhin Wirtschaftsprüfer war oder nicht, und die ganze Sache war so geschickt eingefädelt, daß man ihm seiner Meinung nach allenfalls Unwissenheit – und vielleicht nicht einmal das – hätte vorwerfen können.«

»Aber dann ging etwas schief?«

»Alles ging zum falschen Zeitpunkt schief. Die Aktie hatte seiner Ansicht nach ihren absoluten Tiefstand erreicht, also nahm er jeden Nickel, den er hatte, und kaufte auf Einschuß. Die Leute von der Steuer spielten wie vorgesehen mit, aber anstatt nachzugeben, stellte sich der alte Harper auf die Hinterbeine und wollte sich kabbeln. Kabbeleien mit dem Finanzamt dauern lange und finden zunächst nicht öffentlich statt, und so stand Jolley mit hängender Zunge da, die Makler wurden nervös, und es gab keinen Kredit mehr. Jedesmal, wenn die Aktie einen Punkt runterging, traf ihn fast der Schlag. Er geriet in Verzweiflung und dachte, wenn er Harper aus dem Weg räumen würde, könnte er den Vorstand überreden nachzugeben, zu bezahlen und das Tor zum Märchenland zu öffnen. Er war so verzweifelt, daß er völlig durchdrehte und nicht erkannte, daß die Aktie bei Harpers Tod ins Bodenlose fallen und sein Kartenhaus ihm um die Ohren fliegen würde. Als die Aktie am Tag nach Harpers Tod fünf Punkte runterging, hatte er eine Stinkwut im Bauch. Er war bei Janet schon ziemlich weit gediehen, und wenn er sich Zeit gelassen hätte, hätte wahrscheinlich alles geklappt, aber die Makler saßen ihm im Nacken, und so ließ er es drauf ankommen und schlug ihr vor, umgehend zu heiraten. Alles sah bestens aus, und er dachte, er hätte es geschafft, aber sie wollte ihn nicht sofort heiraten. Ich vermute, er glaubte, Janet fräße ihm aus der Hand, und versuchte, sie dazu zu bringen, eine Vereinbarung mit ihm zu unterzeichnen. Das hätte den Druck für eine Weile gemildert. Vielleicht hat er sie sogar um einen großen Batzen Bares gebeten. Jedenfalls ging sie in die Luft, und er zog schleunigst den Schwanz ein, immer noch in der Annahme, daß sie sich wieder einkriegen und ihn heiraten würde. Langweile ich Sie?«

»Überhaupt nicht«, sagte der Chief. »Mir hängt schon die Zunge raus. Seit zwei Tagen schlage ich mich mit Reportern rum und erzähle ihnen, wir müßten noch ein paar Aspekte und Details klären. Sie warten draußen.«

»Na ja«, sagte ich, »viel gibt es nicht mehr zu erzählen. Er hat sich verkrümelt, ist in die Stadt gefahren und hat versucht, seine Gläubiger mit der Geschichte bei der Stange zu halten, daß er einen Rock voller Scheinchen heiraten würde, aber schließlich gehörte ihr das Geld noch nicht, und es sah so aus, als könnte Mrs. Harper noch eine ganze Weile leben. Vermutlich waren diese Aussichten den Brüdern von der geldverleihenden Zunft ein bißchen zu vage. Natürlich besaß Janet ein wenig eigenes Geld, aber sie hatte offensichtlich erfahren, daß ihr Vater oder Jolley Kauforders für die Aktie plazierten, und sich daraufhin selbst weit aus dem Fenster gelehnt, war also ziemlich klamm, was Bargeld anging. Da Jolley nun schon so weit gegangen war, konnte er schlecht aufhören. Er beauftragte Miles, mich und Janet aus dem Verkehr zu ziehen, und ließ sich obendrein noch selbst fesseln, weil er glaubte, jeder würde auf einen solchen Schachzug reinfallen. Miles sollte ihn nicht richtig fesseln und hat es auch nicht getan. Miles war kein Einstein und konnte an nichts anderes mehr denken als ans große Geld, das ihm winkte. Er erkannte gar nicht, daß er den Kopf in die Schlinge gesteckt hatte. Nachdem er seinen Zweck erfüllt hatte, war es viel zu gefährlich, sich weiter mit ihm abzugeben, also legte Jolley ihn um und düste nach Hause, um die Sache mit dem Gift zu erledigen, wobei er vorgab, er wollte Hilfe holen. Das war der schwächste Teil seines Plans, und er wäre vielleicht nicht so schwach gewesen, wenn er ihn sich nicht so kurzfristig hätte ausdenken müssen. Er war nämlich ziemlich gerissen. Er kam mit dem Arm in der Schlinge rein, und wir sollten ihm abnehmen, daß er mit Miles ein paar Schüsse gewechselt, ihn in der Dunkelheit aber verloren und gedacht hatte, es wäre das Beste, sich das Auto zu schnappen und die Polizei zu holen. Ich glaube, es hätte auch so nicht funktioniert, aber als ich zufällig über Miles' Kanone stolperte und feststellte, daß kein Schuß daraus abgefeuert worden war, hatte er keine Chance mehr. Ich vermute mal, daß Sie Miles mit drei hübschen Löchern gefunden haben, erschossen aus so kurzer Entfernung, daß es zu Pulververbrennungen gekommen ist. Miles wußte, daß Jolley sich befreien sollte, und hat ihn, unschuldig wie ein Lämmchen, beim Auto erwartet.«

»Stimmt«, sagte der Sheriff, »können nicht mehr als 30 bis 35 Zentimeter gewesen sein. Hat uns zu denken gegeben. Sah reichlich eigenartig aus.«

Der Chief unterbrach. »Wer hat eigentlich gesehen, wie er sich an der Milch zu schaffen machte?«

»Niemand. Das habe ich erfunden. Ich nehme an, der Sheriff hat Ihnen doch erzählt, daß ich die Milchflasche präpariert habe. Wahrscheinlich hat Miss Knight die Milch geholt, sie vollständig verbraucht, als sie Mrs. Harpers Medizin zubereitete, die Flasche ausgeleert, gespült und vor die Tür gestellt, wie es eine gute Schwester zu tun pflegt. Jolley dachte, er wäre in die Enge getrieben, und verlor den Kopf. Ich bin froh, daß er nicht besser gezielt hat. Er sah einen Revolver in meinem Hosenbund stecken und dachte, er hätte eine bessere Chance, sich rauszureden, wenn er mich erschoß, da der Chief ohnehin zu der Ansicht neigte, ich wäre der böse Bube. Aber am meisten Angst hatte er vor der Milchflasche, und er vergeudete einen Schuß dafür. Dadurch hatte ich gerade genug Zeit, mich zu bewegen und ihn zu irritieren. Ich habe den Kerl sehr ungern erschossen, aber ich wollte am Leben bleiben.«

»Machen Sie sich keine Gedanken. Die gerichtliche Voruntersuchung hat bereits stattgefunden, und die Geschworenen haben Sie entlastet, ohne von ihren Stühlen aufzustehen.«

Ich sagte: »Das wäre alles. Noch Fragen?«

»Nein, das reicht fürs erste. Wenn Sie aus dem Krankenhaus entlassen werden, brauchen wir für die Akten noch eine schriftliche Aussage von Ihnen.«

Als sie fort waren, ging Ruth zum Schrank, nahm ein Päckchen heraus und brachte es mir.

»Ich hatte ein paar kleine Probleme, aber ich habe sie schließlich überzeugt, daß mein Vater und John McClure ein und derselbe waren. Der Sheriff war schrecklich neugierig, aber ich habe ihm gesagt, es sei eine Privatangelegenheit. Ich habe mir das ganze Zeug selbst angesehen, konnte aber nichts Ungewöhnliches finden, also habe ich es dem Sheriff schließlich gezeigt, damit er zufrieden ist. Ich weiß nicht, wonach Sie und Mr. Jolley gesucht haben, aber was es auch war, Sie haben sich geirrt.«

Ich legte die Hand auf das Päckchen, machte aber keine Anstalten, es zu öffnen. Ich sah Ruth bloß an. Gleich darauf traten ihr Tränen in die Augen, und sie sagte: »Ja, ich weiß. Ich weiß nicht, wie ich Ihnen danken soll. Irgendwie haben Sie alles erklärt, und ich habe das Gefühl, Sie haben die eigentliche Geschichte absichtlich weggelassen. Ich würde gern glauben, daß Sie es für mich und Tim getan haben. Jedenfalls sind wir Ihnen dankbar dafür. Tim und ich wollen nämlich heiraten. So wird es sicherlich sehr viel leichter, und im Grunde sind wir in gewisser Weise mit Ihnen verwandt. Sie wissen es vielleicht nicht, aber ungefähr die Hälfte des Blutes in Ihren Adern stammt von Tim. Als er herausfand, daß er die gleiche Blutgruppe hat wie Sie, hat er ihnen gesagt, sie sollten so viel nehmen, wie sie bräuchten, und wenn es alles gewesen wäre, was er hätte.«

»Danken Sie nicht mir, danken Sie sich selbst. Sie sind ein prima Mädchen, und es war von Anfang an klar, daß Sie bis über beide Ohren in Tim verliebt sind. Er ist auch kein schlechter Kerl. Und dann war da noch Janet. Schließlich geht es um etwas, wofür niemand von euch verantwortlich ist. Der alte Harper hat gewußt, daß so, wie er die Sache deichselte, mehrere Millionen Dollar an zusätzlicher Erbschaftssteuer anfallen würden, aber er hat es ohne Murren hingenommen und die Sache sein halbes Leben lang geheimgehalten. Ich sehe keinen Sinn darin, jetzt, wo der Gerechtigkeit auf andere Weise Genüge getan werden konnte, alles an die Öffentlichkeit zu zerren. Ich schätze, man hat Mrs. Harpers Testament geöffnet, oder?«

»Ja, sie haben es umgehend geöffnet, um festzustellen, ob es irgendeine Bedeutung für den Fall hätte. Ich kapiere zwar überhaupt nichts, aber da stand es schwarz auf weiß, daß das Vermögen zwischen Janet und Tim aufgeteilt wird – und zwar mit so vielen schönen Worten von Liebe, Zuneigung und Dankbarkeit für John McClure als dem ältesten und vertrauenswürdigsten Angestellten und so weiter und so fort, daß es anscheinend überzeugt hat. Mr. Harper hat Vater und Tim immer gemocht und es auch gezeigt, und in der Stadt scheint sich keiner etwas dabei zu denken. Die Geschichte ist wohl schon so lange vertuscht worden, daß die meisten Leute sogar vergessen haben, daß Tim adoptiert wurde. Das mit den Testamenten kapiere ich überhaupt nicht. Ich weiß noch, daß sie zwei aufgesetzt haben, aber Miss Knight sagt, es sei nur eins vollstreckt worden.«

»Das stimmt. Ich wußte, daß Mrs. Harper in großer Gefahr schwebte, falls meine Überlegungen richtig waren. Ich habe Wachen an der Tür aufstellen lassen, um ihre Sicherheit zu gewährleisten, bis ich die Sache ausgeknobelt hatte. Jolley war der wahrscheinlichste Kandidat, aber ich war blöd und kam einfach nicht damit zu Rande, daß er am Vortag in Overton gewesen war und mit einem Zug ankam, der erst in Overton abfuhr, als Harper und Miss Katie bereits ermordet worden waren. Als ich von Janets Flugzeug erfuhr, war es zu spät. Miles hat uns beide außer Gefecht gesetzt, als ich gerade in die Stadt zurückfahren wollte, und bis wir aus dieser verdammten Hütte rauskamen, war das Unglück schon geschehen. Komisch, daß man die härtesten Nüsse knacken und über so eine lächerliche Kleinigkeit stolpern kann. Dabei war ich selbst mit dem Flugzeug aus Louisville gekommen und hätte es mir zusammenreimen können, aber ich hatte mich beim Flughafen erkundigt, und sämtliche Charterflugzeuge waren ausgebucht; auf ein Privatflugzeug bin ich einfach nicht gekommen. Als ich die Testamente aufsetzte, hatte ich Angst, daß Mrs. Harper etwas zustoßen könnte. Jemand hatte mein Gespräch mit ihr belauscht und wußte, daß es zwei davon geben sollte. Ich habe sie beide genau gleich formuliert, damit nicht 25 Jahre und ein paar Millionen Dollar für die Katz waren, falls etwas passierte. Mrs. Harper war schlau. Sie hat beide Testamente gelesen, genau erkannt, woran ich dachte, und mitgezogen. Jolley wußte, daß nach dem ersten Testament alles an Janet gehen sollte, und da er immer noch meinte, sie würde ihn irgendwann heiraten, sah er eine hübsche Möglichkeit, das ganze Vermögen in der Familie zu halten und gleichzeitig aus seiner finanziellen Klemme herauszukommen.«

»Möchten Sie sich die Papiere da denn nicht ansehen?«

»Doch, ich denke schon. Sie sagen, es ist nichts darunter?«

»Soweit ich sehen kann, nicht. Was haben Sie denn überhaupt erwartet? Das ist auch so eine Sache, die ich nie kapiert habe.«

Ich wand mich im Bett herum, und da meine Hüfte nicht auseinanderplatzte, soweit ich sehen konnte, sagte ich: »Meinen

Sie, Sie könnten mir ein paar Kissen in den Rücken stopfen, damit ich mich eine Weile aufsetzen kann? Und geben Sie mir noch eine Zigarette, wo Sie schon mal dabei sind.« Im Sitzen fühlte ich mich viel besser. Das Päckchen war in braunes Papier eingeschlagen und enthielt nichts weiter als eine graue Kladde, wie man sie vielleicht auch im Drugstore an der nächsten Ecke benutzte. Darin waren ordentlich und akribisch regelmäßige Beträge verbucht sowie Ein- und Auszahlungen seit Mai 1915 aufgelistet. Nichts deutete darauf hin, woher das Geld kam und an wen es ging. Es gab keine losen Blätter. Ich untersuchte sorgfältig den Rücken der Kladde, konnte aber keine Anzeichen dafür entdecken, daß daran herumgefummelt worden war. Ich saß da und starrte das Ding an.

»Ihr Vater war ein vorsichtiger Mann«, sagte ich. »Er hat über jeden Penny, den er von Harper bekommen hat, genau Buch geführt und darauf geachtet, die Einträge so vorzunehmen, daß im Falle seines Todes niemand, der die Fakten nicht kannte, mit diesem Buch etwas anfangen konnte. Harper wußte nicht, ob Ihr Vater vorsichtig gewesen war oder nicht. Er wollte sichergehen, daß sein Geheimnis nicht ans Licht kam. Sein einer großer Fehler bestand darin, Ihnen für Ihre Aktien einen viel zu hohen Preis anzubieten. Hätte er angeboten, sie Ihnen zum Tageskurs oder etwas darüber abzunehmen, hätten Sie seine Hilfe wahrscheinlich angenommen und sich nichts dabei gedacht, aber er hatte solche Angst, daß der eine Skandal seines Lebens noch vor seinem Tod herauskäme, daß er es übertrieb und Ihnen nicht nur etwas anbot, was zu schön war, um wahr zu sein, sondern auch so sehr darauf bestand, sämtliche Unterlagen zu bekommen, daß Sie natürlich Verdacht schöpften. Trotzdem kann ich irgendwie nicht glauben, daß es wirklich nur dieses Buch war, was er in die Hände kriegen wollte. Das überzeugt mich einfach nicht.«

»Sie haben die ganze Zeit etwas geahnt und nach etwas gesucht«, sagte Ruth. »Jolley hat auch nach etwas gesucht. Er hat zweimal unser Haus durchwühlt, und für ihn muß es genauso schwer gewesen sein, das Bankschließfach ausfindig zu machen, wie für uns. Auch William Jasper Harper hatte etwas Bestimmtes im Auge. Wonach haben Sie also gesucht?«

»Vielleicht irre ich mich, aber ich stelle mir die Sache so vor: Vor seiner Heirat hatte William Jasper Harper eine Affäre mit Catherine Murdoch. Wahrscheinlich war er in sie verliebt – eine kleine Lehrerin in der City, mit der er wohl von Zeit zu Zeit die Wochenenden verbrachte. Er war ein großes Tier aus einer Sippe, der die Stadt hier praktisch gehörte und die dieses Ende des Staates zur Hälfte beherrschte. Seit Generationen waren Angehörige seiner Sippe Aufsichtsräte von diesem und jenem, Vorstände von allem anderen, Kuratoren von Kirchen und Colleges und Schirmherren des Roten Kreuzes und der Kinderklinik. Ob er je die Absicht hatte, sie zu heiraten, wird man nie erfahren, aber ich schätze, er war jung und hitzköpfig und meinte, er könnte seine Probleme vor sich herschieben. Er hat sie nicht sehr lange vor sich herschieben können, denn die kleine Catherine Murdoch wurde schwanger, und er muß sich fürchterliche Sorgen gemacht haben. Dann gibt es im Haus eines Tages eine Explosion und einen Brand – wahrscheinlich ein Unfall. Katie erleidet schreckliche Verbrennungen, ihre Schwester Phoebe schafft sie ins Krankenhaus und befördert sie dann in Begleitung eines Arztes eilends mit dem Zug nach Louisville. Vielleicht wollten sie zu einem Spezialisten, vielleicht auch nicht. Ich hatte keine Möglichkeit, diesen Teil der Geschichte mit Phoebe durchzusprechen, aber in den Adoptionspapieren steht nichts von einer Geburtsurkunde, und für mich hört es sich so an, als hätte man sie schleunigst aus der Stadt befördert, weil man Angst hatte, daß das Baby vorzeitig geboren würde. Und wenn es im Krankenhaus geboren worden wäre, hätte eine Geburtsurkunde ausgestellt werden müssen, die Leute hätten davon erfahren, und Katie Murdoch wäre nie über die Schande hinweggekommen. Das Baby wurde entweder im Zug oder in einer Privatwohnung in Louisville geboren, und wahrscheinlich war der Arzt Argumenten in Form eines ansehnlichen Batzens von William Jasper Harpers Bankkonto zugänglich. Sobald er das Geld genommen und bequemerweise vergessen hatte, was geschehen war, konnte er das Thema später nicht mehr aufs Tapet bringen, ohne sein eigenes standeswidriges Verhalten einzugestehen.«

»Und was nützt uns das?« fragte Ruth. »Ich kann Ihnen überhaupt nicht folgen.«

»Nun, Catherine Murdoch ist nicht gestorben. Sie und Tim lebten in Louisville. Wahrscheinlich nicht bei Phoebe, sonst wäre ich auf ihre Spur gestoßen, als ich nach ihr suchte. Catherine war schrecklich entstellt und konnte ihren Lebensunterhalt nicht mehr verdienen. Vermutlich lebten sie von Harper und waren eine

Zeitlang mit dem Arrangement zufrieden, bis ihnen einfiel, daß ihre Position mit jedem Jahr, das verstrich, schwächer und schwächer wurde, falls Harper je auf die Idee kam, sich aus der Verantwortung zu stehlen. Außerdem wußten sie nicht, ob Katie und Tim im Falle von Harpers Tod jemals etwas aus dem Nachlaß bekommen und so versorgt sein würden. Es muß also eine schriftliche Vereinbarung getroffen worden sein. John McClure hat sich vielleicht damit zufriedengegeben, Tim ohne schriftliche Garantien zu adoptieren, aber ich kann mir nicht vorstellen, daß Miss Katie ihn hergab, ohne absolut sicher zu sein, daß er auf Dauer versorgt war.

Unterdessen hatte William Jasper Harper eine standesgemäße Partie gemacht. Davor hätte er Catherine Murdoch samt ihren Verbrennungen heiraten können, und das wäre schon schlimm genug gewesen, aber sobald er verheiratet war und eine kleine Tochter hatte, steckte er tiefer denn je in der Klemme. Die Wahrheit werden wir wohl nie erfahren, aber es gibt Präzedenzfälle, wonach ein Vertrag geschlossen wird, um die Einleitung eines Verfahrens zur Feststellung der unehelichen Vaterschaft und der Unterhaltspflicht zu verhindern. Das ist ein gerichtliches Verfahren, um den Vater eines Kindes zu ermitteln und ihn zu Unterhaltszahlungen zu zwingen. Ein solcher Vertrag ist rechtsgültig und kann gegen den Nachlaß des Vaters vollstreckt werden, vorausgesetzt, er spricht nicht unter Ausschluß etwaiger ehelicher Kinder alles dem unehelichen Kind zu.

Nun betrachten Sie es mal folgendermaßen: William Jasper Harper macht zum gleichen Zeitpunkt, zu dem die Adoption abgeschlossen ist, ein Testament. Aber es ist nicht die Art von Testament, mit der Catherine Murdoch sich zufriedengegeben hätte, denn es trifft keinerlei Vorsorge für Tim, sondern hinterläßt alles Mrs. Harper. Wie wir wissen, macht Mrs. Harper gleichzeitig ein Testament, in dem sie alles ihrem Mann vermacht. Das läßt nur einen Schluß zu. Harper wollte den Skandal so lange wie möglich von seiner Familie fernhalten, auch für den Fall seines Todes. Also beichtet er alles seiner Frau, und sie schließt sich der Vereinbarung an. Beide machen Testamente, in denen sie einander alles vermachen, und wenn einer von ihnen stirbt, soll der andere ein Testament machen, das zu gleichen Teilen für Tim und Janet Vorsorge trifft. Damit wird der Unglückstag so lange hinausgeschoben, bis sie beide tot sind, und mehr können sie auch nicht erwarten. Falls der Überlebende nicht die laut Vereinbarung vorgesehene Art von Testament macht, kann die Vereinbarung selbst vorgelegt und durchgesetzt werden, womit das gleiche Ziel erreicht würde. Das heißt, für Tim ist gesorgt, sofern der Vertrag schriftlich fixiert ist und keiner ihn verliert. Begreifen Sie es jetzt?«

»Ich denke schon. Aber muß denn ein solcher Vertrag schriftlich geschlossen werden? Könnten die Leute, die dabei waren, nicht durch ihre Aussagen beweisen, daß es einen gibt?«

»Doch, könnten sie«, sagte ich zu ihr, »aber um aussagen zu können, mein Schätzchen, muß man am Leben sein. Hillman Jolley wußte nicht, ob es eine schriftliche Vereinbarung gab oder nicht, mußte aber in jedem Fall alle Zeugen zum Schweigen bringen – zumindest alle, von denen er wußte. Sehen Sie, als Wirtschaftsprüfer für die Harper Products Company hat er sich wohl nicht nur um betriebliche Dinge gekümmert, sondern William Jasper Harper wahrscheinlich auch in dessen Einkommensteuerangelegenheiten beraten. Er stieß zufällig auf einige wesentliche Tatsachen und zog ein paar ziemlich intelligente Schlüsse, aber ob er seine Informationen aus Harpers persönlichen Unterlagen bezog oder sie sich aufgrund des Lebensstils von John McClure und seiner Familie zusammenreimte, werden wir wahrscheinlich nie erfahren. Jedenfalls stocherte er mit der Stange im Nebel herum. Als ich ihn kurz vor seinem Tod befragte, bin ich zu dem Schluß gekommen, daß er nichts von den Murdoch-Schwestern wußte und Miss Katie nicht als Tims Mutter identifiziert hatte. Nach den ihm vorliegenden Fakten hat er wohl angenommen, daß Harper selbst und wahrscheinlich auch seine Frau in die Vereinbarung einbezogen worden waren. Natürlich mußte auch John McClure einbezogen worden sein, denn ihm fiel die Aufgabe zu, für Tim zu sorgen. Auch Ihre Mutter dürfte so gut wie sicher davon gewußt haben, denn man kann kaum jemanden adoptieren, ohne seine Frau weitgehend einzuweihen. Falls es noch andere Vertragsparteien oder Zeugen gab, konnte Jolley nur hoffen, daß sie endgültig von der Bildfläche verschwunden oder tot waren. Er wußte nicht, wer die Mutter war und wo er anfangen sollte, nach ihr zu suchen. Der alte Harper hat wohl sehr darauf geachtet, solche Informationen nicht herumliegen zu lassen, da er auch in anderer Hinsicht mit äußerster Vorsicht vorging. So weit, so gut. Ihre Mutter ist schon seit einigen Jahren tot, womit sich eines seiner Probleme erledigt. Er beseitigt Ihren Vater, und kein Mensch hätte je Verdacht geschöpft, wenn er das gleiche nicht mit mir versucht und verpatzt hätte. Wahrscheinlich hätte er sich eine ganz unauffällige Methode ausgedacht, Mr. und Mrs. Harper aus dem Weg zu räumen, aber seine finanziellen Schwierigkeiten mit der Aktientransaktion setzten ihn unter Zeitdruck, und er mußte improvisieren, um nicht alles zu verlieren, wofür er drei Jahre lang gearbeitet hatte. Ich denke, Miss Katie wäre noch am Leben, wenn sie nicht zum ungünstigen Zeitpunkt am falschen Ort gewesen wäre. Sie hat scharf auf Sie und Tim aufgepaßt, und es sieht so aus, als hätte sie irgendwie herausgefunden, daß Tim den alten Harper zur Rede stellen wollte, also ging sie mit, um sich zu vergewissern, daß Tim nicht schlecht behandelt wurde.«

Ruth unterbrach mich: »Sie hat es nicht irgendwie herausgefunden. Sie hat es sicher gewußt. Sie war bei uns zu Hause, als Tim darauf zu sprechen kam, und hat sich alle Mühe gegeben, ihn davon abzubringen. Aber Tim geht ziemlich leicht hoch und wollte natürlich über seine Vergangenheit Bescheid wissen. Er stürmte aus dem Haus und war entschlossen, Krach zu schlagen, bis er alles erfuhr, was Harper wußte. Miss Katie hat sich furchtbar aufgeregt und ist gleich darauf gegangen. Vermutlich ist sie Tim dorthin gefolgt.«

»Das paßt«, meinte ich. »Tim ist zur Terrassentür rausgekommen und die Auffahrt runter zur Straße gegangen, wo sein Auto abgestellt war. Er muß direkt an Miss Katie vorbeigekommen sein, und sie hat sich wahrscheinlich nicht gemuckst, weil sie befürchtete, er nähme ihre Einmischung übel oder zöge den gleichen Schluß, der sich mir binnen 24 Stunden nach meiner Ankunft in Harpersville aufdrängte. Während sie darauf wartet, daß Tim unbehelligt von dort wegkommt, bemerkt sie Jolley und bleibt noch, um zu verfolgen, was passiert. Den Rest wissen Sie von Jolley selbst, falls Sie die Geschichte gehört haben. Er brachte Harper um, sah Miss Katie weggehen, folgte ihr und ermordete sie, ehe sie die Polizei verständigen konnte.«

»Sie haben Phoebe Murdoch erwähnt«, sagte Ruth. »Wer ist sie?«

»Das ist egal. Die Geschichte ist vorbei, und das Buch ist geschlossen. Sie werden nie irgendwelche Probleme mit ihr haben, und je weniger Sie wissen, desto besser.«

Ruth ging zum Fenster hinüber und schaute mehrere Minuten lang reglos hinaus. Dann stellte sie sich wieder neben mein Bett und blickte zu mir herunter. »Wissen Sie, Gil, das Ganze kommt mir wie ein Alptraum vor. Vermutlich hat Mr. Harper damals geglaubt, es wäre die richtige oder die einfachste Lösung, aber wenn man sich der Wahrheit in den Weg stellt und versucht, Geheimnisse über das Leben anderer zu bewahren, tut man nichts anderes, als ein kleines Rinnsal Probleme, das den Hügel hinunterlaufen und unbemerkt versickern würde, hinter einem Damm zu stauen, bis der Druck zu groß wird, der Damm bricht und die Flut jeden vernichtet, der ihr im Weg steht. Bis vor ein paar Wochen verlief unser Leben so ruhig und glücklich, und jetzt sind wir alle von dem Strudel erfaßt worden, und wer von uns überlebt hat, wird ans Ufer geschleudert, damit wir unsere Wunden versorgen und – so gut es geht – darüber hinwegkommen. Es war schrecklich, aber uns bleibt nichts übrig, als es hinter uns zu lassen und zu versuchen, wieder zu leben. Ich fange gleich damit an, und ich werde nach vorne und nicht zurückblicken und versuchen, das Grauen zu überwinden, das wir alle durchgemacht haben. Ich würde gern glauben, daß Tims Geheimnis für alle Zeiten sicher ist, aber Ihre Überlegungen waren völlig einleuchtend, und es sieht so aus, als gäbe es zwangsläufig einen schriftlichen Vertrag, der morgen oder nächste Woche oder nächsten Monat zum Vorschein kommen und uns verfolgen wird, und nach uns vielleicht unsere Kinder.«

Ich nahm ihre Hand und sagte: »Nein, das bezweifle ich. Jolley konnte ihn nicht finden. Harper wußte nicht, wo er ist, und wir haben ihn auch nicht finden können. Ihr Vater war sich über seine Wichtigkeit im klaren und hätte ihn nicht einfach irgendwo versteckt, wo man ihn zu Tims Schutz nicht auch finden könnte. Es ist natürlich möglich, daß das Ding im Laufe all der Jahre allmählich seine Bedeutung für ihn verloren hat. Tim ist erwachsen geworden, und er ist ein kräftiger Kerl mit einem hellen Kopf, der selbst für sich sorgen und seinen Weg machen kann. Es würde mich nicht wundern, wenn Ihr Vater das Dokument einfach vernichtet hat, weil es ihm lieber war, daß Tim auf eigenen Füßen steht, anstatt das Risiko einzugehen, daß jemand das einzige entdeckte, was ihn in den Augen seiner Freunde herabsetzen könnte. Ich glaube, wir können davon ausgehen, daß die schriftliche Vereinbarung nicht mehr existiert. Glauben Sie's mir, und zerbrechen Sie sich nicht Ihren hübschen Kopf.«

Sie zündete mir eine Zigarette an, und ich machte schweigend zwei, drei Züge. Schließlich seufzte sie, lächelte mich an und sagte: »Tja, Janet wird wohl gleich mit etwas zu essen wiederkommen, und ich nehme an, Sie wollen mit ihr allein sein. Ich weiß nicht, was ich sagen soll, deshalb versuche ich es erst gar nicht. Aber ich möchte, daß Sie wissen, daß unsere Tür Ihnen immer offensteht und Sie sich alles nehmen können, was wir haben, und Sie brauchen nicht mal zu fragen.«

Dann ging sie hinaus und machte die Tür zu. Ich wartete, bis ich ziemlich sicher war, daß sie nicht etwa zurückkommen würde, um etwas zu holen, was sie vergessen hatte, und nahm dann noch einmal die graue Kladde zur Hand. Janet hatte ihren Bleistift auf dem Nachtschränkchen liegenlassen. Ich nahm die Kladde, klappte sie weit auf und bog die Deckel zurück, bis sie sich berührten, wodurch sich der Buchrücken wölbte. Ich nahm den Stift, stocherte in dem Loch herum, und ein Stück Papier, das zu einem Zylinder zusammengerollt und plattgedrückt worden war, fiel neben mir aufs Bett. Ich vergewisserte mich rasch, daß die Suche zu Ende war, zündete das Papier mit einem Streichholz an und ließ es brennen, bis es restlos vernichtet war.

Ich war froh, daß ich keinen Moment länger gebraucht hatte. Die Fahrstuhltür klapperte laut, und dann zog eine regelrechte Prozession in mein Zimmer ein.

Zuerst kam die Schwester, mit wie üblich in alle Richtungen gewölbten Kurven und einem Tisch, den sie mit schwungvoller Gebärde absetzte.

Danach kam ein farbiger Kellner mit breitem Grinsen und einem riesigen Tablett, das vor lauter köstlichen Düften auf und ab hüpfte. Die Nachhut bildete Janet, die wieder Farbe auf den Wangen hatte und deren leicht pferdeähnliches Gesicht ein wunderschönes Lächeln verklärte.

Janet hatte schon das Essen bezahlt, und ich ließ sie ohne Murren auch noch das Trinkgeld für den Kellner übernehmen. Ich wußte nicht, was die Zukunft brachte, aber wenn Janet es so haben wollte, wollte ich mir gar nicht erst schlechte Gewohnheiten aneignen.

Der Kellner und die Schwester zogen sich diskret auf vorbereitete Positionen zurück, und ich sah, daß der Tisch für zwei gedeckt war.

Ich wußte nicht, was ich sagen sollte, flüchtete mich daher in Banalitäten und sagte geistreich: »Tja, wie ich sehe, ißt du mit mir.«

»Ja«, sagte Janet, »du gewöhnst dich besser daran.«

Es war ziemlich unbequem, in Seitenlage im Bett zu essen, und ich hätte es viel praktischer gefunden, wenn ich mein Essen auf einem Tablett bekommen hätte, aber ich hatte allmählich so das Gefühl, daß Janet ein sehr resolutes Geschöpf war, und solange sie dafür bezahlte, hielt ich es für besser, meine Klappe zu halten.

Das Essen war wunderbar. Als nichts mehr davon übrig war und ich meine dritte Tasse Kaffee heruntergeschüttet hatte, sagte sie: »Glücklich?«

»Ich denke ja. Aber im Moment macht mir noch eine Sache Sorgen. Du hast mir draußen bei Sheely's ein paar unangenehme Momente verschafft, und ich will die Wahrheit wissen. Entweder brauchst du auf der Toilette furchtbar lange, oder du hast telefoniert. Falls du telefoniert hast, kann ich mich des Eindrucks nicht erwehren, daß in etwa die richtige Zeit verging und dann jemand draußen wartete und sich alle Mühe gab, mir den Schädel einzuschlagen.«

»Das ist ja nicht zu fassen«, sagte Janet, »so hast du dir das also vorgestellt?«

»Also gut, hast du telefoniert?«

Janet Harper errötete, schaute weg und sah mich dann wieder an. Ihre Augen blinzelten. »Willst du das wirklich wissen?«

»Vor ein, zwei Minuten wollte ich es noch, aber dein Gesichtsausdruck gefällt mir nicht, und wenn's dir recht ist, lassen wir's gut sein.«

»Eben hättest du es noch gut sein lassen können, aber du hast ein niederträchtiges, mißtrauisches Wesen, und wenn du keine Antwort bekommst, wirst du für den Rest deines Lebens vom Gift der Neugier verzehrt, also sage ich es dir. Ich habe telefoniert, aber aus anderen Gründen, als du angenommen hast. Es hat mich stinkwütend gemacht. Ich wollte feststellen, ob man mitten in der Nacht eine Heiratserlaubnis bekommen kann, und beim Standesamt hat niemand abgenommen. Vermutlich sind die Leute von der Telefongesellschaft solche Sachen gewöhnt, denn irgendein kleines Luder in der Vermittlung hatte die Unverschämtheit, sich einzumischen, mich ›Liebes‹ zu nennen und mir zu sagen, ich müßte mich bis morgen gedulden.«

Nachwort

Wenn wir in einem Roman lesen, daß der Ich-Erzähler kein Hercule Poirot ist, statt dessen aber als gescheiterter Perry Mason tituliert wird, ein Chauffeur aussieht wie Humphrey Bogart – der damals noch überwiegend Gangster der zweiten Garnitur spielte – und der Held seinen durch den Streß der Ermittlungen bedingten Whiskykonsum mit dem der hartgesottenen Privatdetektive vergleicht, die öfter Hochprozentiges inhalieren als Atemluft, dann wissen wir, daß wir einen Detektivroman lesen, der keinen Hehl daraus macht, ein Detektivroman zu sein. Ist der Titel dann noch den *Mother Goose*-Reimen entlehnt, deren Popularität im englischen Sprachraum nur mit einer fiktiven Kombination aus Grimms Märchen, *Max und Moritz* und dem *Struwwelpeter* zu vergleichen wäre, so sind wir in unmittelbarer Nachbarschaft der hochartifiziellen Detektivromane aus der Blütezeit des Golden Age mit ihren Kinderreim-Verbrechen (S. S. van Dine, *Der Mordfall Bischof,* DuMont's Kriminal-Bibliothek 1006), ihren *Zehn kleinen Negerlein* und »ABC-Morden« (Agatha Christie). »Farceurs« hat Julian Symons die Autoren genannt, für die Mord und Täterjagd zu bloßen Quellen endlosen Amüsements werden. Autoren wie Leser wissen, daß sie ein Spiel zwischen zwei Buchdeckeln spielen und daß alles Blut, das hier fließt, aus Tinte ist. Michael Innes war wohl der erste, dessen gesamtes Werk die mörderische Farce bestimmte, aber es gibt keinen Autor und keine Autorin des Golden Age, die sich nicht immer wieder in Unter- und Zwischentönen zu der Maxime bekannt hätte, die John Dickson Carrs Dr. Fell so klassisch formuliert hat: »Schließlich sind wir Gestalten in einem Detektivroman, und wir führen keinen Leser damit an der Nase herum, daß wir immer wieder versichern, wir seien es nicht.«

Cornelius Warren Grafton (1909–1982) steht sicherlich in dieser Tradition, die er sich leise und meisterlich aneignet, die er aber zugleich mit großer innovatorischer Kraft fortführt: Er ist der erste, der das der britischen Tradition entstammende Spiel mit der Gattung auf die noch recht junge »amerikanische Schule« oder »hard boiled school« der Hammett, Chandler und Gardner anwandte und so frühzeitig den Typ des »elegischen Spätkrimis« schuf – wenn diese Anleihe beim Western-Genre gestattet ist –, der heute neben dem neu erblühten klassischen Detektivroman den amerikanischen Markt beherrscht. »Elegisch« ist hier durchaus im Sinne Schillers als Sehnsucht nach einem unerreichten Ideal zu verstehen: Der Held und Ich-Erzähler Gil Henry weiß von seiner Lektüre und seinen Kinobesuchen her durchaus, wie er zu küssen, zu prügeln und zu schießen hätte – nur ihm selbst will es nie so recht gelingen. Untersetzt und übergewichtig wie Hammetts »Continental Op«, hat er doch nicht dessen Härte, und so hat er weder des schönen Phil Marlowe – Chandlers Vorbild war Cary Grant! – Erfolge bei Frauen noch die Boxsiege von Hammetts Helden zu verzeichnen; wird Marlowe gelegentlich, so wird er ständig zusammengeschlagen. Wenn er sich von einer Flasche Whisky nächtliche Betäubung bei einer Eisenbahnfahrt verspricht, endet das kläglich auf der Schlafwagentoilette, und beim genretypischen Showdown bringt er zunächst die zufällig gefundene Pistole nicht aus dem Gürtel. Die unpassenden, bald viel zu großen, bald am Bauch kneifenden Kleidungsstücke, in denen er die längste Zeit durch den Fall stolpert, wirken hier geradezu symbolisch.

Wird der typische »hard boiled detective« in Gil Henry eher parodiert, so bleiben die übrigen Gattungskonventionen der amerikanischen Schule durchaus gewahrt. Das beginnt mit der von Hammett in den *Continental Op*-Geschichten entwickelten und von Chandler übernommenen Erzählsituation der distanzlosen Ich-Erzählung des Detektivs. Von der Ausnahme abgesehen, daß gleich zu Beginn die Geschichte auf »die Zeit vor Pearl Harbor« datiert wird, sie also offensichtlich erst nach dem japanischen Überfall erzählt wird, herrscht die Fiktion vor, der Held berichte während seiner Abenteuer. Auch der Anfang ist genretypisch, nimmt man zu Hammett und Chandler noch Erle Stanley Gardners Anwaltsromane um Perry Mason hinzu: Am Beginn steht ein harmlos wirkender, wenn auch ein wenig mysteriöser Auftrag, wie er durchaus in die Zuständigkeit des jüngsten Sozius einer Anwaltskanzlei fällt, der dann mit rasender Geschwindigkeit in ein Labyrinth aus Mordanschlägen, ominösen Drohungen, Morden, Konfrontationen mit der herrschenden Schicht und der von ihr beherrschten Polizei, Entführungen usw. usw. führt. Natürlich ist Rechtsanwalt Gil Henry schon nach wenigen Seiten sein ursprüngliches Mandat wieder los, wie es Phil Marlowe mit schöner Regelmäßigkeit passiert, bald darauf auch seine Partnerschaft in der Anwaltskanzlei. Doch wie Phil Marlowe macht er weiter, teils aus Neugierde und Berufsethos, teils aus dem berechtigten Gefühl heraus, auf einer tickenden Zeitbombe zu sitzen, die er entschärfen sollte, bevor sie ihn in die Luft sprengt: Schließlich wird er schon auf S. 63 steckbrieflich gesucht.

Der Originaltitel *The Rat Began to Gnaw the Rope* spielt auf diese Kettenreaktion an, wie sie – als ausbleibende Kettenreaktion – auch das deutsche Kinderlied vom Herrn, der den Jockel ausschickt, schildert. Gil Henrys Nachforschungen nach dem Substanzwert einer bestimmten Aktie wirken wie das Nagen der Ratte, das die Ereignisfolge in Gang setzt. Hier zeigt sich ein genremäßiger Unterschied zwischen der amerikanischen und der orthodoxen »britischen« Schule, zu der allerdings auch die Amerikaner S. S. van Dine, Ellery Queen und Carr zu rechnen sind: Während im traditionellen Detektivroman ein unerklärlicher Mord in einem scheinbar harmonisch-friedlichen Milieu den Detektiv auf den Plan bringt, der dann das bisher verdeckte Gewalttätige der Scheinidylle ans Licht bringt, löst in der amerikanischen Spielart das mehr oder weniger zufällige Auftreten eines Detektivs erst eine Serie offener Gewalttaten aus, deren letzten Urheber es dann zu finden gilt – Musterbeispiele sind Hammetts *Red Harvest,* Chandlers *Big Sleep* und Ross Macdonalds *Blue City.* Dies scheint auch in unserem Roman der Fall zu sein – wäre da nicht der tödliche Unfall John McClures bereits zehn Tage vor der Mandatserteilung an Gil Henry, den dieser schnell als Mord entlarvt. Auch hierin erweist sich Graftons *Das Wasser löscht das Feuer nicht* als Synthese aus der britischen und der amerikanischen Schule. Wenn der als Detektiv fungierende und agierende Anwalt endlich die Lösung gefunden hat, erweist sie sich als brisante Mischung aus brandaktuellem »white collar crime« und den höchst traditionellen »Sünden der Väter«, die jetzt an den Kindern – wortwörtlich – »heimgesucht« werden.

Wenn Gil Henry anfangs als Parodie des amerikanischen »tough guy«, des harten und zähen Burschen, beschrieben wurde, so stellt er doch zugleich eine bemerkenswerte Erweiterung des traditionellen britischen wie amerikanischen Detektivspektrums dar. Während er sich stoisch bedrohen, herumschubsen, niederschlagen und hinauswerfen läßt, stellt er gleichzeitig die richtigen Fragen und sammelt geduldig und scharfsinnig die Informationen, die ihn die Lösung finden lassen. Indem der praktizierende Rechtsanwalt C. W. Grafton – wie kurz zuvor Erle Stanley Gardner – seine eigenen Rechtskenntnisse für sein literarisches Werk nutzte, schuf er zugleich den juristischen Detektiv, der weniger als Anwalt – im Wortsinne – der Bedrängten wie Perry Mason, sondern als klassischer Generalist imstande ist, einen Fall zu lösen, der vorher vom Juristen Grafton für ihn konstruiert wurde. Neben seinen Gesetzeskenntnissen ist es vor allem ein ökonomisches Grundwissen, das Gil Henry in den Stand setzt, die Verbrechen aufzuklären, und das ihn zum letztlich siegreichen Gegenspieler eines skrupellosen Wirtschaftsverbrechers werden läßt. Wenn Emma Lathen später diesen Täter und diesen Detektivtypus zum Markenzeichen ihrer Wirtschaftskrimis machen wird, hat sie in C. W. Grafton einen nur schwer zu erreichenden Vorgänger.

Volker Neuhaus

DuMont's Kriminal-Bibliothek

»Knarrende Geheimtüren, verwirrende Mordserien, schaurige Familienlegenden und, nicht zu vergessen, beherzte Helden (und bemerkenswert viele Heldinnen) sind die Zutaten, die die Lektüre der ersten vier Bände aus DuMont's neuer ›Kriminal-Bibliothek‹ zu einem Lese- und Schmökervergnügen machen – auch, wenn man sich knisterndes Kaminfeuer, die Karaffe uralten Portweins und den echten Londoner Nebel dazudenken muß.

Der besondere Reiz dieser Krimi-Serie liegt in der Präsentation von hierzulande meist noch unbekannten anglo-amerikanischen Autoren, die mit repräsentativen Werken (in ausgezeichneter Übersetzung) vorgelegt werden.

Die ansprechend ausgestatteten Paperbacks sind mit kurzen Nachbemerkungen von Herausgeber Volker Neuhaus versehen, die auch auf neugierige Krimi-Fans Rücksicht nehmen, die gerne mal kiebitzen: Der Mörder wird nicht verraten. Kombiniere – zum Verschenken fast zu schade.« *Neue Presse/Hannover*

Band 1001	Charlotte MacLeod	**»Schlaf in himmlischer Ruh'«**
Band 1002	John Dickson Carr	**Tod im Hexenwinkel**
Band 1003	Phoebe Atwood Taylor	**Kraft seines Wortes**
Band 1004	Mary Roberts Rinehart	**Die Wendeltreppe**
Band 1005	Hampton Stone	**Tod am Ententeich**
Band 1006	S.S. van Dine	**Der Mordfall Bischof**
Band 1007	Charlotte MacLeod	**». . . freu dich des Lebens«**
Band 1008	Ellery Queen	**Der mysteriöse Zylinder**

Band 1009	Henry Fitzgerald Heard	**Die Honigfalle**
Band 1010	Phoebe Atwood Taylor	**Ein Jegliches hat seine Zeit**
Band 1011	Mary Roberts Rinehart	**Der große Fehler**
Band 1012	Charlotte MacLeod	**Die Familiengruft**
Band 1013	Josephine Tey	**Der singende Sand**
Band 1014	John Dickson Carr	**Der Tote im Tower**
Band 1015	Gypsy Rose Lee	**Der Varieté-Mörder**
Band 1016	Anne Perry	**Der Würger von der Cater Street**
Band 1017	Ellery Queen	**Sherlock Holmes und Jack the Ripper**
Band 1018	John Dickson Carr	**Die schottische Selbstmord-Serie**
Band 1019	Charlotte MacLeod	**»Über Stock und Runenstein«**
Band 1020	Mary Roberts Rinehart	**Das Album**
Band 1021	Phoebe Atwood Taylor	**Wie ein Stich durchs Herz**
Band 1022	Charlotte MacLeod	**Der Rauchsalon**
Band 1023	Henry Fitzgerald Heard	**Anlage: Freiumschlag**
Band 1024	C. W. Grafton	**Das Wasser löscht das Feuer nicht**
Band 1025	Anne Perry	**Callander Square**
Band 1027	Josephine Tey	**Die verfolgte Unschuld**

Band 1023

Henry Fitzgerald Heard

Anlage: Freiumschlag

Sidney Silchester führt ein ruhiges, beschauliches Leben. Seine Leidenschaft ist zugleich sein Beruf: Er entschlüsselt verschlüsselte Nachrichten. Eine überaus interessante Aufgabe wird ihm von dem mysteriösen Mr. Intil übertragen. Da Silchester den Text nicht alleine dekodieren kann, bittet er seine Kollegin Miss Brown um Hilfe, die sich auf einer Séance in Trance versetzt und dabei erstaunliche Dinge erfährt. Wie soll er auch ahnen, daß er sie beide in tödliche Gefahr bringt ... So beginnt ein höchst abenteuerlicher Kriminalfall, der nur zu lösen ist mit Hilfe eines Mannes, der mit Spürsinn und erstaunlichen Fachkenntnissen in den ausgefallensten Bereichen selbst dem genialsten Übeltäter ein ebenbürtiger Gegner ist. Auch wenn Sidney Silchester, der die Rolle des getreuen, begriffsstutzigen Dr. Watson spielt, es nicht bemerkt: Sherlock Holmes hat sich keineswegs zur Ruhe gesetzt!

Band 1025

Anne Perry

Callander Square

Die Welt ist in Ordnung am Callander Square. Die Herren der feinen Gesellschaft gehen ihren Geschäften nach oder vergnügen sich in ihren Clubs, während ihre Gattinnen beim Tee die neuesten Gerüchte verbreiten. Ruhe und Harmonie werden jäh zerstört, als zwei Gärtner einen Busch umpflanzen wollen und dabei zwei Skelette entdecken. Inspector Thomas Pitt stößt bei seinen Recherchen auf eine Mauer des Schweigens. Daher entschließen sich Pitts Frau Charlotte und deren Schwester Emily, unauffällig ihre eigenen Ermittlungen anzustellen. Hinter den Kulissen einer nur scheinbar geordneten Welt stoßen sie auf Intrigen, Untreue, Erpressung. Als die beiden merken, daß sie mit dem Feuer spielen, ist es fast zu spät . . .

Band 1026

Josephine Tey

Die verfolgte Unschuld

Der Rechtsanwalt Robert Blair langweilt sich. Nichts scheint seinen geregelten Tagesablauf zu unterbrechen, bis ihn Marion Sharpe, die mit ihrer alten Mutter allein in einem einsam gelegenen Haus lebt, eines Tages um Hilfe bittet. Zu seiner Verwunderung erfährt er, daß die Frauen eines ganz unglaublichen Verbrechens angeklagt werden: Sie sollen ein fünfzehnjähriges Schulmädchen entführt und mit Schlägen und Drohungen gezwungen haben, für sie als Hausgehilfin zu arbeiten. Robert Blairs Versuche, die Unschuld der beiden Frauen zu beweisen und die Glaubwürdigkeit der Anklägerin zu erschüttern, machen ihn mit einer Welt bekannt, in der es alles andere als wohlgeordnet zugeht . . .